U0904256

萌·日本史

横扫中国年轻一代的经典动漫日本史

樱雪丸 著

凤凰出版传媒集团
江苏文艺出版社
JIANGSU LITERATURE AND ART
PUBLISHING HOUSE

日本史

目录 CONTENTS

火影忍者

在距今很久很久之前，有一只九尾妖狐横行于世，当他摇起尾巴的时候，山崩地裂，海啸汹涌。人们为了将其消灭，召集了忍者，然而，因为对手的功力过于强大，即便是付出了沉痛的伤亡之后，也依然无法将其制伏。就在这紧要关头，一位忍者从天而降，以自己的身家性命作交换，将九尾妖狐成功封印在了自己儿子的身体里。这个伟大的忍者，便是第四代火影，那个倒霉儿子，就是漫画的主人公——漩涡鸣人。顺便一说，根据最新剧透，九尾妖狐原本是从鸣人他妈的（非骂人）身体里被释放出来的。可谓是一家亲了。

其实，从这部动画里，就能看出中国和日本之间的不少区别。

要说中国人还真是天生善良，与世无争。同样是妖狐，同样长了九根尾巴，同样前来祸害人间，在日本那就是四处打砸抢的核怪物形象，而在中国则走的纯粹是一双笑靥才回面。十万精兵尽倒戈的攻心为上路线，其结果也是大不同：纣王因美女妖狐而灭国，苏妲己本人却流艳百世，其本尊“狐狸精”三字成为攻击广大女性同胞的不二选词。另一方面，日本的怪兽九尾妖狐在片中开头却连个小脸儿都没露上几秒钟就直接被扼杀了，从此以后鲜有出镜亮相的记录。由此可见，和平才是硬道理。

那漩涡鸣人自打和妖狐合体之后，就背负上了极为悲惨的命运。父母双亡的他原本就已经无依无靠，偏偏村子的人都觉得鸣人就是妖狐，妖狐就是鸣人，一体同心，全是祸害。所以他从打小起，连个说话的人都没有。大人看到他如见瘟神，一边躲还一边拉过自家的孩子：“记住了，那个可不是什么好东西。你要跟他搭讪，今天晚上就别吃饭了！”

有时候想想也觉得挺纳闷的，只不过隔了一条海，说话的时候都说一衣带水，可人和人之间的差异咋就那么大捏？这漩涡鸣人如果生在中国，断然就是英雄了。不但小朋友簇拥老师爱护高考中考以外星人的标准加分，就连居委会的大妈也定会隔三差五地前来拜访：“小鸣啊，最近情绪上有什么波动啊？读书读得怎么样了啊？有困难要跟组织讲，记住了没？”

无法体会到社会主义好的鸣人，在那样的环境下长到了 12 岁，并非常走运的没有熬成心理变态，相反还非常健康并豪情四放，整天激情昂扬地到处宣传：我是要成为火影的男人！只是成绩差了点儿，属万年吊车尾。但好歹也是勉强毕业，勉强成为一个看起来不怎么可靠的忍者，勉强地参加了各种试炼……在这一系列勉强中，鸣人发现，不知不觉的，自己已经不再是孤单一人了，虽说自幼不再有血亲，但在这世界上，居然存在着比血缘更为牢固可靠的羁绊，那就是同伴。

一个脸上几乎没有任何笑容宛如面瘫的天才少年宇智波佐助，一个永远蒙着半边脸竖着一头银发的猥琐大叔旗木卡卡西，一个脸上永远微笑内心永远黑暗的双重人格少女春野樱，这些人和鸣人一起，组成了卡卡西班，也被称为木叶村忍者第七班。

故事就是这么开始说起的，一说，这就说了十多年。有时候真的挺怀疑那帮漫画家是不是天生都是以拖故事情节来赚钱的，简简单单的一两件事儿，他们能说上三四个月。

这部中文名字叫《火影忍者》的漫画，被刊登在著名的《少年跳跃》杂志上。从杂志本身的性质来分析，我们可以认为这是一部少年热血作品，事实上也的确如此。整部漫画连载了十一年，动画播放了七八年，通篇没能离开“努力”“热血”“勇气”和“同伴”等字眼。不过从最近的趋势来看，似乎越来越着重于“天赋”而非“努力”了。因为毫无天赋却靠勤能补拙，被誉为“努力的天才”的李洛克，当年被打断了腿脚，现在更是成为一个不折不扣的龙套男，一年半载都看不到他一次，而拥有家族绝招写轮眼的宇智波佐助则没花多少工夫，吃着祖宗饭就做掉了大蛇丸。我们有理由相信，在不久的将来，只要佐助对木叶村看上那么一眼，整个村子或许就爆炸了。

不由得感叹人世间的悲哀：如果你妈没把你生成怪胎，如果你爹没给你灌真气灌查克拉灌尾兽，那你还是太平一点开个小店做做小本生意吧，比如卖卖一乐拉面啥的，千万别去掺和什么乱七八糟的事儿，纵然你练到大蛇丸这个级别，被人家宇智波黝瞄一眼就能喷掉一只手，你这一辈子能有几条胳膊可以被这么个折腾法啊？

话题似乎扯远了，真正的主题其实应该是历史而非漫画，说漫画，也就是调味料罢了。为了不至于看上去太咸或者太甜，所以还是直接进入正轨吧。

>>忍者

说起《火影忍者》，理所当然的就会想到千百年来活跃在日本几乎每个角落的忍者了。因其工作职业本身具备的保密性，也就造就了现在的神秘性，接着又因种种动漫影视作品的描述，使很多人产生了忍者就是在太阳底下十指乱动高喊临兵斗者皆阵列在前并转红眼翻白眼的错觉，就算是没怎么看过各类动画的人，关于忍者的印象，也总是那些个在伸手不见五指的漆黑夜晚，一群身穿黑衣的人跳跃在各处的屋顶上搜集情报，或是在显贵要人吃饭散步甚至上厕所时，突然出现在其背后咔嚓给上一刀。

对此我只能说，前者那些东西纯粹是艺术需要的虚构，而后者虽不能完全称为扯淡，但那些暗杀之类也是极少数忍者才有机会做的事情。不仅如此，这些在漫画中被誉为S级的高级任务，在真实的历史中，往往都是由被称为“体忍”的下忍来完成的。

所谓忍者，其实是一种起源于（日本）飞鸟时代（593—694），流行于（日本）镰仓时代（1185—1333），活跃于（日本）战国时代的一种组织，产生的原因自然是因为战争。对于那些信奉武士道的武士大人而言，打仗就应该堂堂正正地互通姓名之后单挑三百回合，而像侦察、破坏、战术渗透以及暗杀这样的任务，虽说很有必要，却因其实在见不得人且不方便自己亲自下手以破坏武士的光辉形象，缘此故，才有了不怕手脏只要给钱啥活都给干的忍者。

不过也不是所有的忍者都是生活在暗无天日的世界之中的，在他们中间，有阴忍和阳忍之分。前者就是我们刚才所说的那些偷鸡摸狗背后下刀子的传统型忍者。而后者，则和武士一样，以光明正大的手段配上高深莫测的智谋，踏上战场，攻城略地，有时候还要组团去烧抢别人家的军粮。总之，无论阴阳，忍者的工作用一句话来概括，那就是杀人放火。事实上，每个忍者集团的首领，一般都由当地土豪担任，然后凭借着和附近各大名之间的亲密关系接受他们的委托，再把任务分摊下去让众小弟完成。

由此可见，虽说干的是山贼的活，但组织性、纪律性要比山贼强多了。

而在忍者的世界里，同样有着森严的等级制度。刚才我们说的体忍，其实就是下忍，除此之外，分别由下而上为：中忍，上忍。没有火影。等级不同，职责也不同，简单来说一句话，下忍烧杀抢掠，中忍现场指挥烧杀抢掠，上忍根据雇主大名的意思在家策划烧杀抢掠。

值得一提的是，忍者之间，只服从上级忍者的指示，除此之外，别无领导。比如说我是一大名，我雇用了伊贺的忍者，但是，伊贺的下忍仍只听从他们的上忍，绝不会来鸟我。

接下来，就要说一说大家比较关心的一个话题了：如何成为忍者。

说之前请注意，因为你天生不比人多手多脚，也不比人拥有更棒的眼睛，所以请不要幻想看了我说的之后加以实践便能成为传说中的火影忍者。虽说我会以第二人称来作种种诠释说明，但必须得和列位看官说上一句：这些东西很危险，看看可以，千万别模仿。万一真的好奇心太重按捺不住要当火影的欲火，那就请千万牢记“忍术的关键就是忍”这句话，谢谢配合。

要成为忍者，不是嘴上说两句就能完事儿的，那得练，而且还是得从小开始练，即所谓的童子功。首先要练的是身体素质，主要分为五方面：平衡、灵敏、力量、持久以及特殊技巧。

考虑到忍者一般需要在夜间没有路灯和电棒的情况下穿梭于各处，若是没有良好的平衡能力，那么不但没法飞檐走壁，很有可能直接面门着地了。所以，这门功夫必须得练，属基本功。具体的操练方法是：第一步，站在滚木上能够保持不摔倒；第二步，能在这些滚木上蹦蹦跳跳一番。完成了以上两步，那么滚木就没用了，取而代之的，则是竖起来的竹子，也就是我们中国人说的梅花桩。只要按照黄飞鸿里的练法，成天吃也在桩上住也在桩上，并且不断提高梅花桩的高度，当总高度达到三四十米并且你人在上面吃喝拉撒全无半点不便的时候，那么就算你练成了，当天晚上就去找个大宅门翻墙试试身手吧。

灵敏度的训练是必须要从小开始培养的，而且训练的课程比较危险（在这里再次重复，尽管我会用第二人称的“你”来说事儿，但请看文章的你千万不要去模仿，谢谢）。

要让自己变得灵敏，日本人的做法是比较自虐的，比如跳过一排刀尖朝上插在地上的匕首，再比如钻过带满钩刺的铁丝网，再比如让邻居家小朋友拿各种垃圾小石块丢你，你闪开了算合格，闪不开被砸算活该等等，这些都是前期的项目。到了后期，就要加上身体速度了。具体的做法是你光着屁股光着脚在前面跑，后面跟着五六条三天没吃饭的狼狗，与此同时，往你跟前撒满铁蒺藜，若是既想保住脚丫又要保住菊花，那一切就要全看你自己的灵敏度了。

再说持久度训练，这门课分为两种，第一种为静练，第二种为动练。所谓静练，一般就是让你单手悬挂在一棵树上吊着，不到规定的时间不放你下来，至于这个规定时间，通常是由你的训练负责人（老师）制定的，基本上是大大超过你的体能极限的。当然，我知道很滑头的你肯定会说，规定我挂半小时的话我三分钟就掉下来，老师能拿我怎么着？难道还能打死我不成？当然，老师们都是很有师德的，他们是不会亲自动手来打自己的学生的，只不过在你挂树枝儿的时候，他们会在你身体的下方撒满各种钉子碎玻璃之类的利器，你要是三分钟松手，那就等着雨打沙滩万点坑吧。动练的内容比较单一，就是练长跑，每天跑三四个马拉松，当然还必须注意速度，在没有秒表计时器的古代，教官会让你只穿着兜裆裤跑步，跑的过程中，兜裆布必须飘起来，不能碰地，这样就能保证你跑步的速度了。值得一提的是，忍者的兜裆裤和一般的日本兜裆裤是有很大区别的，他裤衩前的那根兜裆布特别长，足有五六米，不是为了好看，而是因为实用——当你万一在高处被敌人包围又舍不得跳楼自尽的时候，那就把内裤脱了，然后将兜裆布当成急救绳用吧。

力量训练则更加单一了，通常就是举磨盘搬石头，反正什么沉你就捣鼓什么吧。等到沉甸甸的东西掂在手上你已经没感觉了，那么就算是过关了。

最后的所谓特殊技巧，其实就是传说中的忍术。这玩意儿按照五行被分为水木金火土五遁，虽说看着挺玄乎，其实具体操作很简单，直接按照字面意思理解就行了，即利用水木金火土这五行遁走。具体的逃跑方法是：水遁，跳河撤退；木遁，隐匿于丛林之中；金遁难度比较高，一种是在大白天和人单挑的时候，利用手上金属制成的刀反射阳光刺激对手的眼睛，趁着对方一刹那眩晕的当儿逃走；另一种则是真的用金子来解决问题，就是撒一把钱在地上，跪地求饶恳求对方放自己逃跑；火遁一般来讲就是甩烟幕弹；土遁则是用事先挖好的地道逃之夭夭。此外，忍者还必须掌握徒手搏斗、马术等打斗技巧,以及听觉嗅觉的训练和化装术。可能有很多人对于化装术相当感兴趣，很可惜的是我并不精于此道，对于忍者的化装本领仅仅略知一二。但我相信，在听完我的讲述之后，你多半会顿感身上冒出阵阵凉意，从此不再奢望能和大蛇丸砂之蝎那样千变万化了。

一般而言，忍者的化装术是建立在相当自虐的基础上的。比如说，要把一口闪亮的白牙给全部拔光。不要觉得这事儿很危言耸听，要知道，你若是一个 20 岁的小伙子，不可能一辈子让你只化装青年男性的，偶尔根据任务的需要也得换换口味，比如让你扮演一农村老头什么的，那么，若是一个 80 岁的老头长着一口洁白无瑕健康无比的牙齿的话，那岂不是很让人起疑？同理，若是让一个老年忍者扮青年人的话，那么一个20出头的男人就满口干瘪说话漏风，谁会信啊？所以，最好的办法就是把你的牙齿统统拔光，然后根据你任务的需要给你符合各年龄职业性别的假牙。

这绝对不是在和你开玩笑，这是真事儿，这就是所谓忍术中的一种。

上面所说的那五样是忍者培训大纲里的必修课，但凡忍者那就得学。学完了全国版教材之后还不算完，还有地方教材等着你呢。

日本虽说地方不大，但忍者集团很多，在日语中他们的根据地被叫做“里”，其实火影里的那一个个村子，写成日语都是“里”，木叶村就被写成“木の葉隐の里”。历史上，最有名的忍者里有两个，一个叫甲贺，一个叫伊贺。每个里都有自己独创的忍术，这些被叫做流派，比如甲贺流、伊贺流等等。据不完全统计，日本历史上最多曾出现过71个忍术流派，有确切记载的为31个。

当然，你身为一个里的人，只用也只能学一个里的忍术。要想多学，要么去偷艺，要么逃跑了去投靠，前者容易被对方打死，后者很可能被自己人给砍杀，所以一般这么做的人不太多。

当完成五样基础教程和自家独门绝学的修行之后，并不意味着你从此就能成为一名合格的忍者了。正所谓“君子性非异也善假于物也”，武器对于忍者的重要性等同于第二生命，所以在身体训练过后，必须还有忍具的运用练习。

通常比较多见的家伙有各种飞镖，日本话叫苦无或者手里剑，这些东西的用法很简单，只要拿着丢，别丢到自己人就行，而且容积比较小携带起来方便，所以是一般最常见的忍者装备；接着便是忍刀了，这玩意儿跟日本传统的武士刀比起来更短，而且并不适合大刀阔斧地砍人，一般用于在狭长的地方刺伤对手。

冷兵器大致就是这两样，其他的还有锄头镰刀什么的，因为忍者在侦察的时候往往会装扮成各种不同的形象，最常见的就是农民，手里的家伙自然也就是武器了。

此外，有好些地方的忍者还会随身携带洋枪。当年日本的风云人物织田信长就曾经被忍者用火枪击中过大腿，接连好几个月走路都很不给力。

再接着就是辅助道具的应用了，比如逃跑时要会甩烟幕弹，翻墙时要能用镰钩，潜水的时候会用吸气管等等。当然，这些飞镖炸弹之类的，每次出去干活你都得背在身上，切记小心爱护。

除了要会使枪放炮，一些关于药物方面的知识也是必须具备的，事实上每次出去执行任务，药品袋总是少不了的。对忍者而言，需要常备的药物有两类，一类是杀人药，一类是救人药。杀人药多为毒药，因为忍者暗杀的对象没有规律，完全视委托人心情而定，搞不好哪天人家把你叫过来："去，把御猫展昭给爷做了去。"就凭你那一手穿开裆裤跑马拉松的功夫，真要去硬碰硬了那就是横着找死，所以只能做点诗外功夫，比如在展护卫的饭碗里丢点耗子药啥的，这就需要毒药了。而救人药指的是各种医疗用药物，常见的有止血止痛的草药，补充体力的药膏等等，毕竟忍者这活是高风险高体力消耗的工作，不多准备点东西万一被人砍了磕了什么的，麻烦就大了。

有了武器和药之后，千万别以为自己可以立马穿上黑紫色外套和白色长尾巴内裤踏上战场了，因为你还没带吃的呢。

要知道，忍者执行任务，像侦察、偷情报之类的，多半都带有很强的隐秘性，而且很花时间。人不是钢筋铁骨，干了一天的活总得吃饭，可你又不能在人家地板下面趴了大半天，然后一到饭点翻开榻榻米就从地底下钻出来："时间到，我去吃饭了，吃完咱继续潜伏，对了，城里面哪家馆子最好吃？"

为了不至于饿死或者出现上述尴尬局面，作为忍者的你，必须带好干粮才能上路。而这干粮，也是很有讲究的，不是随随便便的一块面包或者一个馒头就能往兜里塞的。忍者的干粮必须具备以下四个特点：高蛋白、低热量、便于携带且没有异味。

高蛋白就是高营养含量，毕竟你干的是高体力消耗的工作，若是整天叫你咸菜窝头啃着，在别人家屋子底下趴着，估计熬不了两三天你就直接死在地板下了。低热量是为了控制忍者的体重，千万不要以为这世界上真有秋道丁次这样的忍者，那只能是漫画里。现实中，忍者的身材都宛如卡卡西，一个赛一个的棒，因为在很多场合，他们都必须单手悬挂在树杈上甚至是屋顶上，如果是朝青龙一般的死胖子，那多半能直接把人家天花板给拽下来。便于携带就不多说了，这个很好理解，你去搞侦察，背着一麻袋大米白面算怎么回事儿？没有异味也是必需的，你吃了二三十瓣红皮蒜跑人家里埋伏，哈一口气就能被察觉，何苦跟自己的性命这么过不去呢？

说了那么多，似乎比较抽象，所以还是在此列一份在忍者中比较常见的菜单吧。

主食：各种豆制品（油豆腐、豆腐渣、腐竹等），红薯，糙米，魔芋以及其他。

配菜：鹌鹑蛋，松子，枸杞，芝麻。

饮料：蛇泡的酒，娃娃鱼泡的酒等各种补酒。

甜点：糖，柿子等。

其实吃的还是蛮不错的。

准备好了武器、衣服和食物，又身怀一手堪比特种兵的好功夫，那么，你现在可以出门接受各种任务了。但是，不管如何，你都得记住，忍者永远都是活在阴暗角落里的职业，他们永远都不会像漫画里那么风光，那么出彩。那些任务也绝对不是如你所见的那么轻松有趣，基本上都是要玩儿命去干的。

曾经有这么一个故事，说是一个忍者前去执行暗杀任务，对象是某座城的城主。哥们儿其实也挺上心的，为了这次任务，特地挖了一条长长的地道直通对方卧室。然后潜下心来吃点枸杞子喝点癞蛤蟆酒静等夜晚降临城主睡觉。可偏偏不凑巧的是，那位城主这一天居然没有出现，整整一夜卧室空无一人。忍者虽然觉得有些奇怪，但也实属无奈，毕竟任务中什么都能发生，既然没来，那就接着等吧。

于是一等又是一天，还是没来。

第三天，没来。

第四天，居然又没来。

要说这家伙还真是够死心眼的，如果换做我的话，那肯定就赶紧从地道里撤出去了，然后装扮成农民的样子问一问这城主到底去哪儿了，可是他偏不，还待在人房间底下等着。估摸着卧室的主人或许是这些日子正巧跟老婆吵架，躲小三家里去享福了。我们可怜的忍者兄弟却依然苦苦守着，比城主他老婆还苦。一个星期后，随身带的东西吃完了，但他依然留守原地没动弹。又过了几天，当这位忍者已经饿得头昏眼花，渴得口干舌燥的时候，隐约觉得头上有阵阵骚动，正待抬头去看时，一把明晃晃的武士刀插了下来，他当场就被插死了。

被发现的原因很简单，此时正值盛夏，那厮不换衣服不洗澡地待在人家家里，很快就身体发臭了。一发臭自然就招苍蝇，苍蝇一来就引人怀疑：城主大人那么干净的卧室，怎么可能平白无故来苍蝇？很可疑呀。

虽说到现在都没人知道这位倒霉的仁兄姓甚名谁，但这确实是记录在史册上的真事儿，不是写史的人疏忽，而是这种拼死拼活最终却依然完不成任务还要搭上自己性命的忍者实在太多了，多到都没必要一个个写下来的地步。

因为在忍者的世界里，一旦任务失败，不是哭一场开一次追悼会就能拉倒的，往往面临的是更为残酷的结局。

所以，在忍者的四条基本准则中，才会有“舍弃一切尊严”这么一条。对于他们而言，无所谓骑士般的高贵，亦无所谓武士般的高傲，忍者没有虚伪的尊严和道义来约束自己。他们要的，仅仅是在这黑暗的世间生存下去，仅此而已。

>>忍者们

尽管忍者这个职业只不过是黑暗世界的存在，尽管在忍者四大准则中有着“绝对不能泄露自己身份”这一条，但千百年来，还是有不少因身手非凡而活跃得过分的忍者被留名在史册之上，或流芳百世，或遗臭万年。要把他们全部说一遍自然是不可能的事儿，所以，这次还是只挑那些在火影中曾经有过身影的家伙来说说事儿吧。

第一个要说的是猿飞佐助，据说岸本齐史就是因为过于喜欢他，这才把故事的第二男主角取名为宇智波佐助的，而第三代火影的名字则被取为猿飞日斩。根据最新剧情，三代老爷子他爹的名字，就叫猿飞佐助。

猿飞佐助——历史上到底是否真的有这么个人，这个问题至今争论不休。一方面认为这其实不过就是一个虚拟的艺术形象罢了，原型倒也有，那便是一个叫上月佐助的忍者，因为此人在山林中能够飞奔如履平地，所以有飞猴之称，久而久之，他就被众人叫做猿飞佐助了。另一方面，则有不少人坚持表示，猿飞佐助确实存在过，他出身于信浓国（长野县），是武士鹫尾左太夫的儿子，据说他从小就不怎么爱和人接触，而是喜欢跟山间的猴子们扎堆玩耍。在三四岁的时候，有一天，佐助正和猴子们玩得高兴时，一位白发苍苍的老人偏巧路过，在盯着这一群猴和这个人看了很久之后，便缓缓地走上前去："孩子，你要做忍者吗？"

估计说话的时候少不了给了几块糖，因为连忍者是什么都不知道的小佐助在一番交谈后，居然答应做那位老者的徒弟。

这老爷子不是别人，他正是当时忍界中赫赫有名的甲贺流达人——户泽白雪斋。打那以后，佐助就开始一心跟着师傅学习各种忍术了，并利用这些本领锄强扶弱，替天行道。后来他长大了，学成下山后，便跟上了赫赫有名的真田幸村。在德川家和丰臣家的战争中，猿飞佐助以出色的忍术和卓绝的武艺，和其他九个真田家家臣一起，被合称为真田十勇士。

这事儿听着还是挺邪乎的，个人觉得历史上应该确实不存在这么个人，那只是广大痛恨德川幕府的人编撰出来的艺术形象而已。

接下来要说的，就是肯定不存在于日本历史上的人物，只不过在江户时代的各种戏曲小说中，他频频出镜，绝对算是个大腕级别的角儿，那就是自来也。

话说到现在我依然不愿意相信这个闲着就爱看女孩洗澡，经常以取材调查为名勾三搭四，还常写一些毒害青少年的黄色小说为生的大叔就这么被人给弄死了。但事实终究是事实，岸本齐史都明确表示自来也就此往生，那作为读者的我不服也是不行的。

自来也的原型，其实也不能说是没有，只不过并不是在日本，而是在中国。

在北宋时候，有这么一个小偷，每每偷了人家家里的东西之后，都会在墙壁上写上"我来也"三个字。几百年后的日本剧作家感和亭鬼武知道了这事儿之后，深感兴趣，于是在文化三年（1806）的时候写下了作品《自来也说话》，说话二字在古日语中表示一种文体，类似于童话、神话之类的故事。后来，又有人根据词作创造了真正的舞台剧——《儿雷也豪杰谈》，儿雷也就是自来也，读音完全一样，换成今天的话来讲，这部舞台剧的名字应该是《自来也豪杰物语》。如何，够眼熟吧？更眼熟的还在后头呢。

话说，肥后国（熊本县）豪族之子自来也，自幼就在妙高山上跟着仙素道人修行蛤蟆之术，就是能够召唤出巨大的蛤蟆然后站在它背上作战以及自己变成大蛤蟆的忍术。修成下山之后，他和会使用蛞蝓之术的美女纲手结为夫妻，然后两口子进行全国范围的扫妖打怪活动，最后碰上了宿敌——在青柳池边由大蛇所生的妖怪大蛇丸。双方在一阵激斗之后，自来也和纲手终于暂时打退了敌人，维护了世界和平。

这部舞台剧当时轰动一时，名画家葛饰北斋还亲自出山为其画插画。

可惜的是，和火影忍者中一样，《儿雷也豪杰谈》居然也是一部未完之作，因为原作者感和亭鬼武私生活糜烂却又不懂自我保护，终于有一天不幸中标得了急性梅毒突然去世了。

大正十年（1921），日本特地根据该剧本拍摄了一部电影——《豪杰儿雷也》，这是日本历史上第一部特摄片，算是奥特曼他们的祖宗了。

事实上，火影里真正有历史原型的人物并不多，好不容易挑出来两个，其中一个被质疑真实性，另一个干脆就直接被定位为非日本人。不过，我们最后要说的这个，在历史上可是铁板钉钉、真真切切地存在过的，那就是忍者之神——服部半藏。

还记得在火影中，是谁赋予了自来也、大蛇丸和纲手他们三忍称号的吗？没错，是山椒鱼半藏。这位在漫画中被誉为“半神”以及“位于忍者世界顶点的传说中忍者”的家伙，其原型就是当年横跨黑白两道，堪称混得最好的忍者的服部半藏正成。

事实上，服部半藏这个名字或者说这个人的身影，在很多提到过忍者的漫画和影视剧中都出现过。不仅如此，但凡有他出现的，多半都是以忍界精神领袖的形象登场的。

同时，此名亦属家族通用名，一般指的是在伊贺混忍者的服部家嫡流那一票人。而我们现在奉为忍神并且马上要开说的，全名刚才提过，叫服部半藏正成。

不过为了省时省力，后面我还是叫他服部半藏，如果碰到跟他同名的亲戚，就用半藏他爹半藏他儿子之类的来替代吧。

说起来，服部这个姓应该是起源于中国，是当年春秋战国时代从吴地飘扬过海来到日本的移民。他们本姓秦，到了日本岛之后，便自称秦氏，这个姓现在在日本还有。秦氏家族的人掌握着中国各种先进技术，其中就包括纺织技能。为了答谢被人家收留，他们毫无保留地开始手把手教日本人做起了衣服，这也就是今天日本的和服也被叫做吴服的原因，语源正是取自秦氏所出的吴地。

时间一长，秦氏家族的人口就开始膨胀起来，人越来越多，也越来越杂，于是便有了分支。其中有一支，因为掌管着日本朝廷的服装制作，所以便以职业为姓，叫自己服部。服部家究竟是如何从做衣服的变成伊贺忍者的，我们至今无从知晓，唯一能够确定的是，服部半藏他爹曾经是德川家康他爷爷松平清康的家臣。因此，半藏本人也得以入仕松平家，也就是后来的德川家。

由于半藏和伊贺之间有着藕断丝连的好关系，所以家康在平定周边领土的时候，经常能得到对方忍者的帮助且价钱优惠。久而久之，双方就建立了睦邻友好的合作关系。

天正七年（1579年）时，德川家发生了一件大事。因家康嫡长子德川信康没能好好做人的缘故，使得其岳父同时也是日本的霸主织田信长大为光火，光火之余信长竟尊口一张要求自己的女婿切腹，顺着连坐的还有信康之母筑山夫人。

虽说心里一百个不情愿，但考虑到双方实力对比悬殊，在苦想了三天后，德川家康万般无奈地答应了信长的要求，决定派人先杀筑山夫人，尔后让信康切腹自尽。

所谓切腹，就是用刀切开自己的肚子然后死掉的一种自杀方式。但是这种方式，一时半会儿是死不掉的，自杀者会在地上痛苦地挣扎，慢慢的等待鲜血流尽然后死亡，这段挣扎的时间一般为3到6小时，最长的记录据说甚至能达到72小时。所以，必须有一个人，在自杀者用刀切开腹部的一瞬间，挥刀将其头颅砍下，迅速将其人为杀死以减轻他的痛苦。这个人，被称为介错。

一般而言，需要切腹者会找一位自己最亲密的好友、家人、兄弟或是剑道高超的人来执行。

担任此次介错的，正是服部半藏正成。

在信康切腹的前夜，半藏的儿子服部正就突然找到自己的父亲，说自己愿意代替少主一死，万望老爹大人恩准。

半藏用很鄙视的眼神看着自己的儿子，然后缓缓开口说道："你考虑得很好，不愧是我的儿子。其实吧，这事儿我想了很久了，早就琢磨着让你去替死来着，只是身为人父，实在不方便主动提出，现在你既然要求了，那就准备准备吧。"

服部正就一下子就傻在原地不动弹了。

半藏似乎没发现儿子有什么不对劲儿，还在一个劲儿地说："你要不趁现在还不算太晚，去洗洗脖子啥的？"

正就开始颤抖流汗，结结巴巴地开口道："我……我是想，如果父亲大人……允许的话……也……"不等他说完，半藏就忍耐不住地怒喝道："滚！"

当时的信康已经21岁了，而正就不过15岁，两人的区别用眼睛看就能看明白，更何况这种由德川家康亲自过问、织田信长背后监视的大事件，要想来一手偷天换日是断然没可能的。而正就之所以要这么做，无非是装个样子，之后让爹夸上自己一句诸如"你真忠君爱国，不辱我服部名门"之类的话，只不过装X装过头，弄巧成拙现了眼罢了。

第二天，德川信康切腹。他在肚子上划拉完口子之后，身体前倾，等待着服部半藏的最后一刀。

但是过了很久，都没能等到。已经疼得满头大汗的信康回过头来，轻轻地说道："半藏……动手吧。"

此时的半藏，早已将手中的武士刀丢在地上，跪伏着泣不成声了。

监斩人天方道纲见状生怕信康过于痛苦，含泪捡起了地上的刀，说了一声："抱歉！"然后挥刀砍下了自己少主的头颅。

当天，两人回到浜松，给家康看了信康的首级并且详细报告了当时的情况。

家康听完后，对着边说边哭的半藏叹道："可怜天下父母心，你不忍下手，也是理所当然的。"

在一旁的天方道纲听了难过万分，当夜便不辞而别离开了浜松，去高野山隐居了。

信康事件过后，家康对半藏的信任度也随之递增，几乎每次打仗都会带着他，要么做贴身护卫，要么充当奇袭部队。而半藏也不负主望，无数次建功立业，在后面我们会说到本能寺事变。当时，他凭借着自己和伊贺的特殊关系，带着家康脱离险境。此后，伊贺里的忍者便被德川家如数收编，组成了同心部队，即警察，用于维护江户城的治安，并且将指挥大权交给了半藏，而半藏也充分发挥了这群忍者的战斗力，辅助家康走向了夺取天下之路。

然而，在54岁的时候，半藏因急病而骤死，长男服部正就，就是之前装X失败的哥们儿继承了父亲的地位。从此，也就拉开了服部家悲剧的序幕。

有一年下暴雨，估计是家康坏事儿做得太多了，江户城遭了雷劈，于是他便下令让伊贺同心前来抢修。但命令下达了之后迟迟不见人来，一打听才知道，原来服部正就的屋子也被雷劈了，他正命令手下在修自家大院呢。

当时，江户幕府已经成立了，全日本都在幕府的统治之下，但服部正就依然保持着战国时代的良好作风，坚定不移地认为伊贺就是自己的东西，这不得不说是一种缺心眼的表现。不过，伊贺的广大忍者还是相当有觉悟的，随着暴风雨越来越大，江户城的损伤也越来越严重。于是，大家便不再顾及自己首领的屋子了，而是集体跑去城内，为家康修缮城堡。

事后，正就对此大发雷霆，还特地惩处了几个组长，关了他们的禁闭。家康知道后，很委婉地下了一道命令，点名要求那两个被禁闭的哥们儿去大阪出差，纵然是正就也只能放行。然而，他居然在两位组长不在的时候，把其中一位的夫人叫到了自己的家中。

接下来就是很少儿不宜的事情了，他对人家老婆讲，你丈夫现在工作很努力，很快就能升迁了，只不过根据组织纪律，还差那么一点点，至于是哪点，你应该懂的，嘿嘿嘿……

结果就是他很顺利地霸占了别人家的老婆，但这位性格刚烈的女人在第二天就自尽了。这件事情最终成为了庆长九年（1604），伊贺忍者同心集体暴乱的导火索，当年，众同心占据了江户的长善寺，发动了武装政变，当然，针对的肯定是他服部正就。从服部家的部下到半藏的老同伴甚至正就的亲戚都加入到队伍之中，人数多达上千，这在日本的忍者历史上是从未有过的。众人向幕府提出请愿，要求罢免他的首领之职，同时还希望剥夺他的忍者身份。

正就一看大事不好，迫不得已也跟着一起上书家康，表示自己领导不力才会有今天的局面，这伊贺同心自己实在是没脸再管下去了，在此申请辞职吧。

德川家康相当顺水推舟地准了正就的请求，并且将他贬为庶民，而伊贺同心也经过重新编组之后，正式被纳入幕府之下。

后来，服部正就死在了对丰臣家的战争中，而他弟弟服部重家也因别的事情受到了牵连而客死他乡，被誉为鬼半藏的服部半藏正成所创下的一切家业，在不到20年的时间里就被儿子给毁得一干二净了。

不过，半藏本人还是为后世留下了很多宝贵的东西。除了在各种文艺作品中经常能看到他的名字和身影之外，在现实世界里，也不乏他遗留下的痕迹。

如今，东京皇居仍然留有当年服部半藏所设计的半藏门，当年此门曾被打算用于防御敌人来自海上的进攻，而一旦事态紧急，幕府将军也能经此门一路沿着甲州街道脱逃。现在则是皇家宗亲出入皇居的主要通道。不过，可惜的是，原版的半藏门已经在太平洋战争中毁于战火了，现在能看到的那扇，是从皇居的其他地方给移过来的。

生于黑暗，却又能在阳光下崭露头角，并且以武士的身份活跃在各处，个人觉得这应该是每一个忍者心中的夙愿，也正因为如此，纵横黑白之间的服部半藏才会得到后世如此高的评价。

甲贺忍法帖

说起有关忍者的动漫，不能不提的就是近两年名声大噪的《甲贺忍法帖》。其实，这部漫画早在 1958 年就画出来了，最初的灵感来源是《水浒传》中的一百单八将，同时被一起连载的还有该作者的另外两部作品：《伊贺忍法帖》和《柳生忍法帖》。三部漫画自面世以来，将近半个世纪都无人问津，而最近两年被人扒拉出来重新捯饬了几下，一夜间便成了家喻户晓的名作，还被加拍了真人电影，里面的个中缘由，实在值得琢磨。

《甲贺忍法帖》说的是一个发生在庆长十九年（1614）的故事。当时已经 73 岁的江户幕府初代将军德川家康正苦恼于继承人一事，虽说第二代将军早已板上钉钉地是他的儿子德川秀忠，可第三代将军的人选却成了一个难题，究竟是选秀忠的长子竹千代好，还是次子国千代？秀忠生性老实，优柔寡断，所以这个问题拖了很久也没能定下。老爷子家康知道自己年数已高时日不多，若不尽早解决，恐怕撒手人寰之后会有一场人间祸乱，于是便想出了一个办法，一个相当缺德的办法。

他将当时日本两个最大的，同时也是世代结怨的忍者家族：甲贺和伊贺的人马召集起来，命令他们各派十名（真人版里是五名）精锐高手，然后各自代表国千代（甲贺）与竹千代（伊贺）进行对战，并规定，双方必须战到有一方全军覆没为止，才算分出胜负，而幸存的那一方，除了他们所支持的继承人能获得将军之位外，自己所属的家族也能拥有千年的荣禄。

说这招缺德，原因有二：第一，把无辜者的性命当做丢硬币一般来玩弄，以此来决定自己的家务事，着实不太像是人干的。第二，甲贺的少当家甲贺弦之介和伊贺的大小姐伊贺胧是一对冲破家族仇恨的日本版罗密欧与朱丽叶，可根据家康的安排，他们俩分别是两队的队长，也就是说，小两口不得不拿起武器互相对砍，直至砍到一方倒地身亡为止。根据我们中国人宁挖十座坟、不毁一门婚的道德标准来看，这部片子里的德川家康，毫无疑问是不折不扣的人渣王。

最终结局相当凄惨，在双方先后各死九人之后，剩下的最后两人相遇了。如此狗血的剧情不用猜也知道，最后的两个肯定是那苦命的一对。

望着自己深爱的人，谁也动不了手。最后还是伊贺胧先举起了手里的刀，笑着看着爱人：我爱你。

然后刀子扎入了自己的脖子。

她自杀了。

幸存者弦之介却宣布，他将胜利让给伊贺，所谓的千年荣耀，所谓的继承人，都他妈的滚一边去吧。

接着，在国千代小朋友的泪目注视下，甲贺的少当家抱着伊贺大小姐的尸体缓缓走入河中，随之拔刀自尽。

在这场爱情悲剧被升华到极致的同时，德川家康的缺德程度也随之被上升到了一个新高度——当然，这说的可是故事里的德川家康。除了觉得那老东西忒不是人之外，看完了动画片的绝大多数人都会获得以下两个信息：第一，再一次认识到，甲贺和伊贺是世仇，双方的互仇度很高，历史也很悠久。

第二，竹千代最终成为德川家的继承人，不过，他究竟是谁啊？还有那个国千代，真有这么个人吗？我们马上揭晓谜底——

>>甲贺&伊贺

甲贺忍者和伊贺忍者被描绘成世代仇怨的样子，此乃长期以来日本各种忍者作品误导的直接恶果，举个最直接的例子就是在藤子·F·不二雄老师的作品《小忍者》中，两个读小学三年级的甲贺忍者和伊贺忍者居然是不共戴天的死敌，势如猫狗，每天都做着各种明争暗斗，且活得十分辛劳。

然而，真实的历史中，甲贺和伊贺不仅是并存于同一时代的两大忍者家族，而且彼此之间的关系相当紧密友好。

要说清两家的外交关系，首先就得先看看他们的地埋关系。甲贺位于今天滋贺县的甲贺市，伊贺则在三重县的伊贺市。虽说不属同县，但两地却互相接壤，从甲贺市中心往南走不到一百公里，就是伊贺，相当于上海到苏州的距离。挨得如此相近的双方，若真是千百年来的敌对死仇，又怎么可能一起并存了那么久呢？

其次要看的，是发生在两贺之间的一些故事。长享元年（1487），近江国（滋贺县）守护六角高赖打算将领地内的各种本应归属寺庙的土地庄园私吞，此举立即引起了位于隔壁京都的室町幕府九代将军足利义尚的不满，随后，将军殿下便亲自引兵出战，要为近江国的和尚们讨个公道。

然而，这场声势浩大的战争一打就是两年半，不但没能速战速决，连足利将军本人都因战事停滞不前而急火攻心，再加上哥们儿也没怎么好好打仗，光在军营里饮酒作乐荒淫无度来着，所以一个没注意就荣登极乐世界了。将军一死，战事不了了之，只能就此作罢。战场之所以如此胶着，并非六角家的武士们能征善战，其实，功劳全都该属于他们背后的特种部队——甲贺忍者。

话说在接受了六角高赖的委托之后，甲贺众便全副武装来到了阵地之上，并在第一时间展开了自己的工作：趁夜偷袭，趁晴放火，偷人武器，烧人粮仓等等。足利家那些生得光明活得磊落的武士大人哪见过这种打法，一个个不是焦头烂额就是斗志低下，本来眼看着就要胜利的速决战，就这么陷入泥潭耗成了持久战。

而在这些杀人放火的甲贺忍者中，其实混杂着约二成左右的伊贺忍者，换言之，这是一次双方合作完成的军事行动。

仇敌能这么做吗？真是仇敌的话，搞不好才上了战场这百分之八十的甲贺人就把那百分之二十的伊贺人给做掉了。

或许有人会说，这都是老账了，几百年前谁跟谁不是兄弟一家亲呢。那好，我们就再来说说百年后的事儿。

天正十年（1582）六月，此时正值战国乱世，也就是各种小说电影动漫游戏里甲贺和伊贺斗得最凶的那段岁月，发生了一件震惊全日本的大事——本能寺事变。简单来说，就是当时日本最具实力、最有统一全国结束乱世可能性的诸侯织田信长，在京都本能寺下榻的时候，部下明智光秀反水了，在知道已经没了活路之后，信长在寺庙里放了一把火，然后在烈焰中自杀身亡了。

随后，光秀又率军风风火火地赶到本能寺边上的妙觉寺，将随父一同来京都的织田家嫡子织田信忠给弄死了。

按说造反活动到此就该圆满地告一段落了，毕竟这纯属织田家的内部矛盾，犯不着也扯不上其他人。可偏偏就有点儿背的，有这么一个人，他作为信长几十年来的忠实盟友，应邀前来织田领地观光游玩吃国宴，信长横死的那会儿，他还一无所知地在堺（大阪府）港率手下闲逛，这就是德川家康。考虑到万一让这厮脱逃升天，以后必然会以给信长报仇的名义给自己添堵捣乱，所以明智光秀当机立断，下令封住各处关口，缉拿家康。然而，不甘就此葬送大好人生的德川家康尽管疑似山穷水尽，但却依然不言放弃，在仔细分析了当前形势后，他制定出了逃跑路线：从堺出发，穿过大和国（奈良县）后抵达伊贺，然后再行穿越，到达伊势国（三重县）的海边，最后坐船回老家三河国（爱知县）。

纵观整个逃脱计划，几乎不需要用到什么武力——因为各地的豪族尚且不明就里，就算知道出了事儿，那问题也不大，怎么说大家伙都无冤无仇的，何必一定要听光秀的话去截杀家康呢？只要给人家点好处买条路就 OK 了。唯独具有一定风险性的，就是那条穿越伊贺的路。

且说在本能寺事变发生不久前，伊贺因为拒绝了信长的要求彻底臣服令，所以遭到了灭族之祸——数万织田军开赴伊贺，见人就杀见东西就烧，不抢，光烧，为的是彻底消灭这帮忍者。屠杀过后，伊贺元气大伤，并且从此恨信长入骨。由此，谁也不敢肯定当家康一行路过那里的时候，会不会遭到人家恨屋及乌的毒手。

然而，德川家的逃跑小队最终还是安全地通过了这片死亡地带。原因有二：首先，队伍里有个哥们儿叫服部半藏，是伊贺出身的忍二代，根子深底子厚，大伙不看僧面看佛面，睁只眼闭只眼也就放他们过去了。其次，在伊贺遭信长灭族之灾后，不少侥幸逃脱的忍者都被德川家收留，也算是德川家有大恩于人了。

综上所述，伊贺的高层在开会讨论后作出了决定：对于家康那帮人，不但不予以加害，还要给予保护。就这样，一支两百人左右的护卫队出动，随行并保护着逃跑小队顺利坐上了伊势开往三河的船。这就是日本历史上非常著名的“神君越伊贺”。

而在这次保护行动中，有足够的证据表明，伊贺的队伍里混杂着大约百分之二十的甲贺忍者。双方其实都挺有默契的，每次辅助对方一起行动时，派的人都不多也不少，总是两成左右。就从这点上来看，甲贺和伊贺也不太可能是仇敌。

又过了一百年，在延保四年的时候，一个叫藤林保武的伊贺忍者后裔出了一本书，也就是被誉为忍者教科书的《万川集海》。在序言里有这么一句话：本书所披露的忍术，乃是从当年甲贺和伊贺高手共同研发的绝招中精选出来的部分。由此可见，不光是军事上一起行动，就连学术上，甲贺和伊贺也一直保持着频繁交流的好习惯。

说到这里，我们也就能够下结论了：无论是从哪方面看，那些片子里拍的、小说里写的、漫画里画的所谓甲贺伊贺之间的忍者死斗，都不过是剧情发展方面的需要，并不符合真实的历史原貌，那两家的关系啊，当年可是亲密得紧啊。

>>真正的兄弟相残

说完了忍者就该来说说武士了，这里主要说的就是动漫中经常露脸的两位：竹千代和国千代。两个小朋友在历史上都是真实存在的，是一对货真价实的亲兄弟：德川家光和德川忠长。他们的爹是德川秀忠，江户幕府的二代将军。娘是阿江夫人，战国时代近江国大名浅井长政的女儿，织田信长的外甥女，丰臣秀吉的小姨子。

德川秀忠生性善良，心地温和而又忠厚，属于治世的明君、乱世的王八蛋。所以他爹家康一直都没怎么消停，老人家是元和二年（1616）故去的，可在前一年里，还亲自率兵打仗——消灭丰臣家。之所以那么忙碌，是因为他知道一旦不把活做干净了再离开人世，那么自己的儿子是绝对没能耐收拾这个烂摊子的，最终的结局只能是眼睁睁地将他奋斗了一辈子打下的江山全部败光。其实这是一种相当朴素的父亲心态：趁我还活着，能多赚点就多赚点，给你小子攒着，不然等我百年之后，你丫连讨老婆的本儿都没有咋办。不过，即便是走遍天涯都不怕的好爸爸，还是有许多办不到却有干着急的事情的，比如让自己的儿媳妇尽快给自己生一个孙子。

阿江自打嫁给秀忠之后，虽然孩子生了不少，可清一色的都是女儿，这在那万恶的封建社会里，就等于没生。对此，德川家康曾明确指示过秀忠：换一块田种种。可问题在于，秀忠是个老实人，而阿江偏偏是个母老虎，还是个比自家老公大六岁的熟虎，所以尽管有父亲的圣旨，再加上秀忠本意也想拈花惹草一番，怎奈何枕边的老婆软硬兼施，手腕高超，使得秀忠长期以来都处于一个有贼心没贼胆的状态。再说那阿江本人倒也倔强，数度放出话来，公开宣布自己生不出儿子誓不罢休。

正所谓皇天不负有心人，阿江在一口气连生五个女儿之后，终于在庆长九年（1604）生下了一个儿子。德川家康闻讯后欣喜若狂，当下赐名竹千代——这是德川家嫡长子的统一名字，同时，也就意味着认定了这个孩子的继承权。

不过，在此之后的第三年，也就是庆长十一年（1606），阿江一发不可收地又生下了一名男孩，取名为国千代。虽说两个儿子都是自己亲生的，手心手背都是肉，但阿江更为偏爱小儿子，因为长子竹千代跟弟弟比起来，不但长得不够可爱，并且说话还带点口吃，性格也比较懦弱，相当不讨人喜欢，更重要的是，他不是阿江带大的。

说起来这还是德川家康造的孽，他觉得，竹千代身为德川家的继承人，如果让父母带的话，那一定会宠爱有加，一旦溺爱过头，很有可能把孩子给毁了。所以，家康决定，让奶妈来带，并且还规定，从竹千代小朋友开始吃奶的那天起，没有什么大事就禁止他和自己的亲生父母有过多的接触。

这种行为直接造成了父母和孩子关系的疏远，在竹千代七岁时，有一次阿江正在江户城里散步，突然迎面碰上了也在遛弯的小竹以及他奶妈。看到许久不见的儿子，阿江心情异常激动，一边喊着他的名字一边疾步走了过去，想要抱一抱亲一亲儿子。然而，竹千代一看对面那个怪阿姨如此举动，第一反应就是往自己的奶妈背后躲，一面躲一面还吓得哭了出来。看到这个情景，阿江顿有一种被人当头一棒的感觉，呆呆地傻站在那里一句话也说不出来，直到对方离去，她还愣在那儿出神。

当晚，母老虎大发神威，夜闯家康寝宫，哭闹着要夺回儿子的抚养权。德川家康英雄一世碰到这么个对手也只能气短三分：下令闭门谢客，假装不在。吃了几次闭门羹后，阿江夫人顿悟了，她决定从此往后就当没生过这个儿子，并下定决心打算把自己全部的爱都放在另一个儿子，也就是国千代身上。

就这样，集千万宠爱于一身的次子，引起了众多德川家家臣的关注。毕竟谁都明白，家康老爷子纵然有翻天的能耐，可也熬不过岁月，到时候他一走，说了算的是儿子秀忠，秀忠是个好人，什么都听阿江的，所以，这第三代继承人，很有可能就是国千代小少爷了。

久而久之，竹千代那边的人就有了危机感，就连小朋友本人都觉得大家好像不怎么疼自己了，于是幼小的他开始自暴自弃起来，也不好好读书，也不好好吃饭，整天闷在屋子里不跟人说话，一待就能待上一整天。鉴于他的这种表现，使得大家伙更加认定，德川家的第三代继承人，很可能要换主儿了。

就在形势万分危急的情况下，一个人横空出世了，她抱着竹千代说，孩子，别怕，德川家的世子一定是你，我保证。说这话的是他的奶妈阿福。

阿福的父亲叫斋藤利三，是当年明智光秀手下的首席大将。参加过本能寺兵变，在光秀被丰臣秀吉打败后，他自己亦兵败被杀。而阿福本人也从原本吃爹用娘的大小姐变成了一名光荣的自食其力的劳动者——跑到京城去做大户人家的侍女，因为她出身豪门，礼仪举止非常优雅，所以在京都贵族中一直人气颇高，属于金牌保姆。在她生下了第三个孩子的同时，碰巧竹千代出生，德川家以全日本为范围招聘奶妈，阿福在千百个应聘者中脱颖而出，顺利地进了江户城，除了奶孩子之外，她同时还担当起了监护人的角色。

阿福的工作做得非常尽心尽力，而且完成得也相当出色，从竹千代宁要奶妈也不要亲妈这点上就可看出她做得有多优秀。不过，现在这事儿可谓是相当棘手，毕竟事关家族乃至幕府的继承人问题，不再是抱一抱、哄一哄、摸摸头、给个糖就能完事儿的。尽管在小少爷跟前打了保票，但具体到底该怎么做，阿福心中是一点底都没有。

在琢磨了一整夜之后，她决定去找德川家康，因为只有那个人才能解决自己想要解决的一切。当时的家康已经把将军的位子传给了秀忠，自己在骏府城（静冈县内）里以太上皇的身份疗养。除了看看富士山喝喝小酒之外，还严密注视着江户城的一举一动，生怕经验不足的秀忠给自己闹出什么乱子来。事实上，对于竹千代国千代那哥俩的事情，家康早已有所耳闻，之所以没有出面干涉，他只是想看看自己的儿子会怎么做，不过还没等到儿子的处理结果，这阿福就找上门来了。

她请家康亲自去一次江户主持一下公道。

庆长十八年（1613）夏，应阿福的要求，德川家康来到了江户，名义上是来检查工作，顺便问候一下辛勤奋斗在工作第一线的众家臣以及秀忠。打完招呼说完同志们好之后，德川家康当着全体高级家臣的面对说秀忠道："把孙子们叫过来看看吧。"于是两个孩子被带了上来，跟在竹千代身后的，是阿福；而牵着国千代的小手的，则是阿江。虽说是祖孙，但更是君臣，何况那么多人都在看着，所以哥俩按照规矩跪在了距离家康五六米的地方："给祖父大人请安。"

德川家康非常高兴，眉开眼笑地招了招手："来，来，靠近点。"

两位小朋友以膝代脚又往前挪了几步。

家康越看越喜欢，连忙吩咐手下道："把东西拿上来。"很快，一个小碟子被捧了上来，放在一边的小案子上。

“这叫蛋糕，是从荷兰送过来的，很好吃，你们一人一块分了尝尝吧。”

毕竟是小孩子，一看到好吃的马上就把君臣礼节给忘了个干净，两人还不等人请，就几乎同时站起身子朝那碟蛋糕扑了过去。

“站住！”德川家康一声怒喝。

死寂了数秒后，他又猛地一拍小案子：“国千代！”

弟弟跪了下来。

“谁让你和哥哥一起过来的？！”国千代很纳闷地看着爷爷，不知道该怎么回答。这也是很正常的，整天受秀忠和阿江宠爱的他，心目中完全不存在那个本应当做主君来尊重谦让的哥哥，只知道有了好东西，就该是属于自己的。

底下依然寂静一片，谁也不知道家康要干什么。

“听好了，国千代。竹千代是你的兄长，任何东西，都要让着他先来！”德川家康说着说着又提高了嗓门，“明白了没？！”

“是，国千代明白了。”

“嗯，那就好。”家康瞬间变脸，堆着一脸笑招呼道，“竹千代，你过来。”胆子本来就挺小的竹千代被刚才的那几声吼给吓得够戗，但因为爷爷在召唤，也只能硬着头皮走上前去。德川家康还是一副笑容可掬的样子，将长孙一把搂住，然后亲手递过去一块蛋糕：“吃吧。”一小块而已，很快就吃完了。

“还要吃吗？”

竹千代摸了摸小肚子，摇了摇头。

“嗯，那待会儿就给国千代吃吧。”家康说着又变了一副嘴脸，用极为严厉的目光射向陪在一旁的群臣，“你们也记住了，竹千代在先，国千代在后，明白了吗？”

众人哪儿还有不明白的，连忙伏地叩拜高呼领导英明。

“你，明白了吗？”更为严厉的目光射向了德川秀忠。

“是，是，我明白了，明白了。”

就此，江户幕府第三代将军的人选尘埃落定，没有华丽的忍术也没有刀光剑影，以两块蛋糕为成本就这么被简简单单地搞定了，不愧是东照大权现德川家康。

不过，事情到此还不算完，因为兄弟间的恩怨尚未了断。

且说蛋糕定君位之后，尽管国千代当将军的希望已经归了零，但毕竟是阿江的小儿子，所以还是和以前一样受着母亲的宠爱。几十年后，竹千代改名德川家光，成为第三代江户幕府的将军，而改名为德川忠长的国千代也在阿江的运动下，成为骏府城城主，拥有55万石的领地。但他似乎并不满足，总是以各种借口问自己的哥哥要这要那，稍有不满足，就会跑到母亲那里告黑状，阿江自然偏向幼子，而家光虽说心有不满，但他们毕竟是自己的亲娘和亲弟弟，也只能妥协了。

过了没几年，阿江夫人因为身体不好，匆匆离开了人世，又过了不久，太上将军德川秀忠也病故了。按说自己的靠山一个接着一个地离开，本当就此洗心革面夹着尾巴好好做人了，可忠长不但不收敛反而越来越过分，要了东西不说，还四处放话，公然宣称这将军之位本该是他的，家光那小子纯属野种，应该滚蛋。

这事儿让德川家光知道后自然是极为震怒，按照当时的规矩，德川忠长的下场本来应该是直接拖出去一刀砍死，没有二话，但念在毕竟是亲弟弟的分儿上，家光也只是剥夺了他的领地，让其关禁闭好好自省。却不想彼时的忠长依然没能太平，还是经常口出狂言，四处谩骂家光。对于这个已经一无所有且等同于囚犯的穷光蛋弟弟，家光本人早就没了接着惩治他的欲望，任其骂不绝口，只当不知，采取了一种完全无视的态度。

或许是感受到了无比的孤寂和绝望，在宽永十年（1633）的冬天，德川忠长自尽于上野国的高崎，也就是今天群马县高崎市。临死前，他用无限怨恨的口吻说道："晚了他家光一步来到这个世上，乃是我忠长此生最大的遗憾。"

与《甲贺忍法帖》的大结局一样，历史最终选择了竹千代，但比起动画里的那些华乱篇章，现实世界的斗争虽说没有那么豪放，但兄弟之间的真实相残较之艺术作品，似乎显得更加让人震撼和扼腕。

幽游白书

这部片子已经年代久远了，它本身的确当属经典之作，又加之立体机上有同名游戏，所以在上世纪 90 年代的国内曾轰动一时。“80 后”一代几乎很少有不知道藏马飞影浦饭幽助，以及那位健康第一的桑原和真。

故事说的是一位十四岁的不良少年浦饭幽助，因为某天突发善心，做了一件连佛祖都始料不及的好事——他舍身救下了一名快要被车撞到的小孩，结果自己不幸身亡了。

因为本次学雷锋活动没有在上级部门备过案，所以一时间连如来佛都不知道该怎么处置这个意外身亡的倒霉孩子。要知道，人的生死都是有定数的，你什么时候结婚，什么时候被卷包会，什么时候吹灯拔蜡，挂了之后是上天堂还是下地狱，这些都是伟大的佛祖给你事先安排妥的，而现在浦饭幽助同学的所作所为居然超出了佛祖的预料，地狱抑或是天堂压根儿就没给他留过位置，无奈之下，也就只能请他当一回孤魂野鬼了。

在人世间飘荡的幽助认识了小阎王——阎罗大王的儿子以及他的部下灵界联络人牡丹，在对方一番苦口婆心的劝说下，他决定接受复活考验。说是考验，其实也就是熬日子，日子一到，就自然重返阳间了。不过，这世界上要真的全是如此好事儿，那也就不会有生离死别和阴阳两重天之说了，幽助的复活是要付出代价的，那就是他必须成为灵界的侦探，寻找在人世间作奸犯科的妖怪，然后将其捉拿归案，接受惩治。

在完成任务的历程中，幽助认识了从魔界逃入人间的妖怪飞影和藏马，一场战斗之后彼此结下了深厚的友谊。他们三个加上幽助原来的同学兼死党桑原和真，一起为灵界解决了无数案子。

作为一部在《少年跳跃》上连载的少年热血漫画，主角们天生就已经注定了是受虐的命，要想过平和的小日子，一般没有可能，即便有例外，那也是经过了重重磨难之后的事儿了。很快，打打小怪兽就足够的四人组应邀出席了暗黑武术大会，面对实力强劲的户愚吕弟，众人费尽千辛万苦才将其撂倒，却不想故事才刚刚开始，紧接着，小阎王又下令幽助前去彻查第一代灵界侦探仙水忍。经调查后发现，这哥们儿居然在搞翻墙挖洞的勾当——意欲打开人间和魔界的通道，从而使得天下大乱。曾经的正义使者之所以要这么做，是因为仙水在一次任务中发现，自己所保护的人类其实是一群自私贪婪卑劣血腥的渣滓，拥有绝对正义感的他极端地认为人类都该死。

仙水的实力是很强的，如果说之前他们费了半条命才打败的户愚吕弟实力指数为50分的话，那么仙水的分数应该在120之上。幽助毫无悬念地被打了个半死，但和所有热血漫画中的主角一样，他倒了一次又站起来了一次，一次接着一次，终于，被打死了。接着又发生了一件再次让佛祖始料不及的事情——幽助再次复活，且没有依靠任何人的力量。

因为他原本就不是人类，而是魔族的后裔。不仅如此，幽助在魔界的老爹乃是一个大魔头，千百年来无人能敌，就算孙悟空再现也拿他没辙。就这样，凭借着千百年前就已留在体内的魔族基因以及自己的那位魔王爸爸的出手相救，幽助顺利打败了仙水，再次拯救了人类，保护了地球。

之后，他去了魔界，踏上了寻找爸爸的旅程。那里和人间一样，也有国家，有政治体系和军事体系，并且，有战争。后来，因为幽助的魔王爸爸雷禅之死，导致原本三足鼎立的魔界秩序突然失衡，一场决定魔界生死的大战爆发在即。

彼时，已经继承大位当上魔王的浦饭幽助站了出来："没有必要用战争把无辜的人卷入，不如我们单挑吧，谁成了冠军谁就是全魔界之王。"这个近乎扯淡的提议却意外地得到了绝大多数妖怪的赞成，当然也包括了他父亲生前的死敌们。

故事的最终结局是：经过了一场魔界擂台赛之后，新上台的魔界领导人烟鬼是幽助老爹的旧友，他上任伊始，就制定了一条新规矩：从此往后，妖怪不得再随意滋扰人间。

就这样，大家终于过上了和平幸福美满的小日子。

说实话，《幽游白书》这部作品，在开头部分是相当商业化的，不仅是小单元故事，而且走的还是不良少年学雷锋舍身救人再复活的烂俗路线，而"最强的那位其实就是我的 XX（爸爸妈妈外公外婆爷爷奶奶）"的桥段，也是被无数同类漫画用滥了的东西。

但这并不妨碍该作成为传世经典。姑且不论日本，这套总计 19 本的漫画，带给上世纪 90 年代中国孩子的不仅仅是各种新奇的视觉感受，更是一种观念上的震撼。

因为我们从小就生活在一个"特别干净的世界"里，小时候接受的教育就是非黑即白，不是阶级敌人就是阶级弟兄，对于那些非我族类，通常是以是否有益于我们自已来判断他是"益虫"抑或是"害虫"的，一旦定性为害虫，下场就只有是等待被消灭。

我想，"70 后、80 后"的朋友应该多少有点印象：小学时，大家都曾学过一篇课文，内容是给学校菜地翻菜时抓到了一条小青虫，为了农业生产，主人公小萝莉将小虫子狠命摔在地上并用脚碾死它。其中，"蜷缩"和"碾死"都是要反复抄写的生词。国人似乎从来都是怀着一种"非我族类其心必异"的观念在生活，慈祥善良如唐三藏者，自已徒弟打死杀人犯都要念俩小时紧箍咒，对于悟空打死老虎、八戒消灭妖怪却不闻不问。作为读者的我们，似乎也毫无反感之情：妖怪嘛，当然就要打死咯。

然而，《幽游白书》告诉我们，很多事情并不能这样看。在仙水临死前，他的挚友树将其身体抱住并拖入了异次元空间，然后丢下了一句话："我不会让他的灵魂去灵界的，因为，我不会让他被你们的标准来评判。"

其实，很多时候，很多事情都是因为我们所处的立场不一样，从而导致我们思考问题的方向有差别。今天的我重新翻起这本漫画时，一种全新的感受油然而生：原来，妖怪也不见得都是不好的啊；原来，坏人坏事也不见得真的就是百分百的坏人坏事啊。

此外，《幽游白书》带给我们的最大印象应该就是各式各样的妖怪了。事实上，日本历史上拥有无数的妖怪传说，有的妖怪甚至被记载于正史之上，和真实存在的历史人物共存，都曾发生过一段或可歌可泣或很囧很雷的故事。而很大一部分日本人，其实也是相信这世界上确实有妖怪存在的。

接下来，我们就来说一说那些出现在《幽游白书》中的妖怪吧。

首先要说的是魔金太郎，这位老兄在作品中纯属龙套，实力也相当菜鸟，他存在的意义除了凑人数之外就是反衬飞影的强大，一句"你看到的不过是残像罢了"堪比北斗神拳中的"你已经死了"，让无数飞影迷为之神魂颠倒。

虽说漫画里是个不折不扣的三级面瓜，但魔金太郎的原型恰恰与之相反，绝对是一个战神级别的人物，他的名字叫做金太郎。

在日本，金太郎通常是有固定形象的，那就是一个穿着缝金字红肚兜的娃娃，骑在一只巨熊的身上，然后肩上扛着一柄看似非常饥渴难耐的开山大斧。他出生在位于今天神奈川县的足柄山上，据说是雷神和山姥的儿子。自幼就身怀神力，而且喜欢漫山遍野地找人玩，只不过因为深山老林里鲜有人类，所以金太郎从小的玩伴就是兔子、猴子、野猪和狗熊。其中，他最喜欢玩的游戏是相扑，但因为力气太大的缘故，整个森林里没有一头熊能战胜他，一些在狗熊界里非常出名的大力熊听到消息后，特地从遥远的地方慕名而来，要跟金太郎一较高下，但他们总以失败而告终。

天延四年（976），金太郎20岁。一天他正在山间砍柴，一斧子下去，一棵五六人合抱的大树就倒了下来，正当他像往常一样打算扛着整棵树走人时，背后突然响起了一个声音："好厉害的汉子，你愿不愿意跟着我走？"发出组团邀请的，是日本历史上著名的武士源赖光，也是清和源氏的第三代嫡传人。

金太郎没有马上答应，表示自己从小跟母亲相依为命，从没见过父亲，如果这一走，母亲就会非常伤心，所以再怎么样也得去征求一下她的意见。

根据记载，他是雷神和山姥所生没错，但至于雷神为什么不在家，历史上根本没说，我琢磨着可能是雷神爷公务繁多，忙着四处霹雷所以才没顾上自己的老婆孩子吧。出乎金太郎意料的是，母亲居然很爽快地就表示放行了，并要他跟着源赖光大人好好干，争取成为一名出色的武士。

就这样，金太郎成为源家的家臣，并改名叫做坂田金时——这也是《银魂》主人公坂田银时名字的由来。此后，金时跟随源赖光四处征讨盗贼并消灭为非作歹的妖怪，因为力大无穷立下赫赫战功，所以和其他三名家臣一起，被并称为源赖光手下的四天王。

永祚二年（990）三月，在位于今大京都府福知山市的大江山上，出现了一个危害性极大的妖怪，因为此怪生性好酒，所以人称酒吞童子。

且说酒吞童子自打出现在人间之后，坏事儿就从来没停过，整天偷鸡摸狗不算，还喜欢掳人妻女干一些违法乱纪的勾当。不过因为他实力强劲：身高6米，头长5个犄角，脸上还有15只眼睛，能飞天自如，而且法力无边，和天狗以及九尾妖狐一起并称为日本三大妖魔，所以尽管在京都附近作孽，朝廷也只是当做不知。却不想这厮得寸进尺，有一天，他居然把朝中重臣池田中纳言的女儿给绑走了，中纳言活了大半辈子也就这一个孩子，当下痛哭流涕上奏天皇，请求发兵征讨，还自己女儿一个自由身。

天皇想了想，觉得这事儿似乎有些严重，既然他今天敢抓池田中纳言的女儿，搞不好明天就能来我后宫掳人，不行，该管管了。当下，天子震怒，命令源赖光率队前往大江山，消灭酒吞童子。

当然，这件事同时告诉我们，就算哪天你不慎入了魔道做了妖怪，也不要去得罪当领导的，不然没啥好下场。

圣旨既出，源赖光虽说明知胜算不大，但也只得率四天王组队前去。一路上都没什么人说话，因为大伙知道，跟过去刷的那些小怪不同，这次是超难度副本的BOSS，稍有不慎就会导致灭团，故而还是小心为上。

走至半道，远远跑来一个老人，拦住源赖光："尊驾可是前去刷酒吞童子的队伍？”

源赖光点头称是，并问老人家有何指教。

“带上这个吧，这是毒酒，普通人喝了，力气全消，那酒吞童子喝了，就会法力全无，和普通的妖怪无二。”说完，递过一个竹筒，旋即化做一缕青烟消失了。凭良心讲，这其实就是安眠药掺得多了些的药酒，还不如送点耗子药来得给力呢。

之后，源赖光他们又碰到了三位神仙，神仙指点完江山之后又承诺一旦开战，他们会伺机前来助阵。赖光等人鞠躬谢过不提。就这样一路走一路碰NPC的，终于来到了大江山中酒吞童子的住处，五人谎称是修行路过的正经人，因天色已晚来不及下山，希望求宿一晚，当然，也不会白住你的，我们会给你一瓶上好的毒酒，哦不，是美酒作为报酬。

酒吞童子很豪爽地答应了，并下令设宴款待远道而来的客人。其实吧，这妖怪还算是蛮好客的，比起西游记里那些小家子气的家伙来要算好得多。不过，宴会上吃的东西有点触目惊心，每人跟前一个大盆子，里面都是人手人脚。正当大伙看得汗毛竖起的时候，酒吞童子发话了：“吃吧，这是前两天刚抓来的，细皮嫩肉的极品，还是公卿池田家的闺女呢。”

众人当场傻了眼：敢情自己要救的那个人就在碗里啊？

还是队长源赖光沉得住气，他夹起人肉边上的一片配菜就往嘴里送：“不错，好吃。”其余人也纷纷效仿，只吃菜，不吃肉，然后频频劝酒。也就过了十几分钟的样子，酒吞童子就把那瓶酒给喝了个精光，并醉倒在地起不了身。源赖光见时机成熟，便一声令下，坂田金时一马当先，一斧子砍下了对方的一条胳膊，接着其他人也一拥而上痛殴之。当他们砍得差不多的时候，之前承诺前来助阵的三位神仙也很守信地出现在现场，搞了一次鞭尸大会，就这样，酒吞童子被消灭了。当时的具体日期是当年的3月26日。日本历史记载中，降妖伏魔的时间居然还能精确到日，真是够给力的。

立下大功的坂田金时得到了源赖光的赏赐，并随着自家主公继续南征北战。然而不幸的是，在一次剿灭九州山贼的作战行动中，金时因水土不服突发高烧持久不退，最终因医治无效去世，年55岁。

说完金太郎他们一干人等后，我们再来说一下和魔金太郎一个队的黑桃太郎。

虽说这两人是队友，不过实力却相去甚远：同样是面对飞影，前者被涮得跟肥羊似的，而后者却先变猴子再变狗，最后变成野鸡，飞影同其力战之后才勉强将其砍杀。

从黑桃太郎的名字以及变身后的各种形象来看，我们不难发现，这哥们儿的原型其实就是大名鼎鼎的桃太郎。

传说在很久很久以前，有一对住在山里的老夫妇，老爷爷每天上山砍柴打猎，老奶奶每天在河边洗衣服摸鱼，日子过得虽说不富裕，但也相当美满。有一天，老奶奶又到河边洗衣服时，突然从上游远远漂来了一个大桃子，老奶奶心想今天算是赚了，有水果吃了，一边想着，一边把桃子给捞了上来，还挺沉。到了家里拿菜刀剖开一看，里面居然睡着一个小孩儿。膝下无子的老两口觉得这真是上天赐予他们的儿子，便欢天喜地地将其收养了，还取名为桃太郎。

没过几天，桃太郎就长大了，没错，就是几天。大概也就一个星期吧，他就从一个婴儿长成为一名器宇轩昂的英俊少年。老夫妇更是欢天喜地，上天白送了个儿子不算，还免去了抚养之苦。又过了一段时间，某日，桃太郎突然对老奶奶说道："妈妈，我要去打鬼。"

且说在桃太郎一家居住的村子边上，便是大海，海上有一个小岛，上面住着一些恶鬼，这些恶鬼面目可憎，时不时地会跑出来吓唬人，对众村民的稳定生活造成了极大的困扰。桃太郎的意思就是说，把这些鬼都给消灭了，以后不让他们再出来吓人了。

老两口一听，都很高兴，于是连夜赶制出了护额和旗子，还做了很多糯米团子让桃太郎在路上吃。糯米在当时的日本算是稀罕物，大致和今天你去参加高考你妈给你准备的人参燕窝是一个级别的。

就这样，第二天一早桃太郎就出发了。他穿着老爷爷祖传的铠甲，挎着祖传的宝刀，腰间别着一口袋团子，肩上扛着一面旗子，上面写着"日本第一的桃太郎"。一路上，他碰到了一条狗、一只猴子和一只野鸡，这些动物都对桃太郎说，给我一个团子吧，给我我就和你组队，而桃太郎也非常大方的和它们分享了自己的糯米团。于是，桃太郎鬼岛副本小队就这么成立了。

话说回来，日本人的确比中国人更讲那么一点团结合作精神。在中国的斩妖除魔故事里，往往都是一人独大，跟魔头单挑数百回合后为民除害；而在日本，通常都是几个人组团刷怪。抵达鬼岛之后，战斗正式打响。先出来的是四个小怪，两队人马捉对厮杀。其中，野狗用咬，猴子用挠，野鸡用啄，桃太郎用刀，他们分别各自放倒了自己的对手之后，又一鼓作气冲向了魔鬼巢穴的最深处。在那里，等待他们的是鬼怪首领——恶鬼大将。一阵围殴之后，恶鬼大将被四人揍了个鼻青脸肿倒地不起，只得连声告饶，表示自己今后就在该岛上老死一生，再也不会出海吓人了，并且还告诉桃太郎，说这岛上有多年来积攒的金银财宝，如若英雄不嫌弃，那就带着走吧。

桃太郎见他确有悔意，便发了善心，说道："既然如此，那就饶你一命吧，以后再作恶的话，定取你项上人头！"说完，便带着三个小弟拉着一车财宝，浩浩荡荡地荣归故里了，受到了村民的热烈欢呼。从此，他和老爷爷老奶奶一起，过上了幸福的生活。

不过，近一百年来，作为日本传统经典英雄形象的桃太郎却频频遭到质疑。比如日本近代教育之父福泽谕吉就明确指出，桃太郎其实是个不折不扣的侵略者。理由是：人家鬼怪并没有做什么坏事，只不过就是丑了点儿，长成那样又不是他的错，出来吓人那也是无奈，谁还没有出门买包香烟打瓶酱油的时候呢？就因为这个去占人岛屿，杀人族群，抢人财宝，那还不是不折不扣的侵略行为？这话说得似乎有些牵强附会，却不曾想在二次世界大战的时候，桃太郎还真的充当了一回军国主义的代言人。当时的日本政府提出，要全国的孩子都学习桃太郎，做一个仁义、尚武、正义、明朗的好孩子，并努力学习，随时准备消灭妖魔。谁是妖魔？英米鬼畜。这其中的孰是孰非，还是由公道人心定论吧。

妖怪的故事说到这里就算是告一段落了，有时候时常在想，为何千百年来总会不断地有妖怪的传说呢？如果世间真有妖怪，他们为何要来祸害人间？

想来想去，觉得问题的根源似乎并不全在妖怪身上，作为人类本身，多少也是有点责任的。当我们一看到妖怪时，第一反应就是大呼小叫地满世界嚷嚷：妖怪来啦！然后一惊一咋地找勇士前来降妖伏魔，却很少有人考虑妖怪来上海究竟是想吃人，还是仅仅想去南京路买一套衣服。我希望万一真的有一天百鬼夜行路过人民广场的时候，不再是铜锣响警笛鸣，而是有一个人站出来，面带微笑地说一声："你好。"

棋魂

小学六年级生进藤光，因为考试不及格而被扣掉了所有的零花钱，囊中羞涩的他打算上爷爷家去偷偷倒腾一些中古品啥的去卖，以此赚点小钱。他翻箱倒柜的时候意外看到了一副围棋，在触碰到棋盘的那一瞬间，可怜的小朋友就被鬼上身了，一个附在棋盘上数百年的亡魂与进藤光顺利合为一体，你中有我，我中有你。这件事情告诉我们，举头三尺有神明，没事儿别当败家崽。

好在附身进藤光的那位不是什么坏人，说起来还是个苦人儿。此人名叫藤原佐为，本是日本平安时代的著名围棋手，深得天皇宠信，年纪轻轻就当上了御前棋侍，这里的侍不是侍卫也不是武士，只是伺候天皇下棋的人，跟薛一骠他们没关系。却不想由于佐为技艺高超，惹来了同行的嫉妒，在一次御前围棋比赛中，他被诬陷作弊开挂，从此被天子疏远，越想越郁闷的佐为一时想不开就跳了湖。

不过，因为这位哥们儿怨念太深，所以即便死了也没能成佛，而是成为亡魂四处飘荡，但对围棋的热诚依然存在，所以在外晃荡了几年后，就把自己的灵魂封印在了棋盘上。除了进藤光之外，他还曾附身于江户时代的围棋名家本因坊秀策，只不过秀策死得早，看佐为那意思是可能还没玩够，所以又找上了进藤光。

此后，进藤光依靠佐为的帮助，在围棋方面取得了突飞猛进的成绩，先是打遍全校无敌手，接着又是全小区、全街道直至最后冲出亚洲，走向世界。然而，在此过程中，佐为发现，自己在人间的时日已经无多，不过他没有告诉光，而是继续默默地守护着他的成长。一天，光突然发现整日与自己形影不离的佐为失去了踪影。他四处寻找，却没有结果。光茫然若失，决意不再下棋。这时候，好友兼对手伊角从中国棋院回到日本，前来探望，他再三要求与光对局，终于将其打动。手执棋子的刹那，光不禁泪如泉涌，他突然明白了，原来佐为早已融入了自己的棋中。

这是一部相当成功的漫画，在当年普遍认为“围棋是老头子的娱乐”的日本，以围棋为题材的漫画却卖出了1800万册单行本，动画收视率一度飙到37.5%。最重要的是，漫画连载后，日本下围棋的人一下子从原来的300万上升到400万，而新增的这100多万人，绝大多数都是青少年。

日本围棋，毋庸置疑是从中国传入的，只不过，关于围棋传入的具体时间，倒是有不少说法。

一般认为，围棋是被著名的遣唐使、片假名的发明者吉备真备和尚从唐朝给带过去的。不过最近也有史料研究表明，早在隋朝，就有关于日本围棋方面的记载了。唯一可以肯定的是，围棋进入日本之后，就迅速流行起来，尤其是在上层贵族中，一下子便成为人气第一的娱乐活动，并且出现了无数棋痴。天平十年（738），正四位左大弁大伴古麻吕和同僚连东人下棋，结果也发生了一方说另一方作弊开挂的事情。大伴古麻吕比起藤原佐为要粗暴得多，他一点儿也不郁闷，直接操起一把刀就朝对方脑门上劈去，连东人当场就倒在血泊之中。

这是日本历史上有记载以来第一次因娱乐口角而杀人的案件。

到了平安时代，围棋开始受到贵族女子的喜爱，在反映当时上流社会形态的文学作品《源氏物语》以及《枕草子》中，都有对此的相关描述。

围棋真正从宫廷流入民间是在战国时代了，不过和平民相比，由于棋盘如战场，所以黑白对弈更受武士们的欢迎。据不完全统计，战国时代会围棋的武士超过九成，三成以上的人都把围棋当做自己的最爱，其中包括人称战国三巨头的织田信长、丰臣秀吉以及德川家康。这三人之中，技术最好的应该是织田信长，根据史料推算，他的围棋实力应该相当于现在的四段左右。

纵观整个战国时代，最能下围棋的应该是一个叫日海的和尚。他曾经分别担任过上述那三位的围棋指导老师，并且得到了他们非常高的评价。织田信长曾授予日海“名人”称号；丰臣秀吉在统一日本后拨专款作为日海每年的特殊津贴；而德川家康在开江户幕府后，亲自召日海去江户，任初代名人棋所。所谓“棋所”，是江户时代赐予围棋最强手的荣誉称号。其职责是总理围棋事务，指导将军弈棋，垄断围棋等级证书的颁发权等。德川家康每年还支付给日海禄米五百石。在得到各种殊荣之后，日海将自己的棋坊取名为本因坊，还把自己的名字改成算砂，这也就是流传至今日本围棋名家本因坊的由来。当时因棋艺高超而享有禄米的还有另外三个嫡派，即安井家、井上家、林家，加上本因坊，合称“棋所四家”。尚武的幕府因酷爱围棋，所以一直在大力推广。宽永二十年（1644），幕府建立了“御城棋”制度，出战者有“棋所四家”和其他的六段棋手。名门望族也可破格参加。参加“御城棋”被看做与武士们在将军面前比武同等高尚。不久，各家围绕“棋所”头衔展开了反复激烈的争夺战。这是日本围棋史上的重要时期。

话说这争夺棋所的最初争霸战是本因坊第二代算悦和安井家第二代算知，从宽永二十一年（1645）开始的九年间，双方陆续对战共计六次，结果是三比三打平，因为无法分出胜负，所以这最初的对决没能决定由谁来担任棋所。然而，本因坊算悦死后，安井算知却依靠走后门通路子这类手段，于宽文八年（1668）被任命为棋所。幕府的这个决定遭到了本因坊的强烈不满和抵制，第三代道悦挺身而出，公开表示要向算知挑战。

结果，七年里双方酣战二十局，算知负十二局、胜四局、和四局，不得已拱手让出棋所的宝座，这次棋战也是江户时代最为激烈的一次。不过，赛后道悦就将本因坊传给了第四代道策，自己隐居了起来。

尽管江户时代日本棋坛的竞争极为激烈，也算是高手辈出，但就国家的整体实力而言，日本的围棋依然在中国之下。当时的日本围棋著作《发扬论》、《棋经众妙》、《死活机妙》等书，大多取材于中国的《玄玄棋经》，其实这也难怪，因为16世纪到17世纪那会儿，同样也是中国围棋的巅峰时代。

徒弟真正超过师傅，那是上世纪初的事情了。因为鸦片战争之后中国国运日趋衰退，很多人连饭都吃不饱更别提去下棋了，而日本虽说也经历过一段围棋的萧条期，但明治维新之后，以本因坊十八代为首的方圆社致力于棋坛复兴，再加上一些吃饱了饭整日闲着的王公贵族的努力推动，使得日本围棋蒸蒸日上，并在昭和元年（1926）将全国的各种围棋社团整合一体，组成了日本棋院，迎来了日本围棋的黄金期。

可以说，从那以后的70多年里，日本的围棋水平一直是世界第一。不过话得说回来，其实整个地球下围棋的国家也没几个，除了日本就是中国，朝鲜虽然也下，但当时的朝鲜半岛乃日本的殖民地，人民穷得别说吃饭了，就连大米白面一年到头都难看到几回，自然也就没人去管那些黑的白的了。就这样一直到了上世纪70年代末，中国实行了改革开放政策，人民生活富裕了，精神文明生活也丰富了，然后又出了个聂卫平。于是，日本的围棋就这么被中国给比下去了。

不要怪我说得太简单，事情就是这个样子的。当年聂卫平跑去日本下棋，来了六个九段的，结果七人下六场，聂卫平五胜一负，震惊了日本棋坛。再加之最近几十年来韩国的围棋迅速崛起，使得原本世界第一的日本变成了世界第三——下围棋的国家倒是没变，还是中日韩三国，朝鲜似乎不怎么参赛。

然而，尽管在专业的比赛中不见得有那么强，但日本依然是围棋大国，前面说过了，全日本的围棋人口超过400万，中国的话虽然没经过仔细统计，但怎么着也很难超过1000万，而日本的总人口仅为中国的十分之一。从某种意义上来讲，普及率比金牌银牌更为重要些。

最后想要说的不是历史而是漫画，是关于藤原佐为的一些事。

且说佐为之所以会附在棋盘上，除了因为他喜欢围棋之外，更主要的原因是他想参透所谓的“神之一招”。后来，佐为没有遗憾地走了，由此可以推断，他应该已经学会了那个大绝招。不过一直到他离开，漫画都没有透露到底什么是“神之一招”。

根据字面解释，这玩意儿应该类似于写文章里的神来一笔，就是下围棋的时候突然落了一枚能够扭转乾坤的好子。但仔细想想似乎又不是那么一回事，棋盘上总共有361个交叉点，变化莫测何止千万，没有人可以保证自己拥有在任何情况下仅凭一子都能反败为胜的“神之一招”。换言之，作为招数而言，那东西其实是不存在的。

个人觉得，其实“神之一招”应该是一种境界。当然，已经有很多中国的、日本的佐为迷也这么说过了，其中不乏围棋高手，并且他们还认为，这应该是一种不断追求更高技艺的永无止境的境界，不光是佐为，也是每一个围棋手所向往的境界。

我是一个虽然会下围棋但水平很烂的人，QQ 游戏上至今分数还低于 0，所以我无法领悟什么叫做不断追求更高技艺的境界，只是隐约记得，当佐为第一次看进藤光下棋的时候，就被那孩子脸上的笑容深深吸引了。对于小光而言，围棋不是职业，也不用争房子争地或者是争皇恩，围棋仅仅是一种能够让人感到快乐的娱乐活动罢了。而佐为缺的恰恰就是这份快乐。

当年的他，太过于在乎胜负名利那些浮云般的东西了。仔细琢磨，即便被诬作弊，也不过仅仅是一盘棋而已，就算有再多不快，又何苦为此走上绝路呢？或许是我无法体会到一个棋手对于棋盘胜负以及清名洁誉的看重之心，但我真的觉得，像下棋这种事儿，快乐才是根本。

个人认为，所谓的“神之一招”境界，其实，不过是保持一颗快乐的本心而已。后来的佐为正是从进藤光身上明白了这点，才会毫无挂念地结束了自己的亡魂生涯而立地成佛了吧。

聪明的一休

没看过这部动画的孩子估计在中国不多，该片曾经在日本、中国乃至全亚洲反复播放，收看人次保守估计为最少10亿。如果真要论历史人物知名度的话，那么丰臣秀吉、德川家康这类人全都加起来，那也是比不过一个一休和尚的。

因为纯粹是一个单元、一个单元的小故事，所以内容方面我觉得也没必要作过多的描述，无非是一个每晚都会想妈妈的小和尚用他的机智聪明解决了一个又一个刁难和事件罢了，说再多也就是那么回事儿。所以，让我们直接进入主题吧。

>>一休的故事（真实版）

延元元年（1336），日本皇室分裂成了两块，一方是执掌京都朝廷的光明天皇，而另一方则是退守吉野（奈良县南部）的后醍醐天皇，双方都自称正统，号称理应拥有天下，为此还进行了数度的战争。这一时期，被称为日本的南北朝。

两年后，足利尊氏出任征夷大将军，建立室町幕府并辅佐北朝的光明天皇对抗南朝。经过足利家三代人五十多年的努力，终于在元中九年（1392）逼得南方朝廷拱手让出宝座，完成了日本的统一。此时的天皇称号是后小松，将军则是足利义满。

故事，就是这样开始的。

且说在后小松天皇的后宫中，有一位妃子叫伊予局，因为长得漂亮而且性格温柔贤淑，所以深得皇上的宠幸。美中不足的是，这个女孩的父亲曾经是南朝的重臣，不过天皇当时正和她打得火热，也就顾不了那么多了。

然而，在这深宫之中，伊予局的遭宠理所当然地受到了来自各方面的嫉妒，不知何时起，就有一个相当可怕的谣言开始流传起来：伊予局是南朝出身的女儿，她心怀复兴南朝之志，并想伺机刺杀天皇。

一开始，后小松没怎么把它当一回事儿，可后来发现事情有点不对，似乎走哪儿哪儿都在说伊予局想杀天皇。正所谓谎话说上两千遍就成了真理，所以时间一长，天皇心里就发了毛，觉得自己人生无限宽广，实在不能断送在一个女人手里，于是在明德四年（1393）的某一天，他以“有南志”为借口，下了一道圣旨将已经怀有数月身孕的伊予局赶出了皇宫。

南志就是有恢复南朝的志向，说通俗点就是想翻天。

面对诬陷，伊予局没有任何辩解，而是非常顺从天命地收拾了东西，然后去了京都乡下的一个小村落住了下来。在那里，她于明德五年（1394）生下了腹中的孩子，取名为千菊丸，这就是后来的一休。

在伊予局和乳母玉江的照料下，小千菊丸成长得非常健康活泼可爱，人也非常聪明，五岁不到就能做和歌。人称学问之神的日本第一大儒菅原道真初次写和歌，也不过是这个年龄。

除了两个女人之外，还有很多不认识的叔叔也经常给千菊丸小朋友送钱送粮食什么的，每次送完东西，还要跟伊予局单独聊上几句。

想歪的统一站成一排去面壁。这些叔叔不是别人，都是足利幕府派来的。对于一个有翻天嫌疑的女人和拥有南朝血统的皇子，幕府自然不可能不闻不问就此让他们安居郊外，送东西是假，探听虚实是真。

不过，长此以往也不是办法，所以在应永六年（1399），时任将军足利义满，也就是动画片里经常被涮着玩儿的那位，下了一道命令，让千菊丸出家做和尚去，具体的皈依地点是位于京都的安国寺。

在动画里，安国寺给人的感觉就跟个荒郊野外万年没人来拜菩萨的破山神庙一般。其实，这家寺院的规格相当高，按照室町幕府的禅寺等级制度，最高级别的是南禅寺，南禅寺下，就是被称为“五山”的相国寺、天龙寺、健仁寺、东福寺和万寿寺。再下面的就是被称为“十刹”的十间寺院，安国寺就在“十刹”之列。所以说，一休从小接受的就是所谓的精英教育，人家压根儿就是这社会的上流阶层。

入寺受戒之后，长老外像大师，就是片子里那个笑容诡异的老和尚，给千菊丸取了法名，叫周建，并嘱咐他在这里要严格遵守寺规，不得造次。

动画里有一点没说错，那就是即便是在规格如此之高的寺院里修行，小和尚们的生活也是非常辛苦的。孩子们每天四点不到就要起床，早饭之前要去正殿诵经一个多小时，念完了才能吃东西，吃完之后，又得花一上午的时间打扫走廊、庭院，擦洗那些供奉在庙里的墓碑——其中包括后醍醐天皇的那块。

午饭是没有的。到了下午，还要学习各种经文，然后太阳快下山了才有晚饭吃。一天两顿饭，吃的也很差，一般而言就是一碗粗粮加几根咸菜而已。所以孩子们总是会私下抱怨说吃不饱或者吃得太差，被师傅听到了就会招来一顿责骂。毕竟是来修行的，又不是来享福的，吃太好干吗呢？

虽说过的是苦行僧的日子，但孩子毕竟是孩子，总是会变着法地穷开心。一日，外像大师下山办事，小和尚们一看没了管束，就在庙里飞奔嬉戏，这里摸摸那里翻翻，这对于他们来讲，或许是最大的快乐了。于是，乐极生悲的事情就此发生了。一个小和尚从外像的房间里翻出了一个制作精良的茶碗，正在仔细端详的时候，或因这天饭没吃饱，手一软，东西砸到地上，碎了。

虽说知道闯了大祸，但小和尚倒也不怎么怕，长老虽说平时喜欢念叨他们，但心底里还是特别喜欢这帮孩子的。不就是一个茶碗吗，摔了就摔了，道个歉不就没事儿了？

晚上，外像大师知道了这事儿，果不其然，他并没有斥责那个闯祸的孩子。但细心的周建发现，大师的神色似乎有些不太对，不仅面色发青，而且还头冒冷汗。

“师傅，您怎么了？”周建很关心地问道。

“这，这……这个茶碗，是将军大人放在这儿的……本来说好下个月就要给他的……现在……现在……”长老也不知道现在该怎么办了。

周建想了想：“听说将军大人现在已经出家了？”

他们口里的将军，就是那位足利义满，只不过，早在一休当小和尚之前，义满就已经把将军的位子让给了自己的儿子，也就是第四代将军足利义持，自己选择了皈依佛门，并且还自取法号叫天山道义。所以，动画片里的将军形象是不真实的，真正的将军，其实应该是个光头。

“那倒是。”外像听了之后便点头称是，不过又觉得奇怪：这两者之间，有关系吗？

周建一笑：“那就没事了。您下个月去还茶碗的时候，带上我吧。”

时间过得很快，一个月很快就晃了过去。外像带着九岁的周建以及几块茶碗碎片，去了足利义满出家修行所在的金阁寺。

“将军大人……我……我是来还茶碗的。”外像说话明显中气不足。

足利义满倒也没有察觉：“那个茶碗不错吧？”

“做……做得很好。”外像一边说着，一边硬着头皮把原先装茶碗现在装着陶瓷片儿的木匣子递给了身旁的周建，由他传交给将军。

周建倒是非常淡定，捧着匣子来到义满跟前，施了一礼：“将军大人。”

义满：“怎么了？”

“有生命的东西终究会怎样？”

“哦？你这小和尚是在问禅？”足利义满一下子来了兴趣。

所谓问禅，就是两个佛门之人就天地万物互相提问回答，是禅宗修行的内容之一。义满好歹也是和尚，所以他正襟危坐："有生命的东西，终将死亡。"

"那么有形状的东西呢？"

"有形状的东西，终将碎灭。"足利义满对答如流，但说完之后心里咯噔了一下，背上阵阵发麻，总有一种不祥的预感。接着他看到周建亲手打开了木匣子，里面是一堆碎片。

"这就是有形状的茶碗。"

义满盯着周建，周建也毫不畏惧地看着义满，两人大眼瞪小眼了好一会儿。

"行吧，我原谅你了。"义满很大方地笑了笑，"为了奖励你的勇敢，我请你吃饭。"其实他已经认出来了，眼前的这家伙就是那个南朝妃子的儿子千菊丸皇子。只不过还真没想到，伊予局是个如此容易屈服并任人摆布的女人，可生出来的孩子倒是机智聪明、胆略过人。留不得，留不得啊。心里这么想着，但他嘴上可没说出来，只是招呼着说快开饭吧。

日本当时的饭局是每个吃席的人跟前有单独的一份，自己吃自己的，你可以选择吃什么或者不吃什么。将军的招待自然要比寺里吃的好得多，所以周建非常开心地把眼前的东西一扫而光。坐在一旁的外像大师惊呆了，因为他发现，摆在一休面前的，除了斋菜之外，还有鱼和肉，按照室町时期的佛门清规，和尚是不能吃这些东西的。可周建似乎毫不客气，有啥吃啥，一直吃到盘子光得能当镜子使为止。

不用说，这是足利义满特意安排的陷阱。虽然有点低级，连他自己都不相信对方会上当，可事实已经摆在了眼前，也就没啥好说的了。

"周建，你是和尚吧？"足利义满怒喝道。

"嗯，在下是和尚。"

"你身为出家之人，居然连鱼肉都吃，成何体统！"话说出来足利义满都觉得自己幼稚，这和尚吃了鱼肉又能如何？最多骂一顿，又不能杀他，何苦呢。

可周建似乎有意寻死一般："我并没有吃它们啊，我只是让它们从我的嘴巴进入我的身体，然后路过而已。"用现在比较流行的话来讲，就是关俺鸟事，俺只是让他们去我身体里打酱油的。

足利义满就差仰天长笑了："很好，来人，把他拖下去，让武士的钢刀也从他身体里路过吧！"

“且慢！”周建喊道。

“你有什么遗言就说吧。”义满笑得似乎很开心。

“我的身体确实什么都能通过，可是，因为我一心向佛的缘故，所以是不会让钢刀这么危险的东西进入我的体内的。”

“哦？你是说你一心向佛？”足利义满的脸色变得严肃起来。

“是的。”

“此话当真？”

“千真万确。”

“好吧，那就放过你了，你可以回去了。”

一个九岁的小孩子，既然肯说出一心向佛的话，多半应该不是谎言，更何况，当着那么多人的面和一个小孩子过不去，也实在有失颜面，不如等他长大了再看吧，如果到那个时候他有二心，再砍也不迟啊。

周建说的的确是真话，随着年龄的增长，他对于佛法的学习热情日益增高。11 岁的时候，便被送入了宝幢寺，和成年和尚一起，跟着当时的高僧清叟和尚学习维摩经。12 岁时，又转入健仁寺跟慕哲大师学习汉学和汉诗。

简单来讲，这健仁寺其实就是教中文的。当时在日本的上流社会，汉诗写得好不好，能直接评判一个人是不是有学问和修养，但凡那些精通汉文、会写汉诗的人，都会得到社会的尊重。

聪明的周建进步非常神速，14 岁的时候便写出了名作《春衣宿花》：

吟行客袖几时情，
开落百花天地清。
枕上香风寐乎寤，
一场春梦不分明。

这首诗是描绘樱花开落时的景象。可以说，即便是当时的中国，也很难找出几首能与此相媲美的诗来，更不用说在日本了。对于一个 14 岁的孩子来讲，在诗词方面能有此造诣，着实难能可贵。而当时京都的人们对这首诗也给予了高度的评价，大伙纷纷传抄，一时间把京城弄得洛阳纸贵。

不过，此时的周建并未沉浸在喜悦之中，相反，他感到无限的困惑，因为越是修行，周建越是不明白自己为什么要修行，所谓的大彻大悟，究竟是什么？

健仁寺是五山之一，刚才已经说过，因为受到幕府的大力扶植，所以名声非常显赫，很多高级武士以及公卿贵族都把自己的孩子送入寺庙，想修行个几年或弄一张能证明自己是得道高僧且能开寺院的印可证，或者就干脆进去镀一层金。时间一长，原本清静的佛门圣地也变了味。

15 岁的周建非常鄙视这种行为，耻于和他们走在一块儿，但又不知道究竟该怎么办才好，因为他既不想凭借着自己的皇族血统在和尚堆里飞黄腾达，也不知道修行佛法的真正意义是什么，一时间相当痛苦。不管怎么想，他始终得不到答案。然后，他只有游走于街上，通过压马路遛弯这种方式来排解心里的痛苦。

不过，再怎么说也是皇家出身的五山子弟，周建的穿戴还是相当上品的。因此，他刚下山还没溜达上两步，就被人给拖住了："师父，给点吃的吧，我家孩子三天没吃饭了。"

周建平时不怎么出门，出门也没带钱的习惯，只不过他穿得实在是太招摇了，所以刚出门就把丐帮给招来了。

当时的日本，两极分化比较严重，有钱的人暴有钱，没钱的人家里连锅都没有。即便是在国家中心的京都，也一样会有很多要饭的。看着这些围拢过来的乞丐，周建心中已经痛苦到了极点。作为僧人而言，他们最大的职责其实不是窝在家里念经，而是普度众生，唐僧当年之所以上西天去取经，为的就是学会了经文里的东西然后讲给众人听，用佛法的精髓来消除人们心中的各种阴暗念头以及痛苦。而周建作为一个有高度责任感的和尚，眼前放着这么多大苦大难的人，自己却无能为力，怎能不痛苦万分？

他唯一能做的事情就是低头道歉："对不起了，在下没有可以给大伙的东西……"正当周建觉得自己相当无力的时候，一个老和尚拿着一个大碗走了过来，一边走，还一边招呼着乞丐们来分自己碗里的食物。

他叫谦翁，是西金寺的住持，平日里经常把化缘得来的东西和那些吃不上饭的穷人一起分享。周建觉得这应该是个了不起的人，便跟上去，把自己心中所有的困惑都告诉了谦翁。

谦翁听完之后只是微微一笑："不必理会旁人的眼光，你只要按照自己的想法去做就足够了。”说完，便起身要回寺。

“等等！”周建仆倒在地，“请收我为徒吧！”

谦翁很惊讶：“难道你真的愿意离开那么有钱的健仁寺？”

“这是我想要走的路！”

“那你就来吧。”

做了谦翁和尚的弟子之后，周建改了名字，他从谦翁全名谦翁宗为里取了一个宗字，叫自己宗纯，那一年，宗纯不过16岁。

西金寺就是传说中那种一万年都不会有一个来拜菩萨的香客的破庙，连庙宇的屋顶都是漏水的。而且在里面做和尚还得自己种地，因为庙穷，所以不劳动就没饭吃。每天上午宗纯就跟着谦翁一起修地球，修完地球吃午饭，吃过午饭就上街要饭，即化缘。

这是宗纯从未体验过的生活。要知道，从小就是五山十刹里混出来的他，虽说也经历过粗茶淡饭的苦行僧岁月，但像这种自己动手丰衣足食的生活，还是头一次。不过他丝毫没有觉得有任何不适，相反，还觉得特别充实。

这样的日子一过就是五年，那一年开春，重病的谦翁和尚终究没能熬过去。恩师的过世对宗纯来说是一个相当大的打击，最主要的是，他一下子失去了精神上的支柱。他又开始迷茫起来，这回不光是对修行的迷茫，更是对前途的迷茫，宗纯甚至不知道自己今后的路该怎么走。彷徨之中，他来到了琵琶湖畔，这是日本境内面积最大的淡水湖。然后宗纯毫不犹豫地走入湖中。他想到了死，因为只要人一死，任何迷茫和痛苦都不存在了，不仅如此，生就是死，死就是生，正所谓蝶闯入我梦，我又在蝶梦之中，是醒是梦又有何不同？

或许，只有死，才是真正的大彻大悟吧。

那时候还是初春，天冷得寒风刺骨，更别提这浮满了冰碴儿的琵琶湖了。所以一休进去没多久，水还没盖顶，他就翻然醒悟了：人死了确实是没有了痛苦，可同时消失的还有自我，抛弃了自我，还算什么大彻大悟呢！

于是，他又爬上了岸。

到底是年纪轻身体底子好，居然连烧都没发。这要是换了某些个讲究现代化的小胖和尚，估计直接就被佛祖给收去了。

数日后，宗纯回了一次家。这是自他五岁出家后16年来头一次重归故里，也是16年来头一次和母亲重逢。

在家里待了一年之后，宗纯决定去做华叟的徒弟。

华叟全名华叟宗云，在当时日本的宗教界里是个很牛的人物，他得的是大德寺大灯国师的真传，本来仅靠此一条，就能飞黄腾达。不过华叟为人极为正派，特别讨厌依靠宗教佛法来发迹的肮脏行为，所以只在琵琶湖畔造了一座叫禅兴庵的小寺院，然后带着几个弟子修行禅道。

和母亲道别之后，宗纯来到禅兴庵，不过却被挡在门口。

那里的人告诉他，华叟和尚已经不收徒弟了，所以还是哪儿来的回哪儿去吧。宗纯想了想，便跪坐在了门口。

这一跪，就是五六天。

大致情形就跟《大宅门》里头杨九红坐在白景琦他堂姐的提督府门口类似，只不过宗纯更苦一点，没有长板凳也没有孩子给他送烧饼，风雨顶头上地跪在人家门口。到了晚上，也只能睡到河边的一只小木船里。华叟这人相当腹黑，听说宗纯在外边好几天都没挪窝之后，不但不让他进来，还叫过了自己的弟子："拿一盆水浇他身上去。"当时已是应永二十一年（1414）的深冬了，天上还下着大雪。一盆凉水倒上去，那感受可想而知。

每当我看到这段的时候，总是从心底里由衷地佩服一休：身体真好，吃什么吃出来的？

经过这次洗礼之后，华叟算是相信了宗纯的诚意，于是也就不再折磨他了，答应收他为徒。而那位拿着冰水去泼宗纯的叫养叟，是他的师兄。不过两人的关系一直不怎么好，而且就佛学方面的理解也各不相同，最终落了个分道扬镳的结局。当然，这都是后话了。

再说这宗纯入了禅兴庵之后，首先明白了一个道理，那就是在这世界上，没有最穷，只有更穷。原本他觉得西金寺的日子就已经够苦的了，吃饭还得自己种地上街行乞，却没想到禅兴庵更加过分，除了要做前面两样之外，还得做副业补贴寺院里的开销，具体说来就是缝香囊和小挂件，然后拿到市场上去卖。

从历史上的各种资料记载来看，一休应该是日本历史上第一个做针线活赚钱的皇子。不过，尽管每天的工作量都非常繁重，但宗纯再也没有在西金寺时候的那种充实感了，相反，他再一次感到了无尽的痛苦。

因为他发现自己当了那么多年苦行僧，念了那么多年佛经，却和之前没有任何区别——他依然无法拯救那些穷苦的百姓，依然无法消除他人的烦恼，甚至连自己的母亲都帮不了。

伊予局表面上虽然很平静，但内心是相当怨念的。她痛恨夺走自己儿子的幕府，痛恨将自己赶出皇宫的朝廷，可以说，从被出宫的那一天开始，她就活在了无尽的痛苦之中。

从本质上来讲，自己的行为其实和那些想进五山十刹的贵族子弟没有任何区别。因为不管是哪一方，其实都没有尽到僧人的责任，唯一的区别仅仅是表面形式的不同而已：宗纯是在苦修，他们是在混饭。说的更露骨一点，宗纯的苦行僧生涯甚至可以说是一种装逼。

怀着这样的痛苦和纠结，他再一次走进了琵琶湖。不过这次倒不是寻死，他是坐着一条破船去的，宗纯打算在这平静的湖面上好好想一想。他想到了谦翁和尚说过的话："按照你自己的想法去做就足够了。"什么才是自己想要的？每天过这种苦行僧的生活？每天沉浸于阿弥陀佛之声？不，不是这样的，自己想要的，并非这些。自己想要的，应该是用佛法来消除世人的痛苦，而不是单纯地独自埋头搞那些经文研究。

虽说现在的生活，看起来非常道貌岸然，俨然一副出淤泥而不染的模样，可是，这难道不让自己觉得相当虚伪吗？明明什么都做不了，却还要用修行的面具来伪装自己，同时对那些和自己形式不同本质相同的人横加指责，这算什么佛门子弟？

不知不觉中，一夜过去了，太阳缓缓升起，而睡在树林里的乌鸦也睁开了眼睛，拍动着翅膀飞向天空，去寻找它们的早餐。

远远望去，乌鸦在太阳之中，既和太阳融为一体，又能清晰地分辨出它们那漆黑的身影。

"哇！"一声鸦叫划破长空。

坐在船上的宗纯猛然顿悟。

佛有千千万万，每个人都有属于自己的那一尊独特的佛。

那尊佛，就是自我。当一个人能够脱离自我却又不迷失自我且真正能直面自我的时候，他看到的那个自我，就是佛。

佛家一直说真善美，真，才是后两者的根基，而现在的很多人往往将这最重要的东西给忽略了，只求形式上那所谓的善和美。殊不知，若没了真，那善，就成了仅能满足少数人的小善乃至用于满足自己的伪善；那美，也不过是昙花浮云，一己私欲而已。

那一年，宗纯 26 岁。

当华叟大师听闻了他对大彻大悟的感受之后，只是很轻蔑地一笑："你这个算什么大彻大悟，最多算是个小悟罢了。"

"小悟就足够了。我不需要什么大悟。"

华叟哈哈大笑："很好，很好，这才是大彻大悟，我给你印证，你可以出师了。"印证——之前我们讲过，算是认可一个和尚的最重要的证书之一，就跟你今天的大学文凭差不多。

宗纯毕恭毕敬地双手捧过印证，看了一眼，在确认上面确实写的是自己的法号之后，将其随手扔在了地上。

"我学佛不是为了发迹，这东西，看过就当是有过了。"

"很好，不过还是得给你点什么。既然你不要印证，那就帮你取个名字吧，叫一休如何？"

"多谢师父。"

获名一休之后，他继续在西金寺修行，只不过行为和之前有了很大的不同，主要表现是放浪了很多。比如在他 28 岁那年，传来了大德寺住持和尚过世的消息，由于华叟之前就是那里的得道高僧，所以自然得去参加葬礼。作为华叟的得意弟子，一休也跟着一块儿去了。

日本跟中国一样，都是很讲究红白喜事的国度。特别是和尚，葬礼上都得穿着上好的袈裟礼服，正襟危坐给死者祈福。

结果，当一休出现在葬礼现场的时候，所有人都惊呆了。因为他浑身上下没一件好衣服，那副模样要是上台演济公那都不用化装，甚至比济公还济公，人家也就是鞋儿破帽儿破身上的袈裟破罢了，一休却只穿了一只开了口的鞋，再穿了一件上带一个大洞的袈裟，僧帽也没戴，就这么一摇一摆地跑来沉痛默哀了。最可恨的是，这哥们儿望着大伙诧异的目光，还用很鄙视的神情说了一句："看个屁，我穿什么是我的事情啊，关你们鸟事？"从此，他又有了一个新外号——大德寺的恶魔。

对此，华叟只是哈哈大笑，宛如在看别人家的事儿一般。六年后，他离开了人世，一休也借此机会离开了西金寺，开始了云游四方的人生。

不过说是四方也没那么夸张，其实也就是在京都附近的近畿一带混而已。在那几年里，因为最强的统治者足利义满去世，从而使得幕府的势力全面衰退，社会变得一片混乱。而一休就是在这样的环境下，云游近畿，然后碰到了各种各样的人。无论是穿戴华美的公卿贵族，还是家里连饭都吃不上的穷苦老百姓，他都没有任何歧视，用最浅显易懂的方法为他们讲解佛经。不仅如此，他还亲自把原先由难懂的汉字组成的经文重新用假名的形式写了一遍，这样一来，很多不懂汉文的下层百姓也能看明白经书的意思了。

不过，尽管此时的一休已经俨然是一副得道高僧的模样，可他当年的那些用来坑人套人的机智聪明一点也没有消退。

有一次，一休来到了一个小镇，在住店的时候发现店老板的样子很奇怪。

"老板，你感冒了吗？怎么说话声音那么哑？"

"大师，您有所不知，这里现在流行着一种怪病，被染上了之后嗓子就会感到阵阵发麻，很是痛苦。"

一休听了之后先是深表同情，接着又问老板自己是不是可以给他们介绍几个好医生来看一看啥的。

老板苦笑着谢绝了："其实也不是什么不治之症，只不过镇子上的药店故意将药价抬得很高，所以很少有人买得起罢了。"

一休想了想，笑了："既然这样，就交给我吧。"

第二天，他就来到了药店："老板，你把治嗓子的药方告诉我吧。我帮你念经祈福，如何？"老板知道这就是满世界乱窜的一休大师，能得到他的诵经那自然是再好不过了，于是满心欢喜地表示同意，唯独有一个条件请求一休答应："大师，这药方是秘密，您千万不能告诉别人哦。"

"你放心，我答应你，绝对不会对别人说的。出家人说话向来有信用。"

结果，到了第三天，在这个镇子上最热闹的十字路口，有人竖起了一块牌子，上面非常完整地写上了治嗓子药的全部配方，并且还用假名标注，生怕人家看不懂。

“我遵守了我们之间的约定，并没有说，只是，也没答应你不能写吧？”一休对那个气得乱跳的老板这么说道。

一边化解老百姓心中的痛苦和迷茫，一边融入老百姓的生活中并真正地为他们做实事，就这样，一休的名声越来越大，越来越多的人都尊敬地叫他“一休师父”或者“一休大师”，到了后来，大伙干脆亲切地叫他一休桑（一休さん）。

就这样一直到永享五年（1433）深秋的时候，突然有一个宫里打扮的人找到了已经39岁的一休，表示奉旨请他入宫一趟。

会是什么事情呢？诵经？祈福？抑或是觉得自己名声太大了想亲切接见一下？抱着种种猜测，他随着使者走进了深宫，走进了这原本应该是属于他的深宫。然后一休看到了已经处在病危中的后小松天皇，确切地说，是临死状态的天皇。

后小松屏退了左右，只留下了一休一人。

这是后者活了三十九年来第一次看到自己的父亲，也是前者三十九年来第一次看到自己的儿子。

“大师……”

“皇上。”

当年小仲马创作了剧本《私生子》，在结尾处有这么两句对白：

父：当我们两人单独在一起的时候，你一定会允许我叫你儿子的。

子：是的，叔叔。

剧院老板对此表示强烈不满，觉得这部作品哪里都好就是这里不和谐，要求改成父子热烈拥抱，但遭到了作家的无情拒绝。

“我就是为了这两句话才写的这个本子。”小仲马说道。他是著名文学家大仲马的私生子，长年累月得不到父亲的承认，一直活在痛苦之中。

父子相见却不能相认，不愿相认，无疑是世间最痛苦的事情之一。

没有任何史料记载两人会面的详细情形，只知道一休出宫后的当天，后小松天皇就驾崩了。

那声爹以及那声儿子，终究没能被两个人叫出口。顺便一说，一休死后的陵墓所在的庙宇，也就是后面即将说到的酬恩庵，现在归日本宫内厅管。

换言之，日本皇室已经公开承认了他的皇室宗亲地位。

但是，这一切似乎来得太迟了。

见过了父亲最后一面之后，一休继续四处云游，并结识了当时很多文化名人，这其中包括连歌师柴屋轩宗长、日本茶道开山老祖村田珠光、动画片里出现过的那位无厘头武士蜷川新右卫门，等等。

嘉吉元年（1441）夏，六代将军足利义教被刺身亡，国家再次陷入了一片混乱。适时天灾又降，整个日本饥荒一片，饿殍遍野。

这一年冬天，一休在京都郊外和另一个和尚一起开起了粥厂，施舍饥民。这个和尚叫本愿寺莲如，也就是后来在战国时代赫赫有名的连织田信长都为之头痛不已的本愿寺显如的祖宗。

然而，即便是这样的恶年，达官贵人们依然对民间疾苦不闻不问，只想着如何过好自己的日子。第二年春节，京都城内一片张灯结彩，贵族们的宅门上都挂着象征新的一年到来的门松。

然后，一休来了。

他肆无忌惮地闯入一家正在开新年派对的贵族家中，高声喊道："注意！注意！"然后伸出了手里的木棍。

接着有人惊叫，有人躲闪，有人当场口吐白沫倒地不起。

因为这根木头上，还插着一个骷髅。

"愚蠢的人啊，你们居然还在庆祝新年？难道你们不知道，每过完一次新年，你们就离坟墓更近一步了吗？这门口挂着的门松，是地狱的里程碑，既有喜庆之处，又有哀伤之处！"据说那年春节，京都的十几家王公贵族都被一休手上的那个骷髅给吓得整夜整夜做噩梦，年夜饭都吃不下了。

云游了几十年后，一休决定安定下来。于是，他在京都乡下一个叫薪村的村子里开了一座小寺庙，取名酬恩庵。

新公司开张没几天，村长就找上门来，说有急事要找一休商量。

插一句，如果有人觉得我把寺庙叫做公司是一种很低俗且无聊的搞笑，那么你就错了，因为我没有搞笑。

一休曾经去拜访过之前和他一起开粥厂的本愿寺莲如，不巧莲如出门办事儿了。走了大半天感到浑身乏力的他便打算在寺庙的正厅里睡上一会儿，可又苦于没有枕头，在瞅了半天之后，他把位于正中央的佛祖雕塑给搬了下来，然后枕着它美美地睡了一觉。

数小时后莲如从外面回来，看到这个情景不禁大喝一声："你拿我做生意的道具干吗呢？！"被惊醒的一休爬起身子，两人对视了数秒之后哈哈大笑起来。出家人就是该有这么一份洒脱，尽管我特别反感本愿寺莲如以及其后人搞的某些事情，可单就人格上来讲，比起现在背地里自称董事长当面自称住持，以及某些伸手要着香火钱，不给或给少了还不乐意可表面愣要装逼摆出一副出家人淡泊名利的人渣来说，无论莲如还是一休，都称得上是神佛一般的高尚了。

话题继续转回公司前台。

一休亲自接待了村长，问他有何贵干。

村长告诉一休，因为幕府连年提高税负，农民们的日子已经过不下去了，现在大家暗地里都在商量着武装暴动，可手里只有锄头钉耙还没作战经验的庄稼汉怎么可能打得过武士呢？若是真的闹起事来，整个村子恐怕就要遭殃了，所以还请大师想想办法，救救大伙。

一休想了一想，问道："那你打算怎么办？"

"只要农民有饭吃就行了，可如果让全村都吃上饱饭的话，至少……至少要五千贯。"

当时的物价我不是很清楚，不过在数百年后的战国时代，米价被炒得满天高的时候，一贯钱也能买上两石米，五千贯就是一万石，相当于现在索尼或者三菱这样的大企业里面的部门经理20年的工资。这是有史记载以来聪明的一休最后一次开动脑筋解决难题。

"有了，交给我来办吧。"

第二天，他就来到了将军御所。当时的将军已经是第八代的足利义政了，此人早年曾经很努力地想重振幕府雄风，恢复到三代义满的时候。结果被诸侯们联合起来摆了三四道，于是就自暴自弃，整日沉浸于作画和歌等娱乐活动中。

不过，足利义政是个很尊重文化人的家伙，所以看到一休之后非常客气："大师，您来我这里有何贵干？"

一休看了看义政："听说你最近收藏了不少好东西？"

义政很来劲儿："您怎么知道的？来，看看我的宝贝吧。"

接着，他命人把自己多年珍藏的好东西一个个都拿了出来，然后一一介绍下来。不管他说到哪个，一休都只是笑着摇头，摆出一副很看不上眼的表情。

于是义政有些不爽了："大师，您这是什么意思啊？看不起我的东西还是看不起我本人？"

一休嘿嘿一笑："你这些东西算什么啊？我的宝贝比它们好得多呢。"

"哦？您有些什么珍藏啊？"足利义政并不相信。

"老子用过的拐杖、周光坊用过的茶碗、天智天皇赏月的时候做过的草席。"老子就是李耳，周光坊是日本当时著名的工艺美术家，天智天皇是搞大化革新的那个人，这三位的东西，随便拿一样都是绝世之宝，所以足利义政两眼一下子就射出了无尽的光芒："大师，请您无论如何把东西卖给我吧，要多少钱您开价！"

"一万贯。"

"没问题！"

"首付五千。"

"来人！拿钱来！"

"东西我明天就给你送来。"

第二天，一休又去了御所，如约给了足利义政三样东西。

义政浑身发抖声音打颤地指着眼前那三件问一休："这就是您说的宝贝？"

"没错。"一休淡定无比，"这是要饭的睡过的草席、放猫粮的小碗以及路边捡来的竹棍。"

这被骗得太惨了，所以足利义政一下子没把持住，嚷嚷着要砍人。

一休愤怒地拍地而起："混蛋！"

足利义政愣住了。

"全天下都在饱受饥饿的煎熬，可你还有闲心思收集这些个破玩意儿！你出高价买来的那些瓶瓶罐罐，对于饥民来讲，和猫粮碗没有任何区别。你的五千贯我全都给了受灾的贫民，并且告诉他们，这是将军的赏赐，他们听完之后无不对你感激流涕。当然，如果你还想杀我的话尽管来好了，反正我也是风烛残年，就算你不动手，我也没几年能活了。”说完，淡定的一休用淡定的眼神看了一眼无比心疼加蛋疼的义政。

“算了，这次就这样吧。”足利义政再也没了脾气。

不过，尽管是一番肺腑之言，但说者动情却听者无谓，之后义政该怎么玩还是怎么玩，不仅继续收集各种玩意儿，还效仿他祖先足利义满造金阁寺而在京都盖起了银阁寺。终于，越玩越大发得没法收场了——应仁元年(1467)，爆发了应仁之乱，日本进入了战国时代。

文明六年（1474），已经80岁高龄的一休被朝廷任命为大德寺住持。尽管已经身居要职，但他还是选择了回到酬恩庵过日子，因为在那里不但有相亲的村民们，还有相爱的女人。

她叫森女，是一个游走四方（真正的四方）以卖唱为业的盲女。

且说应仁之乱后，因为京都变得非常不太平，所以一休率弟子去了奈良避风头，在那里，他第一次见到了卖唱路过的森女，然后为其所吸引。尽管那只是一次邂逅，但森女的美貌以及动听的歌声在一休的心里烙下了深深的印记。他还在自己的诗集中，将其比为如杨贵妃一般宛若天仙的女人。

而森女也被这位机智幽默，尽管有着象征日本宗教最高地位的紫衣袈裟，却可以很坦然地和任何一个人亲切交谈的老和尚给迷住了，两人就这么好上了。

不过，邂逅终究还是邂逅，一夜萍水过后，森女还是踏上了她游唱的路途，而一休还是留在了奈良避难。或许是命中注定的缘分，在六年后的文明二年(1470)，两人居然在京都的酬恩庵门前重逢了。这一次，他们再也没有分开，那年，一休76岁，森女27岁。

真正的爱情是没有年龄隔阂的，这话搁在一休身上我信。

两人在一起幸福地度过了11年，文明十三年（1481），87岁高龄的一休得了疟疾，然后一病不起。就这样，否定一切权威、对任何人都毫不畏惧却也不仗势欺压、放荡不羁、永远站在弱者一方的一休，于当年11月21日在酬恩寺去世。

文章的最后，就用他的辞世诗来结尾吧。

朦朦三十年，淡淡三十年，朦朦淡淡六十年，末期粪土暴晒敬梵天。

作乐昨日道借用，今月今日道奉还，借时为五还时四，本来无一物，

空道莫须有。

这是一个容不得半点虚伪，拥有一颗纯真、真诚的心的人，他一生都活在自己的信念之中，从来没有向世俗的虚伪低过头，也不曾失去过真正的自我。或许，只有这样的家伙，才是真正值得世人仰慕、尊敬的自由人吧。

>>“二百五”们的真相

动画片一休的故事里，有三位比较传神的“二百五”：一个是那位笑得阴险猥琐却经常被一休在智商上凌辱的小胡子将军；还有一个则是本该充当皇室私生子一休的监视人，却被对方智慧所折服不幸沦为其跟班的新右卫门，在日语原版中，他的那句“一休大人，大事不好啦（中文版里是：一休，给想点办法吧）”的招牌叫声，一度让人印象深刻，甚至被誉为是这部动画片中最经典的王道场面；最后一位就是那个貌似一脸憨厚其实满肚子坏水的黑心商人桔梗店老板，尽管他每次都想证明自己和一休相比确实存在着智商方面的优势，却每次都以失败的秀下限而告终。

然而，在真实的历史中，这些所谓的“二百五”一个个都是非常恐怖非常大腕儿的存在。

足利义满是室町幕府的第三代将军，这个前面说过。在当年南北争霸的年代，他亲率大军，以武力击破楠木家、结城家以及北畠家等武力顽抗派，接着又用政治手腕打压了那些个不敢明着动家伙却在背地里搞政权的山名家和大内家，独掌全国大权并确立了将军独裁体制。在文化方面，他建造了花之御所以及今天闻名世界的金阁寺，可谓是真正的文治武功之君。

不过，足利义满真正登峰造极的地方，是体现在其政治地位上的。除了征夷大将军之外，义满还担任过内大臣、左大臣乃至太政大臣。太政大臣就是天皇的师傅，这个职位在日本整个历史上只有 94 人担任过，其中，能够做到既当过将军又当过太政的，除足利义满外，仅德川家康、德川秀忠以及德川家齐三人而已。

不仅如此，他们足利家还享有准三宫的地位，也就是说，足利义满的老婆、老娘以及奶奶，分别享有与皇后、皇太后、太皇太后同等的待遇，他的后代也一样。换言之，即给予足利义满之后所有的足利家将军皇族待遇。

这已经是很牛逼的了，但还有更牛逼的。

应永十五年（1408），足利义满病逝，朝廷追认其为太上天皇，就是天皇认他当亲爹。在日本当过的总共只有六人，然而，足利义满是他们中间唯一不是皇族出身的。

不过，因为考虑到树大招风，所以这个称号最后还是被当时的室町幕府给婉拒送回了。

可以这么说，从有日本列岛的那天开始算起一直到今天，除了历代吃人饭干人事儿却愣要把自己当神的天皇外，地位最高且手中权力最大的，当属足利义满。现在的日本首相也绝对比不上他，真的。你见过今上天皇拜小泉纯一郎当爹的吗？你见过明治天皇叫伊藤博文爸爸的吗？没有吧？

说完了足利义满，再来说说新右卫门。

此人的全名应该叫蜷川新右卫门亲当，最近有一些很无聊的家伙考证出来，说其实他真正正确的名字应该是新左卫门，这个就有点太那啥了。尽管当时日本的文字尚不算发达，但也不至于到了左右颠倒的地步吧？更何况新右卫门和服部半藏一样都属于嫡系专用名，他儿子、他孙子都叫新右卫门，所以断不至于给搞错的。

在动画片中，新右卫门担任的职务是寺社奉行，就是代表幕府掌管天下宗教事宜。不过，这个职务真正出现的年代应该是距室町幕府数百年后的江户幕府，所以他其实是不可能做过这个活儿的。

不过蜷川家的家格很高倒不假，他们是伊势氏的亲族。在室町时代，历代蜷川家嫡子都是幕府的政所主管，主要负责全国的财政以及京都地区的法治诉讼等事务，属于将军下面的直属高官。一休中的那位新右卫门，担任的就是这个职务。

不过，蜷川新右卫门亲当并非侍奉三代足利义满的家臣，他真正的主公，其实是第六代将军足利义教。而且他还是一个很有名的连歌师。所谓连歌，就是几个人在一块儿一人说一句和歌，只不过下一句得挨着上一句，类似于我国刘三姐她们干的对山歌。这在当时的日本属于既风雅又高难度的娱乐，一般人可参加不了。而蜷川亲当不仅能参加，还对得非常好，曾经有连歌七贤之一的称号。

虽说真实存在的年代似乎和动画片里有所不符，但新右卫门和一休互相认识且关系还不错是事实。在他儿子蜷川亲元的日记中，不光写到了两人知交的事情，就连一休过世的时候，他本人也特地大书了一笔表达了自己的哀思之情。

不过，尽管双方存在着亲密交往的行为不假，但也并非如动画片里所说，当一休还是个小和尚的时候就已经跟新右卫门称兄道弟了。实际上新右卫门认识一休的时候，自己也已经出家当和尚了，他晚年的时候曾入佛门，并有法号叫智蕴。

还有一点要说的是，新右卫门其实未必有动画里看起来得那么大。尽管至今还没有考证出这位仁兄具体是哪年生的，但从他的嫡长子蜷川亲元的出生年月（1433）以及结合当时日本上流社会大抵的生育年龄来看，新右卫门有这个儿子的时候，多半不会超过 30 岁，也就是公元 1403 年后生的人，所以基本可以断定，新右卫门比一休要小。

顺道一提，新右卫门的后裔至今还在，而且还很有名，那就是被誉为亚洲最强男人，总共拿过四次 K-1 格斗比赛冠军的武道家森昭生，别名武藏。

说到这里，或许有人会质疑，既然新右卫门是那么厉害，而且官当得那么大的一个人，为何总是会被一个开杂货店的老头子欺负得都快要濒临自杀还经常性的跑到庙里临时去抱一休小和尚的佛脚呢？

这是因为那个卖杂货的老头儿不是一般人。

桔梗店老板，历史上是没有的。但原型存在，而且还不是一个人，是一帮人。他们就是掌控着足利幕府时代日本经济世界的豪商们。作为一个对上要控制天皇、对下要压制诸侯的将军，足利义满势必需要大量的金钱。但那个年头日本尚且很穷，榨干全国都出不了几滴油。于是，他就把眼光放到了海外，然后落在了中国身上。很多史料都认为足利义满是一个相当亲华的统治者。原因是自打唐朝衰落之后，日本就开始一天比一天不待见中国了，元朝时忽必烈两次征讨日本，皆被打了个大败，直接导致了日本上下更加不鸟中国的形态，而唯独义满一反常态主动跑上去跟人拉关系。

且说明朝建立后，朱元璋对于沿海倭寇猖獗非常头痛，仗着大国威风，曾下了一道口气极为严厉的文书给日本，大致内容是倭寇这玩意儿是从你们家跑来害人的，所以你们有义务废品回收，若是不从，那我即刻就派天兵渡海，消灭你丫的。

估计朱元璋不太懂当时的日本政治格局，这信居然被送到了南朝朝廷的手里，具体收信人是镇西将军怀良亲王。此时日本南北分裂，国力远不如北条幕府抗击元朝来袭的时候，但这位王爷还是很不卑不亢地回了一封信给明朝政府，大致内容是说：自三皇五帝以来，不是只有你中华帝国才有皇帝，蛮夷部落也是可以有首领有大王的，所谓天下，也不是一个人的天下。你看我们倭国，方圆不过三千里，城池数起来也就五六十，小日子过得尚且挺乐呵；而你们泱泱中华，明明方圆数百万，却还要跟我们这么个弹丸小邦过不去，总是想灭这个灭那个，是不是心理变态啊？再说了，你们中国古代有那么多仁君贤王，你们干吗不学学他们啊？我知道，大明朝有雄兵百万，能攻城略地，可我倭国也不是没有勇士和城墙啊？论文的，我们学过你们的孔孟之道，说武的，我们也会你们的孙子吴子，你们真的要来，我们是绝对不会跪地投降的。不过，你发兵之前可得想清楚，打赢了我们，那叫胜之不武；可若是万一不幸步了前朝的后尘呢？那可就丢人丢大发了呀。顺您之意未必生，逆您之旨也不见得亡，反正，万事以和为贵，大家过太平日子，岂不是更好？

这信朱元璋是颤抖着双手看完的——被气的。不过想想似乎也是这么个理儿，所以也就只能作罢。此后不久他下了一道圣旨，就是著名的明朝海禁政策。原本往来于两国之间的贸易，就此全部中断。不过当时的日本有多么不把中国当盘菜，也由此可见一斑了。

然而，到了足利义满统一日本之后，他对中国呈现出了一种和前人截然不同的态度。

首先，他以准三宫的身份代表日本朝廷向明朝进贡，挑着好东西说着好话去哄明朝皇帝高兴，表示自己愿意做泱泱中华的属臣。当时朱元璋已经挂了，当位的是建文帝，这人要比他爷爷的性格温和很多，自然也好说话，当下就以宗主国的名义册封足利义满为日本国王，意思是说既然你是日本皇族，而且还那么亲我们，那就让你统治日本得了，至于原来的天皇，哪儿凉快哪儿歇着去吧。

足利义满表面谢恩，暗地里把那册封书给垫了桌底——日本人历来敢杀

将军敢杀亲爹，可就是不敢打天皇的主意，至于原因，这里就不细说了。总之，这是他们的历史传统。

后来，足利义满又派使者渡海赴明，跟建文帝套起了近乎，表示大哥你想要小弟做啥，只要小弟能办到的，赴汤蹈火在所不辞。

建文帝说那好，既然你这么有心，就帮我把那些成天在海上飘荡的倭寇给消灭了吧。足利幕府答应得特别爽快，表示你的事儿就是我的事儿，咱当小弟的，一定为大哥分忧。

这是自遣唐使被废除以来，日本对中国最亲热的一次。当时满朝文武都觉得足利义满挺不是东西的，用今天的话来讲，就是大家都感觉这厮是个“日奸”。

足利义满没鸟他们，他也用不着去鸟这些人，而是继续着自己和明朝的套近乎大业。

他为什么要这么做？你以为是他害怕明朝的威武？或者天生就热爱中国文化然后成了一个哈中派？都不是！

应永十一年（1404），明成祖朱棣表示，恢复和日本的正常外交，并同意两国建立正常贸易往来，不过，贸易的对象仅限于他足利将军家。这就是答案了：钱。

垄断贸易虽说是利润巨大，可这并不代表就直接能有钱了，毕竟足利义满不能提着篮子挑着扁担地去当倒爷。他需要代理人，那就是像桔梗店老板他们那样的大商人了。

实际上，贸易都是以每一船为单位由豪商承包的。也就是说由商人负责准备船、船员和货物，进行航海和对明贸易，所得利润的一部分上献将军，将军要出的资本只是自己的名字而已。虽然幕府得到的只是一部分利润，但已经是非常庞大的数字了。而那些豪商要雇用、统领大量的船员，进行危险的航海，其动员力可以说是已经胜过一般诸侯了，再加之这些做生意的对国家而言确实至关重要，故而他们说话的分量极重，参政议政的程度也颇高。而且当时武士和商人间的区分还不十分明确，所以桔梗店老板的地位，放到今天的日本，有可能就是某大财团主席兼大藏大臣再兼一个自卫队的什么高级干部。

这也就是为什么在当时的情况下，新右卫门作为一介武士而拿桔梗店的老头没法子的原因了。

这就是动画里那三个“二百五”的真相：一个位极人臣，一个幕府高官，一个则代表了全日本的经济秩序。

银魂

“这个国家被称为‘武士之国’，已经是很久以前的事情了。”二十年前，宇宙人，也就是作品中称为天人的家伙们率黑糊糊的舰队造访了日本。在对方强大的武力胁迫下，日本的统治机构幕府不得已进行了妥协，不仅卑躬屈膝地答应让众天人肆无忌惮地在国土上横行，并且还承诺给予他们人上人的待遇，对于天人提出的种种要求也全盘接受，比如，颁布废刀令，将别在武士们腰间的那把曾经是荣誉和身份象征的武士刀，给硬生生地扯了下来。而当年被称为是国家栋梁、正义象征、道义卫士的武士们，虽说一度自发组织起来共同抵抗过侵略者，可最终在幕府与天人的双重勾结打击下全军覆没，在之后的几十年里几乎消失殆尽，以至于有人用无比悲怆的声音发出了“武士已死”的悲鸣。

以这样的台词和时代背景拉开帷幕的，是发生在飞船满天、外星人遍地走的江户后现代野兽派超现实解构主义神作中——伪·古装时代动画片《银魂》。

这部从2004年就开始在少年漫画杂志《少年JUMP》上连载的玩意儿，非常诡异地博得了“主妇之友”的美誉。无论背景设定、漫画角色还是故事剧情，也都一直在现实与幻想、历史与未来的交错融合间维持着奇妙的平衡，堪称近十年来JUMP的最强作。

那么，武士真的已经死了吗？

“医生只许我一周吃一次甜食啊，你们居然给我弄洒了！你个混蛋！”率先映入眼帘的是长着一双死鱼眼，头发呈银色天然卷，腰间别着一把上刻“洞爷湖”木刀的废柴男。在他眼前，是一个饱受天人欺负的苹果头四眼小少年——原本是剑术道馆掌门的儿子，因为废刀令的缘故，道场的生意一天不如一天，再加上父亲英年早逝，为了生计不得已出来给人端盘子打零工。这就是本作的两位主角了。苹果头四眼叫志村新八，是一个丢到人群里就再也找不到，没有丝毫存在感，表面上除了吐槽啥也不会的家伙。银卷死鱼眼叫坂田银时，开了一家自称只要给足钱什么都能做的万事屋。

因为银时的见义勇为，使得三个恣意妄为的豹子头天人被一顿好打。肇事之后骑着摩托带着苹果头少年志村新八狂奔，顺便拯救了新八那个被高利贷的天人抓去“无内裤火锅天国”（动画版里是比较和谐的高衩泳装火锅）打工的姐姐志村妙，并就此把一心复兴道场的有志少年新八逼上了“与阿银一起经营万事屋”的贼船，尽管万事屋有限公司万年处于负利润的可悲状态。

之后，银时又在出门买《JUMP》的时候捡到了为吃饱饭而来地球打工的战斗一族夜兔星出身的怪力少女神乐，从此万事屋三人组正式组合完毕。（注：打工＝为黑社会做打人的工作。）

这是一部相当典型的少年漫画，最明显的特征就是：有一个一脉相传的继承了JUMP系男主角打也打不死打不死也要打的蟑螂特色的神棍男一号坂田银时。除了拥有惊人的生命力之外，他身上所散发的大叔气息也不容小觑。20多岁了还捧着一本漫画边走边读，当众挖鼻孔挠屁股等有伤风化的行为更是家常便饭，各种少儿不宜需要消音才能播出的台词也是如吟诗作赋北窗里一般地脱口而出，猥琐程度堪称 JUMP 系之最。

同时，根据 JUMP 的前世今生定律，即你没有一个好爸爸也会有个好爷爷，没有好爷爷也会有个好祖宗，没个好祖宗你的上辈子或者过去一定是无比辉煌这么一个“老子英雄儿好汉”的规则，坂田银时也毫不例外地拥有灿烂的过去——他是名门松阳塾出身的学生，曾经在抵抗天人入侵的攘夷战争中以妖魔般的剑法杀敌无数，因为身穿一袭白袍，又顶着一头银发，所以被敌我双方共同称为白夜叉。

不过，他现在就是个混饭的，过去的英雄事迹似乎早已被他隐藏在了内心的最深处。只是如果当同伴遇到危险，或者当自已想要保护的东西受到伤害时，那么无论是多么危险的火坑，他都会抄起木刀义无反顾地往里边跳。也正因为如此，在银时的身边才会聚集起一帮可靠且值得信赖的同伴。

男二号志村新八，这是一个倒霉蛋，本来身为道场少主却不得不给人端盘子挣钱就已经够不幸的了，偏偏家里还有一个美貌与暴力并存且成正比的姐姐，不仅没事儿闲着喜欢动粗，而且做出来的料理也极为可怕——据说那在地狱都是难得一见的黑暗物质料理，吃了之后会产生智力衰退、手脚退化等后遗症，最轻的也是视力变差，如新八本人一般。

第三位主角则是一个梳着包子头，穿着一身红色旗袍为了吃够白米饭而来地球的最强战斗种族夜兔族少女神乐，自封歌舞伎町女王，来到万事屋之后便和她的那只“很乖很温柔，从来没有咬死过人”的宠物春定一起，成为了银时心中永久的阴霾，而那浩瀚的胃口以及同胃口成正比的惊人破坏力，还有看似同类相斥实为异性相吸，因此见面就打的真选组冲田总悟，更次次都是万事屋的噩梦之源……

《银魂》的动画是从 2006 年开始的，2010 年 3 月第一季结束。制作方信誓旦旦、又拍胸脯又跺脚地发誓绝对会有第二季，在此姑且相信一下吧。

和后来我们会提到的《Keroro 军曹》一样，《银魂》也是一部通过恶搞各种其他漫画或者其他事物来走搞笑路线的作品。和前者不一样的是，军曹玩的是百分百的内涵，不说透可能你根本就不明白，看过笑过也就算了。而《银魂》则相当红果果地搞起了大鸣大放，明目张胆地把历史人物、历史事件拿来当下酒菜，以至于日木的无数中学生观众在历史考试的时候经常把维新三杰之一的“桂小五郎”错写成“桂小太郎”,像把“奇兵队”写成“鬼兵队”、“新选组”误作“真选组”之类的错误，比比皆是。

不过，这并非单纯的恶搞，如果真的一一探究的话，你会发现，作者空知英秋的历史水准在漫画家里已经达到了一个足以让人惊叹的地步了。我们甚至可以认为他并不是在恶搞人物，而是在刻画一个当年的历史形象。

历史上那些大人物的处世态度、性格人品，大多和《银魂》里相对应的小人物几乎如出一辙。如果不信的话，就让我们来说道说道吧。

>>那一幕的血色—新选组动乱篇之最后的肃清

土方十四郎在刀具店里看中了一把刀，店老板告诉他说，这是一把能够吞噬用刀者灵魂的妖刀。不信邪的十四本着一种不见棺材不掉泪的心态，毅然决然地要下了这把刀，并且挂在腰间招摇过市。

正所谓不听老人言吃亏在眼前，当下现世报就来了，十四在街头碰到了拦路截杀的攘夷志士。

正当他两眼圆睁杀气腾腾准备拔刀解决的时候，突然身体不听使唤地自行冲了出去，在完成了一个漂亮的伏地啃泥动作后，声音也响了起来：“请放过我吧，你们让我做什么都行！”所有人都惊颤了。这还是那个杀人不眨眼人称鬼副长的土方十四郎吗?

这……这还是我吗?

还没等十四反应过来，双手已经自行作出反应——放下刀，伸入口袋，掏出了钱包：“只有三千元，算是我孝敬各位攘夷大爷的，求求你们，放过我吧。”虽说攘夷志士们不明白究竟发生了什么，但隐约感到这么好的机会不能轻易放过，于是纷纷举起了手里的刀：“土方，明年的今天就是你的忌日！”眼看着手起刀落，我们伟大的蛋黄酱控副长就要这么吹灯拔蜡蹬腿走人了，突然，救星从天而降，仅用一招就把攘夷志士们全员放倒，然后，他回过头来看了一眼尚趴在地上惊魂未定的十四：“我还以为是哪个队员遭袭，就赶来看了看，原来是你啊，土方君？”来者是真选组参谋伊东鸭太郎，同时也是土方十四郎为数不多的冤家之一。一看到仇人，十四很快就清醒过来，恢复了原状，不过他依然没弄明白自己怎么就成这副嘴脸了，就这样，糊里糊涂地和鸭太郎一起回到了真选组屯所。

鸭太郎是上个月去找幕府批预算的，走了整整一个月，不光人回来了，还带回来了很多钱和武器，对此，局长近藤勋非常高兴，特地开了个热烈的欢迎会。会上，鸭太郎借着酒劲激情四溢地发表了一通关于幕府现状的演说，表示真选组的同志们不应该仅仅着眼于眼前，也要展望未来，像现在这样腐败透顶的幕府，迟早是要垮掉的。

“十方君，我有一件事情想问你。”宴会结束后，伊东在走廊上叫住了十四。

“真巧，我也是。”两个人背对背地展开了对话。

“你丫的是不是讨厌我啊？”两个人背对背地一起发出了疑问。

“对于入伍不久便受到局长器重，直接威胁到你副长地位的我，是不是很碍眼啊？”

“那是你才对吧，想坐着火箭往上爬却又碰到了一个在你上头安然不动的我，那才叫如鲠在喉呢。”

“老子总一天会杀了你的。”对话在两人又一次的异口同声中结束。

伊东鸭太郎名字的由来是源于两个人，一个叫芹泽鸭，是新选组初代局长。另一个叫伊东甲子太郎，是新选组的参谋，后者同时也是鸭太郎的人物原型。之所以会把伊东甲子太郎和芹泽鸭拼在一起，并非没有道理。首先，他们两个都是水户藩（茨城县）出身的同乡。其次，两个人虽说不攘夷，但都尊王，而且不怎么鸟将军。这是因为水户藩代代都搞尊王教育。第三，这两个人都死于非命，确切地说，死于新选组内的肃清，再确切地说，是死于土方岁三之手。

这里先简单地说一下新选组的历史。

新选组，就是在幕末的时候，维护京都治安的幕府特别警察组织，它的前身是当年为了保卫十四代将军德川家茂上洛而在江户招募的浪人护卫队。上洛就是去京都的意思。当时去的时候说好了一人能有 50 两黄金的佣金，所以去的人很多，原本计划招五六十人就行了，没想到一下子来了三四百人，最后经过精挑细选带了两百多人的队伍浩浩荡荡地开赴京都。而这支浪人卫队的领队，除去幕府官方的幕臣之外，还有一名浪人，叫清河八郎，事实上他也正是这次上京护卫将军活动的总策划。

然而，这个清河八郎本身也是个搞尊王攘夷的，这回他之所以一副改头换面的样子组织人手保护幕府的将军，绝对不是什么大发善心回头是岸，而是另有打算。

浪士组一路艰辛地来到了京都，还不等歇脚，清河八郎就拿了一份请愿书。请愿书的内容是：先简单介绍了浪士组的一些情况，以及成立的背景之类，然后说到，大家其实都是怀着精忠报国之心的，也都是有着尊王攘夷之志的铁骨汉子，坚决响应朝廷提出的攘夷大计，并且在以后的日子里也会竭尽全力地搞好攘夷工作，所以希望朝廷能够认可大家伙这颗炽热的忠诚之心。接着，就要求每个浪士组的成员在上面签个字，并且许诺说，这份文书最终将呈送朝廷，天皇将会看到大家写下的名字。

在那个没有互联网没有 CCTV 没有 NHK 信息落后的时代，当大伙得知天皇能看到自己的名字后，激动得什么都忘记了，连想都没多想就掏出笔墨写下了自己的大名。清河八郎则满脸笑容地保证一定送到御前，然后，收起那份请愿书走了。

一个星期之后，他召集所有的浪士组成员开了个会。打过招呼之后，他开门见山地表示，浪士组要成为攘夷的先行军，为了保护国家，精忠报国，就必须立刻回到江户，为即将爆发的攘夷战争作好准备。

全场顿时都愣住了：不是说来京城做将军的护卫吗？怎么将军人都还没到就要回江户了呢？而且怎么还要回去攘夷呢？不是说做好护卫就拿了工钱解散吗？

这种情况是清河八郎早就预料到的，他微微一笑，问道："大家都已经在请愿书上签上自己的名字了吧？"

请愿书里有一句：坚决响应朝廷，搞好尊王攘夷工作。

换句话讲，从这些人落笔的一刹那起，他们就不再是隶属于幕府的护卫队，而是跟着朝廷的攘夷先行军了。这其实也是清河八郎的终极目标——以幕府的名义花幕府的钱再要些小手段扯着朝廷的虎皮最终却是拉自己的大旗：把这支队伍以攘夷的名义开回江户，用于袭击外国人和那些个日奸。

白纸黑字，自己签的名，还给皇上过了目，如果要反悔，说轻一点那叫没诚信，说重一点叫做欺君，得杀头。

所以，一时间大家不满归不满，还真没人敢站出来反对。

而原本陪在一边的几个幕府官员，虽然因为被耍的跟猴儿一样恨得牙痒痒，倒也愣是忍着没动手。

就这样，队伍被清河八郎带回了江户。不过，依然还是有那么十几个人留了下来，这些人被分成了几拨，其中有两拨的带头人分别是来自水户的芹泽鸭和江户出身的近藤勇。因为他们住在京都的壬生，所以自己给自己取名叫壬生浪士组，芹泽鸭则觉得叫精忠浪士组比较好一点。这就是新选组的雏形。

似乎是命中注定要和大苦大难多灾多事儿挂钩，浪士组成立伊始便问题不断。首先面临的就是存在意义——清河八郎走了，大部队也回去了，你们这十几个人留在京都要钱没钱要后台没后台，算是干什么的?

当时的情况和动画片里某人对近藤勋说的差不多：“当年，是谁把在街头和野狗一般流浪的你们给带回了家的?”说话的人叫松平片栗虎，片中人称破坏神，所经之处寸草不生，他的原型是幕末时代京都守护职、会津藩（福岛县）藩主松平容保。

事实上，在浪士组最艰难的时刻，确实是松平容保向他们伸出了援手，安排这些浪人做了会津藩的下属单位，主要工作是巡逻街道，待遇是管饭，还有一点点零花钱。然而，安稳日子还没过上几天，麻烦又来了，这次添事的主儿叫芹泽鸭。

那时候，浪士组搞的是二元政治，最大的叫局长，总共有三位，分别是芹泽鸭、新见锦和近藤勇。由于新见锦和芹泽鸭本来就是一伙的，所以真正说得上话的，还是芹泽和近藤两人，这两位手下各自有一批弟兄，故而渐渐地形成了两派，虽说明面上是一团和气的团结景象，但实际上谁都衷心盼望着对方早死快死赶紧去，好让自己一人独大。

在被会津藩收容之后，芹泽鸭一直抱怨给的钱太少，吃饭都嫌紧张，更别说日常玩乐了。当然，抱怨也是抱怨不出金子来的，真想要钱还得自己去弄。于是他就经常跑到京都的各商家那里去敲诈勒索，由于哥们儿长得身材魁梧孔武有力，加之身边总跟着一群凶神恶煞形似打手的人物，所以每次出去捞钱很少有商家敢不给的。

芹泽鸭的这种行为，给浪士组乃至会津藩造成了极其恶劣的影响，并且在京都民愤极大。所以松平容保决定，在适当的时候将其肃清，然后由老实本分的近藤勇独掌大局。

副长土方岁三，也就是动画片里的土方十四郎非常高兴地接受了任务，并且在“八一八”事件后不久，率人将芹泽鸭在自己家中给暗杀了。

也就是在这个时候，浪士组因为在之前的“八一八”事件里有过立功表现，所以得到了各方面的认可，不但松平容保那边表示每个月都会拨给固定数额且相当宽裕的特别经费，就连朝廷那里也深感其功而赐予了他们一个新名字，这就是新选组。从此之后，他们的任务便是维护京都治安，清剿那些想搞恐怖袭击的尊攘派，也就是动画片中的攘夷志士。

元治元年（1864）六月五日，一群尊攘派打算趁着夜黑月高的炎炎夏日，在京都街头放火制造混乱，然后再趁机闯进宫中将天皇给抢出来，送到长州藩，搞一个挟天子以令幕府的事件。顺便再把松平容保给做了，如果有空的话，也要把平日里一直在街头追杀自己的新选组一窝端掉。

不曾想计划泄露，非但没能摸进皇宫，反而把新选组给引了过来。当天晚上，两帮人马在尊攘派的大本营，位于京都三条的旅馆池田屋大打出手，结果，总共只有十五人的尊攘派，当场死在池田屋里头的就有七人，逃出去因伤势过重没挺住而挂了的又有两人，这其中就包括了当时全日本尊攘派的核心人物，也是这次抢天皇活动的总策划人宫部鼎藏。而新选组方面只不过是牺牲一人、受伤三人，可以说是大获全胜。这次被称为池田屋事件的惊天大案，让会津藩乃至幕府对新选组的作战能力刮目相看。时隔仅仅两天，也就是六月七日，会津藩就拨下赏金 600 两（黄金）用于犒赏奋勇作战的新选组将士。之后，又因他们在禁门之变中有功，松平容保再赏了 200 两，当然也是黄金。

新选组从来没有那么有钱过，这在当年连饭都吃不饱衣都穿不暖的浪士组时代是根本无法想象的，心中暗爽之余，近藤勇想到了要扩充队伍。他决定亲自回一次老家江户，在那里招兵买马，一来衣锦还乡，二来也算是给家乡同胞增添就业机会。

元治元年（1864）十月，近藤勇来到了江户搞招聘大会，并且成功招到了不少很不错的人才，其中包括北辰一刀流伊东道场的掌门人伊东甲子太郎。

说起来，近藤勇跟这个道场还有些缘分。当年他曾在伊东道场挖过一次墙角，把那里的一个学生弄到自己的试卫馆道场去了，这孩子就是新选组元老——八番队队长藤堂平助。事实上也多亏了这层关系，伊东大藏才顺利地和近藤勇有了几次亲密接触，接着后者当场拍板决定重用前者，具体职务是参谋。

他本是水户藩藩士铃木家的儿子，父亲因为经济问题被革职，之后年幼的他来到南面的伊东道场学习剑道，因为各方面都出类拔萃，被道场主看中，做了人家的上门女婿，姓也改成了伊东，并且继承了道场。成为掌门的他，在所有人眼里都是一个性格温和、面容和善且气质很好的美男子，而且他精通学问，汉诗、和歌样样精通，孔孟之道异常娴熟，对于西洋的军学体制也有所了解，可以讲，担任参谋，他是当之无愧的。只不过，这哥们儿的革命动机不太纯。

前面说了，他本身就是一个尊攘派，进新选组压根儿就不是为了什么保护京都治安，也不是为了辅佐将军，纯粹是看这帮人在京都混得不错，门槛又低，成员不是农民就是底层武士，要出身没出身要文化没文化，以自己的能耐，到了那里绝对能混个风生水起，如果加以利用，那么这将是一个飞黄腾达的最好跳板。

但是，近藤勇并不知道这些。他对伊东甲子太郎非常尊重，不管是当面还是私下，看到他都叫“先生”，而且因为他人长得帅，性格又温和，文化修养好且能言善辩，所以在队中人气一直很高。伊东甲子太郎本人也利用近藤勇任命他做文学师范，帮助队士学习文化传授军学知识的机会，大肆宣扬尊王攘夷的思想，打算把原本佐幕的新选组改造成尊王攘夷的队伍，以便自己日后控制。

这招多年前就有人用过了，那就是清河八郎，而且那会儿新选组还不是新选组，不过是一群乌合之众的浪士组，就这样八郎都失败了，更别提现在已经成了幕府特别警察组织、拥有铁血纪律的新选组了。所以，鉴于前辈失败的经验教训，伊东甲子太郎并不敢大鸣大放的搞大改造，而是打算来一招润物细无声，潜移默化，每天讲几个尊攘小案例，每星期搞一次尊攘知识竞答之类的活动，让新选组的成员们慢慢地变成尊攘派。

尽管这招看起来相当的不错，既到位又安全，但依然被某人给看穿了，这个人就是土方岁三。和动画里一样，真正看穿伊东鸭太郎阴谋的是土方十四郎。

只不过片中的哥们儿实在是太倒霉了，正如店老板所说，那把妖刀上确有冤魂，然后十四郎非常杯具地被鬼上身了，更惨的是上了那哥们儿的，不是别人，正是多年前拿这把刀自杀的一个没用的废柴宅男。于是，昔日的真选组鬼副长一下子就变成了每天躲在被子里看少女动漫的阿宅。

伊东鸭太郎利用这个机会，以种种行为不符合武士身份为由，将土方十四郎赶出了真选组，并且鼓动近藤勋坐火车去老家考察，事实上这才是他的阴谋所在——勾结以高杉晋助的鬼兵队，向近藤勇的专列发起袭击，暗杀之后，由他伊东鸭太郎登上真选组的宝座。

不过在真实的历史中，因为不存在妖刀和宅男的冤魂，所以土方岁三的能力没有被打上丝毫折扣，依然活跃无比。他直接就把在搞尊攘宣传的伊东甲子太郎叫了过去，一边阴笑一边告诉他，你以为新选组是什么？你家的泥团子？你想捏成尊王的就成尊王的，你想捏成攘夷的就成攘夷的？知道吗？你之前，有一位你的老乡，也是水户出身，也是搞尊王攘夷的，认识吗？

伊东甲子太郎很老实地表示自己不知道。

土方岁三说，好，我告诉你，那人叫芹泽鸭。

伊东甲子太郎不做声了，他知道芹泽鸭的下场是什么。尽管他的直接死因并非因为尊攘问题，但芹泽鸭确实是个尊攘派，这点确凿无疑。同时他还知道，以战略家闻名于世的土方岁三，在挖坑使绊子方面，是全日本顶尖的高手，自己玩不过他，搞不好，还要搭上自己的一条小命。

原本打算把新选组变跳板的伊东发现，自己的才华其实在这里非但无法得到很好的施展，反而很有可能会变得混不下去。与其眼睁睁地看着自己越来越难混，还不如主动退出的好，这是一个常识。不过，常识问题虽说大家伙都明白，但真做起来其实还是相当困难的，因为我们都知道，你要擅自退出新选组，那是要切腹的。

伊东甲子太郎不想切腹也不想再待在新选组了，就在他陷入了一个鱼和熊掌不能兼得的痛苦境地时，一件意外的事情让他看到了曙光，那就是孝明天皇的去世。天皇死了自然有皇陵，有皇陵自然得要有护陵的，这工作如果让自己去做，岂不是能顺理成章堂而皇之且以无罪之身脱离开新选组吗？更重要的是，给天皇看坟是很正宗很伟大的尊王举动，所以肯定能借此机会接触到很多尊攘派，这对于伊东而言，可算是找到组织了。

经过不懈努力地疏通路子，伊东甲子太郎终于被朝廷正式任命为御陵卫士。对此近藤勇和土方岁三都不好阻拦，只能由着他去了。

庆应三年（1867）三月二十日，伊东甲子太郎带着 15 名队员离开了新选组，这 15 人基本上都是当年他从伊东道场里带出来的，其中也包括他的老学生藤堂平助。唯独有一个人既不是北辰一刀流的，跟伊东的关系也不是特别熟，而是临时起意说自己也是尊王的，要跟他走。当时正值开辟新山头人手缺得厉害的时候，所以伊东甲子太郎也没多想，便同意让他加入了，此人名叫斋藤一，是三番队队长。其实，这斋藤一乃传说中的卧底，伊东甲子太郎他们一伙人离开新选组之后每天的一举一动，都由他传达给近藤勇和土方岁三。

自从离开新选组之后，伊东每天过着表面上看坟墓实际上四处跟各地的尊攘倒幕派联络感情的事儿。其中，跟他接触过的主要人员有西乡隆盛、大久保利通，还有坂本龙马。他看上去一副韬光养晦的模样。

但是，伊东其实也很明白，就算自己是以合理合法的姿态退出了新选组，但睚眦必报的土方岁三未必会放过他，与其整天惶惶不可终日地防着对方杀上门来，还不如主动出击打他个措手不及。于是，伊东甲子太郎决定，刺杀近藤勇，让新选组群龙无首，然后再把这事儿栽赃嫁祸给尊攘派，那么自己便能顺理成章地回去，以给近藤勇报仇的名义执掌新选组的大权——他断定有恶鬼之称的土方岁三人气一定不如自己，到时候群众支持的一定会是他伊东。

暗杀的方法比较老套，总共分三步：第一步，请近藤出来喝酒；第二步，喝酒喝到一半时掷杯为号；第三步，处理尸体，栽赃嫁祸。

可就在他的暗杀计划还处于酝酿萌芽阶段的时候，近藤勇那里突然来了口信，说伊东老师您给先皇看坟辛苦了，我请你吃个便饭喝个小酒再聊个天吧？地点就在我小老婆家吧。伊东甲子太郎有点纳闷：我刚想用这招把你骗过来砍死你呢，怎么你反倒先来请我吃饭了？这还真够凑巧的啊。莫非……你跟我用的招儿撞衫了？但转念一想，不太可能啊，先不说近藤勇为人正派，向来不爱搞这种歪门邪道，哪次肃清不都是土方岁三干的好事儿？更何况他平白无故的凭什么肃清自己？他又不知道自己要暗杀他的计划。

不是近藤勇不知道，而是伊东甲子太郎不知道——不知道有个斋藤一。所以他去了，又喝酒又吃菜又看歌舞表演——近藤勇的小老婆是风月场出身，色艺双绝。

酒足饭饱之后，他踉踉跄跄地走出了近藤家的大门，也不知道在想些什么，反正脸上的表情是挺高兴的。就在他这么走着想着想着走着地来到了一个叫做油小路的地方的时候，突然背后一枪刺了过来，正中他的左肩。

“你……你个奸贼！”伊东回过头去，发现是新选组的杀手大石鍬次郎，于是愤恨地说出了他留在人世间的最后一句话。接着，早已埋伏在周围的其他新选组队员一拥而上，你一刀我一枪地把他活活捅死了。

之后，土方岁三以伊东甲子太郎的尸体为诱饵，诱骗留在驻地的御陵卫士前来抢尸，顺利将其伏击，御陵卫士几乎全军覆灭，从此再也无法成气候了。

伊东甲子太郎就这么死了，这同时也是新选组历史上最后一次内部肃清。

他为什么会在最后说一句“奸贼”？长期以来我一直很纳闷这个问题，因为如果是我的话，怎么着也该叫一声“近藤我那啥你先人，土方我今天晚上就来咬死你”之类的话吧？都已经到生死关头了，还文绉绉地说什么奸人贼子，摆什么威风要什么酷哪？

后来，在他的遗体上，众人找到了他写的好几本书，主要说的是日本今后该走的道路，其中包括开国、强国、发展等一系列理论，被誉为一本比一本写得好。

我先是感到很奇怪，出去喝酒作乐带这玩意儿干吗？你看到过谁泡吧的时候带着一本伟人的故事吗？后来我想明白了，其实伊东的真正目的不是去喝酒，而是去给近藤看那几本书，好让对方明白自己的心意，明白自己的目光并不在近藤，也不在土方，甚至不在新选组，而是这个国家。作为一名武士，一名本着尊王攘夷之志的武士，他也想为这个国家做点什么。新选组内的职务，我可以不要，其他的一切，我也可以放弃，但只希望近藤兄你从此往后别像对待其他尊攘派那样满世界地追杀我和我的人了，请你给我一个机会，让我用自己的努力来改变这个国家。

我想近藤应该是看过了这几本书，然后了解了伊东的心意，最后两人达成了某种协定也说不定。因为埋伏伊东的人确实有说过，他的脸色看起来不错。只不过近藤答应了却没来得及通知土方他们，以至于暗杀小队没有收到取消指令的通知，或许是土方压根儿就没想过要放过伊东，这才酿成了最终的悲剧。

那声"奸贼"，应该指的是动刀子的那位哥们儿，要么说的就是土方，因为他们用手里的刀毁灭了这个国家的某一丝希望。至于近藤，在生命终结的最后一刻，想必伊东对他应该没有什么怨念的吧？

话说，伊东在退出新选组之后还自学了英语，这点相当了不起。不是说他学英语了不起，而是在当时的国际环境下，主流语言是法语，然而就是这个日本男子非常明确的表示，尽管当下流行法语，但在不久的将来，英语才是这个世界的主导语言。

还真被他说中了。

总之，这就是一个温柔、和善、美貌、有眼光、文武两道的杰出之人。同时，也是个极端孤独的人。其实像他这样的家伙，即便是放入幕府跟胜海舟、榎本武扬之类的重臣一起供职，也绝不算是过分。现实是，他只能跑到会津藩手下一个乡下人扎堆的片警组织里做参谋。

久而久之，有了一种自然而然的优越感。

再久而久之，有了一种自然而然的孤独感。

天才向来孤独，没有人能理解我，我并非一个能够闲居在这乡下人堆里的家伙，这一点，谁都不明白。谁也没有发现我的才能，既然这样，我就只能靠自己向天下展现我的才华了。我先将新选组分裂开，再以力量夺取之，最终将其变为囊中之物，然后以此为跳板，进军天下。

“其实，你只是觉得特别孤独而已吧？其实，你想要的既不是什么理解者，也不是什么簇拥者，你想要的只是……”忽然又想到了伊东鸭太郎，不用担心我这么个说法会把两个人给说串了，放心，绝对串不了，因为他们就是一个人。

之所以会有伊东鸭太郎这个角色，我想多半是因为作者空知英秋想通过他来告诉我们，在一百多年前被暗杀于油小路的那个伊东甲子太郎的真实想法。

没有华丽的出场方式，没有红花绿叶的默默陪衬，当然你要觉得陪衬他的是那个蛋黄酱控我也没意见，更没有超人气所必备的条件——英俊潇洒的面容。只有那冷刀铁剑的日夜陪伴，只有那残损的记忆挥之不去，只有沉默与他不离不弃。这就是空知猩猩赐予这个男人的一切，这个从身体到心灵处处充满悲哀的男人——真选组参谋伊东鸭太郎。

他的初次登场，不过是砍杀了街头嚣张的攘夷志士，解救了宅化初期的土方。熟悉的制服，陌生的身影，土方脸上看到的是与惊喜对立的表情，以及伊东的冷傲语气，让人不禁打了个冷颤并且不看好这个生面孔。

“没有人能够理解我，没有人会认同我的才华，我不应该是这样！”这便是他背叛的理由。“我并没有错，一切的一切都是因为那些家伙的无能，我和他们居住的世界是不同的，我是被选中的人，无法接受孤独所以将孤独归咎于他人，害怕被别人拒绝就先自己拒绝了自己，害怕受伤，所以就一直上演着孤独的戏码，所以，才会在心里形成了壁垒，所以，才会有那种想向天下展示才华的表现欲，希望得到他人的认可，即便得到认可却还不满足，觉得自己还能更行，因为我跟你们是不一样的！不知何时就已经忘了，我真正想要的东西，其实根本不是什么地位名誉武功才华，也不是自己的理解者，我只是……只是想有人在自己身边而已……只是……只是想让人看着我……只是……只是不想一个人而已……”

回首往事才骤然明白，造成今天这一切的都是自己故步自封罢了。在心里筑下高墙，一直都落落寡合的是自己而并非别人，自己想要的一切的一切，其实从来就在自己身边，从来就没有离开过自己：虽然权高位重却依然尊称自己为老师的近藤勋，虽然永远一副如同胶水糊脸却无比理解自己的十四。

“我总有一天会杀了你，所以，不要死在这里！”在鬼兵队的袭击现场，近藤拉着快要掉下悬崖的鸭太郎，鸭太郎则用仅存的一只手死死地拖住了同样快要掉下去的十四，然后两个人用这样的方式互相告诉对方：或许我以前从来都没有发现，但是现在我知道了，你就是我的同伴，我要豁出性命来保护的同伴。

在生命的最后一刻，他用残缺的身体挡住了子弹，然后浑身淌满了鲜血，勉强地站了起来。

“以前，很多东西摆在面前，我不去珍惜，不去在意，等现在一切都明白过来的时候，却不能和队友们并肩作战了……”伊东不断地忏悔，右手轻抚着不久前失去的断臂，脸上的血不住地流。

这场动乱最终因银时他们横插一脚而让真选组逆转乾坤，事件结束后，伊东鸭太郎坐倒在地，奄奄一息。他非常清楚犯下这一切错误的下场是什么，然而，出乎意料的是，土方十四郎丢了一把刀过来：“不想作最后的了断吗？”

之所以要选择这种决斗的方式来进行处决，是因为大家都明白，对身体已经算是支离破碎的伊东来说，死亡只不过是个时间问题而已，但是谁也不想让他如同一个背叛者一样，背上一辈子的污名蜷缩在角落里死去，大家都希望伊东在人生的最后历程里，是以一个武士的身份，堂堂正正或者说是以一种相当体面的姿态踏入那个世界。

因为，他们是同伴。

“长期以来，我想要的东西，其实一直就在我的身边。”

飞溅的血色染红了一片天空，伊东在最后找到了他想要的东西。每个人的心都和他连成了一道金色的光线，这便是所谓的羁绊。

他最后是说着谢谢而死的。

“谢谢。”

>>从吉原炎上篇开始说吉原，顺便再来说说女人

某日，银时在路过打酱油的时候，意外地抓到了一个不过十来岁的小偷。之后，那个名叫晴太的孩子就陷入了万劫不复的地狱之中——先是被银时敲诈请客吃奶油杯，接着又被要求偿还高达八万的被盗金额，事实上他钱包里一分钱都没有。

最后银时拎着晴太走出店门，估计是打算找个地方继续敲诈，哦不，是教育。此时晴太知道不妙，一边苦苦哀求一边大倒苦水，说自己无论如何都需要钱，所以才会失足行窃。为了证明自己没有骗人，他带着银时来到了一个地方——桃源乡吉原。这是一个位于地下数十层，受幕府默认超越法规存在的空间，说白了就是地下红灯区。

然后晴太告诉银时，自己要钱，都是为了到这里见一个女人，她的名字叫日轮，是吉原的头号花魁。为了证明自己没有骗人，晴太当着银时的面把钱给了里面的门番，也就是工作人员，打算等攒够了数，就请那位日轮小姐喝上一杯。

银时已经被弄糊涂了，他实在搞不明白为何这么小的小鬼居然还想着泡吉原的头牌。不过，这里也不是说话的地方，所以他又把晴太带回了登势酒吧，打算好好问一问。

“她应该是我的妈妈。所以我想见她一面。”在酒吧里，晴太终于吐露了实情。原来他自幼是无父无母的孤儿，只靠一个没有血缘关系的老爷爷抚育长大，那位老爷爷两年前离开了人世，在临走之前，他告诉晴太，你的母亲是吉原最美丽的女人，叫做日轮。从来没有得到过母亲疼爱的孩子从此便踏上了寻找妈妈的路途，然而，花魁不是你想见就能见的，得给钱。晴太知道自己没钱，又没赚钱的本领，便只能靠偷窃生存在这个社会的最底层，每次都把小笔数额的钱款交给门番，打算日积月累攒够了数之后，去见日轮。

这种故事说实话还是挺能赚人眼泪的，即便是在现实社会中也常有发生，什么为母治病不得已去偷钱啦，给老娘办葬礼不得不去抢劫啦之类的。社会上一般对于这种犯罪很少会去指责，往往还多有褒赞之意：啧啧，孝子。

孝吗？

“你这是本末倒置啊。”登势大妈一语道破这层罪恶外的光环，“用偷来的钱去看母亲，你觉得母亲会高兴吗？”

无论出于怎样的理由，犯罪就是犯罪。

“你要是愿意的话，就留在这里打工吧，虽然钱比较少，但我想总有一天还是能够让你去看妈妈的。”登势说道。

从此，晴太走上了正道，成为酒吧里的一员。虽说收入少了很多，但他依然定期去交钱，以期有那么一天可以看到自己的妈妈。

老江湖银时感到这里面似乎有猫腻，于是，特地在某天去吉原搞侦察，果然不出他所料，那个门番把晴太每次给的钱都私吞了。火大之下，银时挥起木棍将其打翻在地，然后招来了吉原特别卫队——百华。

事实上，整个吉原虽说名义上和幕府有着千丝万缕的关系，但实际的统治权其实全都掌握在一个人的手上，那就是被誉为夜兔一族最强的战士，宇宙海盗集团曾经的第七集团军司令，人称夜王的凤仙。凤仙为了更好地掌控他的这个地下乐园，特意训练出了一支精锐的护卫队，起名为百华，领头的那个叫月咏，是后来跟银时有着说不清道不明关系的姑娘。凤仙很快就知道有人在自己的地盘上闹事，也很快知道是谁为了什么而闹，于是他当即叫来了月咏，命令她率队将银时和晴太一并击杀。

在百华追杀银时的同时，凤仙那边也碰上了麻烦——现任春雨第七集团军司令，他当年的徒弟，同时也是神乐的哥哥神威找上门来，要求春雨也来分一杯吉原的羹，师徒俩一言不合便大打出手，场面相当惊悚。其实，这只是为后面那场更加惊悚的战斗作铺垫而已。个中细节不必多说，总之，在放了数集之后，情况发生了转变——晴太在混战中走散，碰上了神威，一个劲儿想给自己师傅添堵的他当即决定带着晴太去找日轮，而百华的头头月咏其实是无间，她对吉原从来就没有过好感，之所以当上卫队长全都是因为想保护心目中的女神，也就是日轮。

这并非没有原因。在阴暗的地下城吉原，每个女人进来之后，这辈子便再也没有重见天日的可能，到死她们都出不去，不仅如此，当一些游女年老色衰之后，便会被认为是无用之物而惨遭屠杀。尽管对于男人来讲，这里或许是能肆意玩乐的温柔乡，但对那些女人而言，这里则是不折不扣的绝望地狱。

然而，就是在这样一个阴暗冰冷的世界里，意外地升起了一轮太阳，无论受着怎样的屈辱和煎熬，她都能向这个世界展现出最明朗的笑容，同时告诉那些绝望的女同胞，不要轻言放弃，不要轻易绝望，只要活着，就要战斗，只要战斗，就终有一天能看到太阳。这个人便是日轮。

“真正的不自在，是在自己的心中设下牢笼，有力气呻吟着去死或者到处逃跑什么的，还不如在这监牢中与自己战斗。”这种能够渲染整个世界气氛的笑容和气度，让吉原的女人们顿生一种在黑暗中生活下去的勇气和希望，这里面也包括月咏。所以，月咏很明确地告诉银时，从一开始，自己就不是吉原的人，而是日轮的人。你们要保护的那个孩子，其实也是日轮想要保护的，既然是日轮想要保护的，那也就是我要保护的。

另一头，在带路党神威的指引下，晴太终于来到了囚禁日轮的那间小屋前，而夜王凤仙也同时出现在他们面前。

“你就是那个小鬼吧？”他认出了晴太。

晴太说那又如何，自己今天就是来找妈妈的。

“你的母亲，早已经死了。”

凤仙说出了一个令人震惊的事实：八年前，一个普通的游女怀上了孩子，按照吉原的规矩，无论是母亲还是孩子都将被杀掉。但是，那个游女在其他游女的保护下，偷偷隐藏了起来，然后悄悄地生下了孩子，之后，她因为过度衰弱而死亡。那个孩子，就是眼前的晴太。

之后，尚在襁褓中的他被一部分游女拼死带出了吉原，亲手交给了一个不知名的老人抚养，而将其带出去的那个人，便是日轮。换句话说，晴太日盼夜想的妈妈并非日轮，用凤仙的话来讲，日轮不过是一个想成为母亲但又实现不了梦想，只能沉迷于做人母幻想中的贱女人罢了。

说完，他丢出了一束头发，这是从晴太亲生母亲头上割下来的遗物：“如果你现在离开，我或许还能放你一条生路。”回答他的，却是一阵剧烈的撞击声——晴太用自己的身体拼命地想把那扇关着日轮的大门给撞开：“母亲的话，就在这里！穿过无尽的黑夜把我带到地上，赌上性命让我诞生的妈妈，就在这里！即便没有血缘关系也无所谓，我的妈妈，就在这里！”

凤仙准备把晴太当场杀死在那扇门的门口，这时，一把飞来的木刀插在那扇门的上面，刀柄上清晰地刻着三个字——洞爷湖。

这扇晴太拼死都没能撞开的木门顷刻间变得粉碎。

银时到了。

在门碎的那一瞬间，日轮和晴太四目相对，这个无论受着怎样虐待都能用笑容面对世界的女人，在这一刻却流下了许多眼泪。

这两行泪便是最好的证明——母爱的证明。

虽然并非亲生，却依然存在着爱。然而，当做梦都想和妈妈见上一面并为此不惜沦为盗贼的晴太与日轮面对面时，晴太的脚步却意外地犹豫起来。

“像我这样肮脏的小孩，也能叫这样漂亮的人妈妈？”

银时说，你丫的都折腾到这地步了还磨叽些啥，赶紧过去叫妈妈吧，这里爷给你顶着。

晴太迟疑地迈动着脚步，一步步地挪了过去：“妈……妈……”

“这样真的可以吗？”一直没有说话的日轮终于开口了，“叫我这样既没有血缘又浑身污秽的女人妈妈……”

“真的可以吗？叫我这个迄今为止什么都没有为你做过的人为妈妈。”

“真的可以吗？由我这样的人做你的妈妈……”

六点档的少年热血在那一瞬间变成了八点档的亲情狗血。

这一对没有血缘关系的母子紧紧地抱在了一起，相拥而泣。

这边抱头痛哭，那边的三个男人之间也迸发出了无限的激情。其实主要是凤仙和银时，带路党神威在事情进展到这步之后便已经成功转型成一名无辜的围观群众。

凤仙说，你小子敢到大爷的场子里来闹事，真够种，这样吧，老子给你特地摆上一席上等的酒宴——不过要用你的血来做成。

银时说，拉倒吧，我不喝你的酒，在你这种破地方酒有什么好喝的。

“被锁链困住的女人们斟出来的酒，是连一点酒香都没有的。流着泪的女人斟出来的酒，是一点也不会好喝的。就算满是老太婆的脏兮兮的小酒馆，只要是笑着斟出来的酒，我就很喜欢。就算全是凶狠小姐敲诈的夜店，只要大家开怀笑饮，我就喜欢。就算没有美女没有美酒，连屋顶都没有的旷野，只要能惬意地喝着便宜的酒，我就很喜欢。女人的眼泪，作为下酒菜来说实在太辛辣了。”

作为男人而言，只要看到女人的笑容，便足够了。

话说到这份儿上也就没必要接着啰唆了，开打吧。

在此我先补充一句，在官方设定中，凤仙似乎是被定位为宇宙最强男人之一的。他确实够强，直接一只手就捏住了银时挥过来的洞爷湖——那可是连原子弹都能解体的洞爷湖啊。反观银时，仅仅是挡了对方的一击，便已经快要被打垮了。

差距，这就是差距啊。

对打了十几秒后，银时被凤仙一脚踢飞，整个人镶嵌在了墙壁里，脑袋被对方一巴掌摁住：“就凭你，也想斩断老夫的锁链？难道你还不明白吗？你们武士，不光失去了归宿，就连拥抱女人的资格，也早已不存在了！”

“要怪的话，就怪你们这些什么都无法守护的丧家犬太过软弱吧！”凤仙因为说得太高兴的缘故，所以没能察觉银时使出了踢裆插眼的阴招——他举起了月咏给他的烟杆（定情信物？）戳向了凤仙的眼睛，这才勉强使自己脱离了夜王的魔掌。知道情况不妙的银时拼命喊着晴太的名字，让他带着日轮赶紧离开这是非之地。纵然是信奉无论何时都要华丽丽地活下去的他，对于这场战斗，也已然没有了必胜的信心。

“快走吧，别让我真的变成了丧家犬。”

眼看就要被活活打死了，月咏率领众百华赶到。她们已经不再听命于凤仙，而是要用自己的力量来保护吉原，保护这里的人，保护晴太。

关于晴太，有一个连凤仙都不知道的故事——其实，当年呵护他出生的，并非只是一部分游女，而是在吉原的所有女人！因为这个孩子就是她们的希望！对于女人而言，能够成为她们真正的精神支柱的，是那如同新生太阳一般升起的新生命。

其实，每一个女人都是一位母亲。说白了，那一轮冉冉升起的太阳，不是别人，正是晴太。

看着只剩一口气的银时，月咏高姿态地走上前来：“说什么要成为太阳，说什么要保护吉原的烛火，结果还不是在说谎，你这个骗肖仔！”说着，一根苦无飞了过去。能如此舍得下手，果然是有官配相啊。然后，苦无被一只血淋淋的手给接住了——是银时，他睁开了眼睛。这里再补充一句，在官方设定中，银时的定位是主角。而在非官方的潜规则里，他的定位是神棍。

又一次站起身子的银时拿起了家伙和凤仙再度开打，就在战斗一片火热的时候，笼罩在吉原上空的黑暗突然消失了，明亮滚圆的太阳赫然出现在众人的头上。原来是晴太在一片混乱中按照日轮的指示，找到了吉原的机关暗房，将这座地下城的天花板打开了。

夜兔一族是很怕太阳的，不是说因为他们干坏事太多，而是天生的身体就是如此，所以神乐他们才会没事儿随身带着一把伞。直接暴露在炽热的阳光底下的凤仙再也无法抵挡银时那愈发猛烈的攻击，终于被银神一棍子打翻在地上。

夜王死了，太阳重新升起来了，吉原获得了新生。

故事圆满结束，可喜可贺，可喜可贺。

吉原炎上篇据说是《银魂》连载里内容最长的一个单篇，应该讲这个故事还是相当赚足了观众的眼泪的，同时也不得不让人对银时的神棍程度再一次倾倒膜拜——连夜王都被他拿着木棍子给放倒了，这还是人类吗？

不过，更多的人则是对那个“拥有自己法度的地下世界”吉原产生了浓厚的兴趣，同时爱屋及乌的对它的原型——江户吉原表示关注。

需要科普一下的是，历史上所谓的吉原并非某一家店的名称，和动画里一样，它指的是那一整片红灯区。在当时的日本，这种地方全国都是，规模最大的有两片，一片就是江户的吉原，还有一片在京都，叫岛原，新选组的大伙经常去那里。

吉原出现的最根本原因，自然只能是一个——男人。且说德川幕府建立之后，江户聚集了大量的德川家直臣和来江户驻留的各藩单身武士，一时间男女比例严重失调。于是就有人瞅准这个机会搞起了风月场，其他人也纷纷效仿，一下子便呼啦啦地搞起了一片，也就是后来的吉原。

不过，现实中的吉原并非受哪个人的掌控，而是一举一动几乎都在幕府的完全监控之下。毕竟江户是全国的政治中心，去吉原这种地方的人本身就鱼龙混杂，万一混了一票图谋不轨的乱臣贼子，岂不糟糕？但是，即便如此，它依然是一个和外面世界全然不同的“地下城”。

在当年的日本，男尊女卑的思想相当流行，女人基本上就没什么地位，在吃饭的时候甚至不能和男人同席而坐。可在吉原，游女，也就是妓女们不仅能和客人平起平坐，甚至她们还能在上座，男性客人只能趋于客座下位。这是只有在吉原才能看到的景象，若是在其他红灯区，男客人则当之无愧地坐在首席，受着游女们斟酒夹菜的热情招待。

不仅规矩特别，吉原的消费也非常高。虽说后来为了满足消费需求陆续开了很多适合老百姓的平价店，但一些名门老店的价格没有一丝的浮动，而且店规也相当严格。可以说，当时的吉原是一个几乎适合任何消费阶层的人来找乐子的地方，在那里能够看到人世间的百态，几乎就是江户社会阴暗面的缩影，所以把它称为“另一个世界”也没什么不妥。

“世俗舞台的上下通道，既有光华的一面也有阴暗的角落，如果说绽放的花朵有她的华丽篇章，那么无法绽放的花朵也同样有着属于她的一首歌。”

今天，就让我们来扒一位曾如流星一般划过历史长空的不起眼的青年男子，以及他和吉原的那一段往事，并借此对吉原的基本情况作一些简单的介绍吧。

从前，有个好青年叫太郎，家中世代定居江户，二十好几了却依然身如完璧，眼看着都快能放大火球了，可连个姑娘家的小手都没摸过。在坏邻居毛毛丸的教唆下，太郎迈出了封建腐朽阶级低级趣味的第一步——来到了吉原的某家品牌店，推开了大门。

一进去便是店老板笑容可掬的胖脸，但他并不忙着招呼客人进去坐，而是问道：“这位客官，咱们可是初次见面？”

太郎从未来过这花花世界，一时半会儿还有些紧张，所以没敢开口，只是微微点头表示肯定。

“行，先看看姑娘们吧。”说着，店家双手捧上了一本册子，里面都是每个游女的画像，游女就是在那里从业的女孩。

太郎看来看去，选中了一个叫小百合的姑娘，表示自己就要她了。

老板说没问题，不过在此之前得先给定金，数额是黄金一两。

一两大抵等于现在的八万日元，折合人民币也就是在六千上下。

给过钱之后，小百合便登场了，事实证明太郎的眼光或者说画师的功夫的确不差。这姑娘果然如画上一般花容月色，身段有形，出来之后，对着太郎嫣然一笑，顿时，太郎君云里雾里，便不知南北何处了。笑完之后，小百合就回里屋了，而太郎还在一边咽着口水一边浮想联翩。

“客官，客官。”店老板摇了摇他，然后把手一伸，“客官，请吧。”兴奋异常的太郎摩拳擦掌准备上阵，却意外地发现老板手伸的方向居然是大门。这是只有正宗吉原品牌店才会有的规矩，你第一次上门，挑中姑娘付了钱之后，什么都干不了的，只能和姑娘见面，对方有礼貌一点的，笑着说上一声初次见面。没礼貌的或者你长得不帅的，瞄你一眼便直接走人了。而你的那笔钱，叫做初会料，说白了就是介绍费。

当然，如果让你看一眼就收你六千块人民币，那这家店不出三日就该被人给烧了。事实上，在太郎临走之前，店家还问了他两个问题：第一，这个姑娘您满意不满意？在得到了太郎满意的答复之后，便是第二个问题：客官，您下次什么时候来呢？当然，第二次来肯定不会让你光看一眼就完事儿了的。

太郎想了想，说我明天来好了。店家连忙说道客官您走好，小店明天静候您的大驾。

那么，若是太郎说自己不满意那个小百合，这介绍费是不是就会退给他了？答案是肯定不会，从来就只有往青楼送钱的，你可曾见过青楼把钱还你的？如果不满意那个姑娘，你可以再选一次，甚至是N次，前提是你带有足够的钱，反正一次一两，你就随便挑吧，挑完了还是老规矩，约个时间回头见。

太郎满脸疑惑：咋这不是找乐子而是相亲捏？

第二天，太郎如约而至。店家倒是非常上心，已经早早准备好了一桌子华丽的酒席，当然，得太郎买单。

宴会上，有人唱歌，有人跳舞，之前挑中的那位姑娘小百合也闪亮登场，只是她远远地坐在首席，太郎却只能陪坐在一边。更要命的是，小百合坐在那里一动不动，不吃菜不喝酒，目不斜视，仿佛就是为坐而坐。

太郎很奇怪：怎么这有一种陪俺家领导吃饭的感觉呢？

宴会结束之后，店家以真挚的笑容告诉太郎：千万别生啥多余的错觉，您才是真正的爷，咱都是孙子，爷，掏钱吧。

这天的费用依然是黄金一两，付完之后太郎又约了第三次会面的时间，然后老板再一次伸手指向了大门，这回仍旧连姑娘的手都没摸着。

在回家的路上，太郎不断琢磨着：付了介绍费后见了面，第二次请女孩吃了饭，第三次……

猛然间，他顿悟了：这他娘的就是相亲嘛！

不过，再抱怨也没用了，二两金子都已经丢了下去，干脆就一丢到底，看看究竟有些啥奥妙吧。

次日，太郎三度光临。开场还是宴会，只是他意外地发现，手里拿着的筷子上居然刻着自己的名字，老板很恭敬地告诉太郎，因为来的次数已经达到三次，所以，从此之后大家就是自己人了，会为你配备专门的餐具的。这一天，小百合依然坐在首席，和上次不同的是，她这次不但为太郎频频斟酒，自己也陪着畅饮了好几杯。

宴会过后，太郎和小百合终于修成正果，圆了他春宵一夜的千金梦。第二天早上回家的时候，他付了这回的费用，仍是一两，同时店家还告诉他，这事儿的专业术语叫做驯染。太郎心头掠过一丝疑惑，因为在日语中，这驯染的意思，指的是男女之间的交往。比如青梅竹马在日语里就被写作幼驯染，如此纯洁的一个词汇，怎么就被用在了这档子事儿上呢？

没几天，太郎碰到了好朋友毛毛丸，也就是教唆他去吉原的坏邻居。毛毛丸问太郎爽得如何了，太郎一边称好一边抱怨，说是太贵了，算上介绍费，就一次便花了三两，自己实在是消受不起。

毛毛丸嘿嘿一笑，说我当什么事儿呢，你贵的付不起，上便宜的地方不就行了吗？这两天吉原又新开了几家平价店，姑娘不错价格还便宜，介绍费什么的统统不要，开门见山直接就能天上人间梦里游，可谓价廉物美。

心已经玩野了的太郎说干就干，当天晚上便寻摸了过去。果然如毛毛丸所说，那家店的姑娘很漂亮，而且还很便宜，一两黄金能在那里玩三次。正当太郎玩完之后怀着一种偷摘了别人家嫩黄瓜的窃喜心情走出店门时，迎面被几个腰间挂刀的汉子给拦住了。

“你是昨天来XX店玩过的太郎先生吧？”XX店就是那家看一眼便得给一两的正宗店，而太郎自然就是太郎，所以他想了一下后便点头表示肯定，反正自己也没做亏心事，该付的钱都付了，你们又能找我啥事儿呢？

他还没琢磨明白，就被对方给扭住了，对方一边扭一边说：“让你再外遇！让你再外遇！”这下太郎可冤枉了，要知道自己前两天还是个处子身呢，怎么凭空就来了外遇呢？于是，他一边抱头一边叫着屈：“别打了，别打了，俺没外遇，俺连老婆都没咧！”可人家压根儿就不怎么废话，连拖带拉地把太郎拽到昨天去的那家店里。一进门，他便看到前几天才泡过的那位小百合 MM 正端坐在上，面无表情，周围也站着两排侍女，架势宛如公审大会。

“你明明有跟我们店的姑娘交往，怎么还可以背着跑出去偷腥？”前几天还满脸堆笑称你为爷的店老板此刻义愤填膺。

太郎很莫名其妙：交往？这也算交往？

老板则依然怒容满面：废话，老子没告诉过你这叫驯染哪？

不错，在吉原，你一旦完成了和姑娘的见面程序，并吃完第一顿饭这些程序后，你和她的关系就是正在交往中的男女朋友关系了，没有得到姑娘的允许你是不能提出分手的。如果敢到外面满世界采野花，那么一旦被发现就会被强行带回店里接受惩罚。

具体的惩罚办法就是让太郎穿着女人的衣服，化装成女人，在被他辜负的那位小百合姑娘跟前跪地道歉。

这下，太郎终于大彻大悟了：这哪儿是找乐子啊，这就是找老婆嘛！

算他聪明，在日本，从来就有这么一个说——吉原不是找乐子的地方，而是恋爱的地方。但是，有一点不得不作一个说明，在吉原，虽说男人不能随便找女人，可游女们能接待 N 个以上的男性客人，有的店里，甚至规定，如果女孩今天心情不好不愿接待，那么即便这位男客有先约，也得打道回府。

在这个世界上，女人才是真正的王者。

>>攘夷始末记

嘉永六年（1853）六月三日，美国提督佩里率舰队来到江户湾上，向当时统治日本的德川幕府递交了要求日本打开已经封闭了两百多年的国门和与自己通商做生意的国书。因为美国的军舰清一色为乌黑蒸汽快船，所以日本人管他们叫黑船。所谓幕府就是后来类同于军政府的东西，日本的军人学名叫做武士。幕府总部设在江户（东京都），所以也叫江户幕府，该幕府是由德川家康在庆长八年（1603）开设的。

若是按照往例，这美国人就该直接被赶出去了。至于那份国书，众老爷心情好的话拿来读一读，读完之后擦屁股垫桌脚，心情不好的，那就得随着大老美一起圆润地离开。

但现在情况可不一样了，现在的幕府里，谁都知道这洋大人惹不得。毕竟，十多年前，也就是公元1840年，被日本人拜了一千年的老师傅，长期以来一直处于世界巅峰顶级帝国的中华王朝，被向来视做蛮夷小邦的英国人给揍了一顿，损兵折将不说，还赔了银子开了港口，受尽了屈辱。连中国都打不过对手，更何况日本?

可大家又不打算就这么心甘情愿地坏了老祖宗定下来的规矩，商议之下幕府作出决定：无为而治。具体做法是不去管门口的那几艘美国船，也无所谓他们要送的是国书还是情书。总之，不去鸟他们就是了，反正时间一到，船上的粮食吃完了，也就散了。

被晾在一边的美国人很生气，他们决定让日本人见识见识自己的厉害。

这一年的和历六月八日，也就是阳历的7月13日，美国人自己互相告诉自己是为了纪念刚刚过期的美国独立日（7月4日），决定放炮庆祝。于是，一百门大炮被拉了出来，每门平均鸣炮了将近几十下。虽说是空炮，但赤裸裸的威胁不言而明——你要是再不鸟我们，就轰死你丫的。

炮声一响，地动山摇，幕府怕了。

最终，经过双方反复协商，大家终于在嘉永七年（1854）的三月三日，于今天的神奈川县横滨市缔结了总条数为12条的《日美亲和条约》，也称《神奈川条约》。随后，又在5月25日，对条约进行了最后的删改修正，最终确定了总条数为13条的《下田条约》。

条约中规定，日本开放下田港（静冈县内）和函馆港（北海道内）给美国，用于做生意、停靠补给等事务，并且在两地建立领事馆和美国人居住区。此外，美国人可以在日本的规定区域内自由活动不受限制，还能打猎。条约中还规定，美国享受和日本单方面的贸易最惠国待遇等事项。

这就是历史上的“黑船来行，日本开国”。

在动画片里，外国人变成了宇宙人（天人），不过依然是用武力胁迫的手段逼着幕府打开了国门，从此，幕府开始频频和包括美国在内的西洋列强接触，不断地开放或者说是“被开放”各类通商口岸以及“被签订”各种条约。封闭了两百多年的武士的国度，开始悄悄地起着变化。

不过，不是每个人都喜欢国门“被打开”，遍地走着外国人的。在日本，存在很大一部分排外的势力，这些人里面，最牛逼最长脸的，当属孝明天皇了。这哥们儿就是一个愤青，极端排外，只要一听说外国这个字眼，就立刻想抄家伙砸人。所以，在真实的历史上，在日本但凡攘夷的，一定会再给自己加个称号——尊王，连起来就是尊王攘夷，意思是说，我们是奉了皇上的意思来驱逐外国人的。由于幕府坚持和外国人打交道，所以渐渐的，尊王攘夷又多了一层推翻幕府的色彩，叫做倒幕。

这攘夷尊王且倒幕的祖师爷，是一个名为吉田松阴的家伙。其实，他一开始并不攘夷，非但不攘夷，反而很有当日奸的倾向。且说当年佩里和幕府协商签条约期间，就把那几艘黑船给停在了江户湾上。

一天晚上，一艘小船慢慢地靠近了其中的一艘军舰，由于夜深天黑，所以一时间也没有人注意到船以及船上的两个人。

这条小船上的两名乘客偷偷地爬上了军舰，终于被美国士兵发现了。美国兵的反应自然是意料之中的，先是大喊，招呼同伴，然后再是问来者何人。

来者是两个年轻的日本人，一个叫做吉田松阴，一个叫做金子重辅，前者就是《银魂》片里那位神龙见首不见尾，永远笼罩在坂田银时、桂小太郎、高杉晋助他们心中的吉田松阳老师。

面对美国人的大呼小叫，吉田松阴显得异常冷静，他对大兵们说道：“请不要惊慌，我们不是可疑的人，我叫吉田松阴，是长州藩的藩士，想去美国。”

但是美国人没鸟他，理由很简单，人家都是美国来的水手，说的都是英语，谁能明白你那日本话呢？唧唧歪歪说了一堆的松阴显然也明白过来了，他想了想，对身边的金子重辅说："有了，既然说不通，那我们就用笔谈吧！"也算是难为了这哥俩，搞个偷渡居然身边还带着笔墨纸张。

很快，一张写了字的纸就拿在了松阴的手上，上面其实也就四个大字——吉田松阴。美国人当然还是看不懂。

松阴一拍脑袋，又明白过来了：对了，美国人看字都是横着看的，我们日本人写字却是竖着写的，所以只要横过来，美国人就能看明白了。于是，他把纸片一横，将横着竖写的"吉田松阴"四个大字凑到美国水手的面前。已经忍无可忍的美国人将两人带到了船长室，交给佩里亲自发落。

佩里找来了翻译，仔细询问了两人的身份、简单情况，以及此次来自己船上的目的。

两人都算是长州藩出身的武士，这次跑到美国人船上的目的他们之前也说了，是想跟着一起去美国看看。至于去美国的原因也很简单，两人都是赞成开国的，希望日本能够向列强学习，学习的话自然要去人家那里看看，就如同当年日本学中国而派出遣唐使一样。

面对这两位自封的遣米（国）使，佩里有些哭笑不得，但对于他们的勇气，还是相当赞赏的。

不过赞赏归赞赏，考虑到这次是来跟日本搞正常外交的，再帮着日本人搞偷渡实在有点说不过去，于是佩里下令，将这两人交给幕府处置。

幕府的方法比较简单粗暴，就是让他们坐牢，因为监狱里环境不好，所以坐了两年之后那位金子重辅就病死了，只剩下了吉田松阴一个人。其实，金子重辅也不是医治无效死亡的，而是压根儿就没人来给他治，属于活活病死的那种。之所以会发生这种悲剧，纯粹是因为金子重辅是地位比较低下的武士，也叫乡士，所以关的牢房是低等牢房，除了给口饭之外要啥没啥，生死由天不由你的那种。而吉田松阴因地位比较高，关的是相对高级的牢房，多少还有人来看看问问。

对于朋友的死，吉田松阴感到了强烈的震撼。他觉得，如果重辅跟自己关的是一个牢房，就不会这么不明不白地死了，况且重辅是偷渡，自己也是偷渡，那么就没有理由把两人刻意的分成两等人关在两种牢房里，所以，造成友人之死的直接原因，还是牢房的等级制度。而造成牢房等级制度的，就是幕府制订出来的那套森严的国民等级制度。

为了不让类似金子重辅这样的悲剧重演，就必须打破这种杀人的制度，而为了打破这种制度，最简单有效的方法就是推翻幕府。吉田松阴就此由一介开国派转化成了倒幕派。

自从成为倒幕派之后，松阴也就不搞什么偷渡了，因为整那个没用，他开起了学校。毕竟一人倒幕不算倒，大家来倒才能真的倒，而让大家一起来的最好方法，就是自己开学校自己做老师，教出一批志同道合的学生来。

在吉田塾里，松阴反复对自己的学生传授一种被称为“尊王”的思想。具体来说，就是强调天皇的超然地位以及万民对皇权的归顺，当然，灌输尊王的同时也不忘记踩幕府两脚，对于幕府那种凌驾于万民之上、置天皇于脚下的逾越行为，他也表示了完全的否定和猛烈的抨击。实际上，尊王思想在江户时代初期就已经产生，只不过那时候国泰民安，大家也就口头上尊尊、心里面想想，谁也犯不着会为了天皇而跟幕府叫板。可现在情况两样了，外国人公然欺负到咱日本人的头上了，而幕府居然为了迎合外国人公然违背圣旨，所以实在有必要力挺天皇一番了。

抱着这样心态的人，在日本越来越多。

值得一提的是，吉田松阴虽然宣传天皇超然一切，但是，内心还是想借着尊王的大旗推翻幕府，并且通过这种方式让日本摆脱沦为他国殖民地的困境。说白了，他就是想清理内部阶级矛盾并且救国救民，和后来的日本军部借着天皇的名号没事儿随便乱侵略人家搞“圣战”，以及借着“皇军”的名号搞杀人放火完全是两码事儿。从这所被称为吉田塾的学校里，后来走出了无数日本明治时代的风云儿，比如桂小五郎（木户孝允)、高杉晋作、伊藤博文、久坂玄瑞、山县有朋、吉田稔麿，等等。

这些人都有一个比较统一的称号——松阴门下。

不仅如此，对于幕府和外国人妥协一事，吉田松阴也表示了极大的愤慨，公然宣称签订通商条约是“不思国患,不顾国辱,不奉天敕,将军之罪天地不容，人神共愤”！

如此一来，肯定就招幕府惦记了。那会儿十三代将军家定已死，继承大统的是十四代家茂，也就是片子里的将军德川茂茂的原型，他的辅佐人是幕府大佬井伊直弼，这家伙是一个相当心黑手辣的角色，在他当政期间，曾掀起过一场大规模肃清异已的活动，史称安政大狱。结果，一向朝幕府和将军发起猛烈攻击并且涉嫌暗杀幕府高官的吉田松阴也受到牵连，被逮了进去，这回就不是关两年放出来就能完事儿的了。安政六年（1859）十月二十七日，他被斩首于江户，年仅 29 岁。

之后，松阴门下的弟子们怀着对幕府的刻骨仇恨，为自己的老师收了尸。这帮长州藩出身的人从此走上了拼了命也要反幕府的道路，顺带着攘夷。

在片中，桂小太郎他们则是想着老师的丧命，朝幕府丢出了充满仇恨的炸弹。

与此同时，当年的全日本都掀起了一股攘夷的浪潮。在这攘夷大军里，充当中流砥柱的是武士阶级。其中，犹以中下层武士为主。

若是按区域来划分的话，最主要的攘夷地区有水户藩、长州藩（茨城县）、萨摩藩以及京都地界儿。

水户藩就是《甲贺忍法帖》中提到的德川家康小儿子德川赖房开的那个藩，他们是从赖房这一代开始，就在搞尊王教育，明确指出天皇在将军之上，因为说的本来就在理儿，而且又是幕府的亲戚藩，所以从来都没人上门找过麻烦。现在天皇提出攘夷，所以，广大的水户藩武士自然纷纷响应，没有二话。

长州藩就是吉田松阴所在的那个藩，那里的攘夷志士都是他一手教出来的。

萨摩藩位于日本的鹿儿岛县，人称亚洲斯巴达，自古就以盛产勇士而闻名。出来的人个个都是“愣不怕死”型的。尽管他们长年来一直通过琉球（冲绳县）和中国搞着秘密的贸易往来，但对西洋各国的那些高鼻子蓝眼睛的哥们并不感冒，上到藩主他爹岛津久光，下到某不知名的武士，都怀有一颗挺莫名其妙的攘夷之心。

京都则是因为有孝明天皇这位天字第一号的大愤青在，所以理所当然地成为当时日本攘夷的中心。

不过，有一点必须指出，所谓攘夷，尽管字面意思以及大伙的本意都是攘除那些个在日本的外国人，可在实际操作中，被攘的几乎清一色都是日本人。不过倒也不白攘，都个个有罪名，比如私通外国，比如支持开国，再比如鼓吹学习西洋等等，总之，都是一些日奸的行为。而对于这些日奸的攘除行为被叫做“天诛”，负责天诛的人叫做攘夷志士，不过一般攘夷的人都是倒幕尊王论的支持者，所以也被叫做尊攘派。由于他们要天诛的那些日奸多在京都活动，故而在很长一段时间里，京都就成了尊攘派们活动的根据地，以至于后来幕府不得不针对凶案频发的京都采取了措施——设立了一支特别警察组织用于维护当地的治安，也就是传说中的新选组，《银魂》动画里叫真选组。

攘夷风潮发展到最后，自然便是攘夷战争了。应该说所谓的攘夷战争其实和动画里的不是一个概念。动画里是全民反侵略，然后被幕府给出卖了，大家人头挂在了城墙上当犯罪分子示众。而幕末历史上，日本人和外国人之间的战争比较著名的总共有两次，都是以藩国为单位发动的。一次是长州藩在文久三年（1863）针对英美两国挑起的下关战争，另一次则是同一年萨摩藩和英国之间的萨英战争。

无论是哪次，都是由日本方面主动挑起的。

长州藩的那次是因为长州的武士闲着没事儿干跑去拿着大炮轰美国商船，结果把人家的战舰给引过来了，仅仅一天，长州藩就被打得没有丝毫的还手能力了，全部的海军力量被美国人用一艘军舰就给如数捣毁了。以至于原本一直主张坚决攘夷的长州藩，开始明白要向外国学习先进技术这么个道理。

至于萨摩藩就更加无敌了，话说岛津久光的行进行列碰到了几个原本想围观他，结果却不慎冲撞了队伍的英国人。久光二话不说，当场下令将这些人全部斩杀，虽说那些英国佬最后没有全灭，但也是伤亡惨重。

对此极为不满的英国政府派出军队远征萨摩，双方就在鹿儿岛沿海展开了炮战，两方连战数日。虽说萨摩在当时被英国人的坚船利炮给轰得不轻，但好歹也死守了海防线，没让洋鬼子登岸一步。不仅如此，他们还用相当落后的大炮击中了英国的旗舰，打死了对方的舰长和副舰长。可以说，这场战争其实双方基本上是打了个平手，也正因为如此，勇敢善战的萨摩人让英国佬顿时有了一种英雄惜英雄的感觉。从此，英联邦开始援助萨摩搞新式军队，还以相当便宜的价格卖给他们武器。

必须提一下的是，在这两场攘夷战争中，幕府并没有充当和动画片中一样的所谓出卖攘夷大业的叛徒角色，非但没当叛徒，还大大地帮了同胞一把。他们斡旋其中，为了保护两个藩而充当了一回钱包——当列强要求萨摩、长州两藩赔偿战争损失的时候，他们一脚将问题踢给了幕府，表示自己背后的老大是德川家，有事儿就去找他吧。

幕府为了维护整个日本的和平，不得已代人付钱，答应赔付巨额的赔偿金。不过，相当讽刺的是，这笔款子因为数目过于巨大，所以采取的是分期付款的方式，一直到德川幕府灭亡都没还清，最后只能由消灭幕府统治全国的明治政府接着还。而明治政府的主要组成部分，就是当年萨摩藩、长州藩出身的武士们。这应该就是传说中的报应。

同时还得说一句的是，动画片里说幕府有卖国属性，事实上，我若是没记错的话，我们国家的教科书里说到幕府时，似乎也是这么说的。其实呢，这根本就不是这么一回事儿。作为国家的统治机构，他必须考虑到整个国家的前途，而不能和个人或者说小团体一样想起一出是一出。日本的开放首先自然是因受到了西方列强的压迫，不得已而为之的举动，但从另一方面来看，我们也可以认为这是一种时代的潮流。当时的国际形势就是，每个国家都在打开国门积极和外面的世界作交流，日本作为地球村的一员，也没有理由长时间把闭关锁国的事业坚持到底。

总体而言，幕府所做的一切同样是在为日本考虑，只不过所处的位置不一样，所以想东西的角度也不一样，若是单纯地将其认为是卖国，肯定是不恰当的。

再说这萨、长两藩在洋人那里吃了瘪后，便转而一心投身于倒幕大业之中了。特别是长州藩，尤其能折腾，他们先是因为对幕府那种温和对外的态度极为不满，所以便打算把天皇从京都带至长州，指挥攘夷作战。但不想被人识破，萨摩藩和松平容保的会津藩一起动手，解除了长州的京都守卫资格，这次事件因为发生在文久三年（1863）的八月十八日，所以也叫“八一八”事件。

然而，倒幕之心不死的长州藩依然不肯放弃。在“八一八”失败之后，他们干脆大张旗鼓地搞了一次武装政变，打算直接攻入皇宫将天皇强行带出。

结果，自然还是失败了，不但从此以后彻底被赶出了京都地界儿，还因为炮轰皇宫而被扣上了朝敌的帽子，受到了幕府方面大军的两次征讨。

就在这最危难的时刻，有一个人站出来表示：现在日本已经陷入了一片混乱，要想振兴日本，靠幕府的那两把刷子肯定是不够了，唯一的出路就是各强藩联合，缔造一个新政府。所以，长州藩和萨摩藩应该联合起来，先推翻幕府，再造新世界。

说这话的人叫做坂本龙马，就是动画片里那位头大无脑整天只会哈哈哈的坂本辰马的原型。

在他的牵线搭桥下，两藩终于在庆应元年（1865）的时候结为同盟，史称萨长联盟。最后推翻幕府的其实主要也就是这两个藩，他们在被称为戊辰战争的倒幕战中，打败了德川幕府，建立了以天皇为政治中心的新政权——明治政府。之后，开始对日本进行了一系列改革建设，史称明治维新。

不过，这都是后话了。

其实，个人觉得，所谓攘夷，并不是你叫着嚎着抵制这个反对那个，这重中之重的第一步，实际上应该是自强——与其被逼着割地赔款，不如主动打开国门，吸收来自异国的知识和技术，建设国家，增强国力。等到能以不逊色于对方的实力和各国交锋的时候，再和他们堂堂正正地宣战，华丽丽地打上一架，这才是真正的攘夷。

>>土方岁三的恋爱（三叶篇）

真选组里某日突然来了个漂亮姐儿；这让大家相当惊奇。更惊奇的是，这个温文尔雅相貌出众的女人居然是腹黑队长冲田总悟的亲姐姐。

最让人惊奇的其实还不是这个——这位名叫冲田三叶的女人，实际上，当年是土方十四郎的恋人。只不过两人后来终究没能走到一起，看十四的那副模样也能猜到这哥们儿就是个负心郎。分手之后，土方在江户当警察，而三叶也在不久前找到了属于自己的幸福——她要嫁给大贸易商“转海屋”藏场当马，但是由于身体原因而不得不一再推迟婚期。

这里插一句，冲田总悟的原型其实是新选组一番队队长冲田总司，这个应该是人都知道。而冲田总司其实的确是有个姐姐的，叫冲田美津，在日语中，美津的读音和三叶的读音其实只相差一个音节。而且，冲田美津女士是安享天年的，她一直活到了明治四十年（1907），走的时候已经74岁高龄了，在当时基本上算是高寿了。而她的弟弟冲田总司虽说有着天才美剑士之称，却一直身体很差，患有痨病，也就是肺结核，年纪轻轻的便离开了人世，只活了二十五六岁的样子。

动画片和现实正好反了一反。

接下来的剧情是这样的：那位大老板其实不是好货，之所以要娶三叶，纯粹是看上她乃真选组核心成员冲田总悟的至亲，想在婚后依靠这层关系搞一些黑买卖。结果被土方十四郎知道了，他决定将这位黑心商人绳之以法。

真不知道真选组到底是警察还是城管，人家摆摊卖假货这档子事儿居然都归他们管。正要出发，被冲田总悟给拉住了。

总悟问十四，能不能就这样算了，如果你实在不想算，过两天再说吧。

“姐姐她……已经没多少日子能活了。”

冲田三叶其实早已病入膏肓，刚来江户不久便又吐血倒地，此时此刻正在医院里插着管子急救。本来以她这样的身子骨状态来说，应该早就不在人间了。然而，因为女人一辈子想当一次新娘的夙愿实在是在她心中挥之不去，所以才用完全的毅力支撑至今。她并不知道夫家的黑心买卖，只是单纯地想满足一下自己的这个梦想，也是人生最后的梦想。

作为从小失去双亲，由姐姐一手带大的总悟，有这种想法自然无可厚非。但土方拒绝了这个请求或者说是乞求，他表示，有情报显示今天转海屋会和攘夷志士有私下的军火交易，自己决定去抓他们个现行。

总悟说，你就不能缓几天吗？

十四说，他们能交易个几天几夜吗？

结果十四去了，总悟伤心了，跑去近藤勋那里撒娇。

总悟想到很久很久之前，自己还是个孩子的时候，每天都能得到姐姐无尽的疼爱，不管做什么总能迎来姐姐那亲切柔和的目光，可不知从什么时候开始，这样的目光停留在他身上的时间少了很多，转向了一个陌生的男人。

那个男人就是土方十四郎。

两个年轻人在接触中互相爱上了对方，但是，十四郎是个自称以天下为己任的男人，所以，在不久之后便毫不犹豫地跟随着近藤勋他们一起去了江户，说要去开创属于自己的天下。

结果，天下是开创了，他们也成为江户特别警察组织真选组的核心成员，但十四和三叶最终也没能走在一起。

其实，纵观整个三叶篇，我们都可以知道，这句"我爱你"憋在十四心中已经很久了，但终究没能说出来。因为他发现自己给不了三叶幸福。

他是真选组副长，在刀口上舔血过日子的人，指不定哪天就因公殉职永垂不朽了。虽说武士的生命之意义就在于刀光剑影之中贯彻自己的思想，挥动着翅膀翱翔在梦想的天空，但这仅仅是武士的生命意义，而不是丈夫的。

丈夫要做的，就是让自己的妻子安心地在家等着自己回来。

可十四做不到。所以他只能拒绝三叶，拒绝那份爱情。

即便如此，三叶却依然在那里苦守着这份感情，等着自己的爱人终有一天或许会回来。然而她等不到了，她得的是绝症。

所以，她才会嫁给转海屋老板，为了自己人生最后的幸福。

现在连这种幸福眼看都要被剥夺了，而且剥夺它的人居然还是十四。

三叶本人尽管没说什么也说不出什么——她正在重症室里被抢救，但对于作为弟弟的冲田总悟来说，这是无论如何也不能忍受的。

就在他对着近藤在医院中满腹怒言的当儿，真选组的密探山崎退跑了过来，说十四一个人跑去了交易现场，而且还让自己对其他队员保密，因为若是让别人知道番队长的亲戚和攘夷志士有着说不清扯不断的关系的话，会对冲田总悟的立场不利。

近藤勋一挥手臂：孩儿们，跟我上。

总悟紧跟着就要一起去，但被扯住了："你就留在这里吧，现在的你充满着犹豫，剑上犹豫的家伙是会送命的。"

总悟很轻蔑地笑了笑，说自己不想欠土方人情，而且，自己根本就不是他们眼里的小孩子，自己并不会轻易相信他人，和近藤他们待久了，其实会有心理上的代沟。这话的意思是说，近藤他们虽说是多年来的老伙伴，但根本就不了解自己，也无法左右自己的人生。话还没说完，总悟就被近藤勋一拳打飞了出去："如果今天是十四说出这样的话，我照样会一拳揍过去。我们就是这样的关系，不是吗？要是谁的人生路走歪了，另外两个人就会把他给揍回来，从以前开始就是如此，所以我们才能笔直地走着我们的路，你擅自挖出的代沟，我们才不会管，无论多少次，我们也会跨过去，无论多少次，我们也会把你揍回来。"

临走之前，近藤回头看着坐在地上的总悟："如果将来有一天我也走歪了，你也要来狠狠地给我一拳。"

与此同时，土方十四郎已经在交易现场和诸奸商打成了一片，然后又因寡不敌众被打伤了腿，坐在地上行动不得，鲜血流了一地。

一般在这个时候，尽管坏人占尽优势，但也不能轻举妄动，先要让幕后BOSS站出来跟垂死的好人说上两句话，估计是想让他通过说话这种方式消耗体力，好死得更快些。这次交易的始作俑者是转海屋老板，所以站出来说话的自然也是他。他很淡定地表示自己亏本了，娶了个病秧子不算，原本想靠走裙带通路子让真选组对自己的非法交易睁一只眼闭一只眼的计划也失败了，真是很倒霉啊。

其实他根本不爱三叶，只是想利用她而已。

闻言之后的十四只是微微一笑："我不会说你缺德的，我也差不多，做了无数缺德事，就连她奄奄一息的时候，还想着杀掉她老公，真是够过分的吧？"

"你是想说我们是一丘之貉吗？"

"没你说得那么了不起。"土方一边抽了一根烟，一边用刀撑着地面慢慢地站了起来，"我只是……我只是想让我爱的女人幸福而已。对于成天刀不离手的我而言是不可能了，所以希望她能找到一个普通的人家结婚生子过上普通的幸福生活，仅此而已。"

转海屋老板说，你真伟大，伟人你去吧。

正待下令开枪，近藤勋率真选组众将士杀到增援，双方展开了一场厮杀。

银时也带着总悟拍马（小绵羊？）及时赶到。

奸商老板一看情形不好，立刻下令坐车逃逸。结果，自然是没能成功，坏人得到了应有的惩罚——被银时大神棍一棍子戳破了汽车轮胎，然后被总悟大 S 一刀把整辆车给劈成了两半。

打完坏人之后，所有人又拼了命地赶回医院，此时的三叶已经被宣告抢救无效，处于弥留状态了。

当总悟拉着姐姐的手，含着泪说自己是个不负责任的弟弟时，三叶却微微地摇了摇头。“不要回头。当时是自己下定了决心，自己选择的道路。所以不要哭，不要彷徨，只要注视着前方前进就行了。我喜欢看你们的背影，粗鲁、不知天高地厚、笨拙，可是又很温柔的你们，我最喜欢了。所以，能遇到你们，能有像你这么好的弟弟，我真的很幸福。小总……你是我……引以为傲的弟弟……”这是她最后的话。

尽管结局在意料之内，但依然很能赚人眼泪。

动画之后照例是历史，既然之前说了土方十四郎，那接下来就说说他的原型土方岁三吧。众所周知，真选组的老大是近藤勋，而其原型，也就是新选组的首领，就是近藤勇。历史上的近藤勇自然不是这副跟踪狂的派头，但彼此的相像之处还是很多的。尤其是在对同伴方面，两个人都采取的是一种宽宏大量、柔善为上的态度。比如，在肃清新选组最初的局长芹泽鸭时，近藤勇是持相当大的反对态度的。尽管他明白，只要干掉芹泽鸭自己就能做老大。再比如后面我们会提到的肃清伊东甲子太郎，当时近藤勇也是强烈表示反对的，即便对方真的是打算要取自己的项上人头。总之，这是一个好人，一个真正意义上的老好人，他带领新选组驻守京都的时候，每天除去工作应酬，最喜欢的事情就是和孩子们一起玩。近藤勇有两大绝技，第一个是把拳头放进嘴巴耍宝，第二个是画骷髅。不管哪样，都能把孩子们逗得哈哈大笑。俗话说慈不掌兵义不理财，可就是这么一个慈善的家伙，愣是带着新选组保护了京都整整六年，没出一点大的乱子。那是因为，在这张人见人爱的红脸背后，还有一张如同鬼神般可怕的黑脸，他就是被誉为鬼副长的土方岁三——蛋黄酱控土方十四郎的原型。

土方岁三是现今东京都多摩地区的豪农出身，也就是富农出身。他从小父母双亡，由同为富农出身的姐夫佐藤彦五郎和姐姐抚养长大，土方岁三和近藤勇其实是同乡，两个人住的村子挨得挺近的，小时候还有过来往，实际上新选组的很多核心成员，比如六番队队长井上源三郎等都是多摩人。顺便说一句，鬼冢英吉也是多摩出身。

土方岁三这个人吧，如动画中你所看到的那样，很帅，真的很帅。

正所谓男人一帅不坏也难，所以这回我们暂且先放下鬼副长那副可怕的面容，来八一八他过去的那一段段粉红色的回忆吧。

岁三在17岁的时候，被家里送到江户市中心去做学徒，说是学徒，其实也就是乡下土财主让家里的少爷来大城市见见世面而已，干活什么的用不着特别卖命的。而老板也对少年岁三特别优厚，有事儿没事儿总让他闲着，不用干重活，毕竟人家是有关系有门路的。

却说人这一闲就容易惹是生非，特别是像土方岁三这样戳在马路牙子上当电线杆都会有狗来撒尿做标记的引人注目的家伙，就更能招蜂引蝶了。

不过，这次倒不是人家招他，而是他招惹了人家。并且，还是招惹了一个跟他年龄相仿的女孩子，那人也是在店里帮工，算是老板的亲戚，长得很不错，两个长得不错的孩子碰在了一起，很快关系也变得近乎起来。

晚八点档的肥皂剧教育我们，少男少女待在一起的直接后果就是成为一对。这两位也不例外，很快就好上了，然后女孩子的肚子被搞大了。这事儿干得实在是特别糟糕，要知道人家小姑娘刚进来的时候还是黄花大闺女，被你开苞破瓜也就罢了，丫的居然还来一招木遁开花结果，这让老板情何以堪？

不过，最终还是看在土方岁三背后有人的分儿上，也就不浸他猪笼了，当然，也不能再留着他祸害其他妹子。就这样，17岁的岁三被炒了鱿鱼。

之后，他开始跟着亲戚走街串巷卖一种名为石田散药的跌打膏，据说不光能治伤，还有强身健体滋阴补养等功效，总之是有病治病没病强身。因为好似确实有那么一点效果，还不算太忽悠人，所以生意一直挺不错的，小伙子年纪轻轻就发了一小笔，再加之四处做买卖见多识广，也就自然而然地认识了不少妹子。以岁三的性格，当然没可能放过摘花的机会，至于具体是两三朵还是两三把，尽管至今无从考证，但总之，动静不小，所以没多久就让他的姐夫佐藤彦五郎知道了。

彦五郎觉得，岁三毕竟已经快二十的人了，寂寞难耐犯一些错误也是无可厚非的，可话虽如此，老这样下去也不是长久之计，干脆就趁此机会给他找个媳妇儿，也好让小伙子收收心，安定下来好生过日子。

佐藤家和土方家都是当地的大户，所以招亲的风声一放出去，各家的媒婆都挤上门来。经过各种挑选和层层选拔，最终彦五郎拍板，定下了亲事，对象名叫阿琴，是多摩地区有名的大美人。

可是，当彦五郎对岁三谈起这桩婚事的时候，他表现得格外冷淡，并且对姐夫表示说自己并不想结婚。

彦五郎对此相当不满，他说你小子跟那么多女人都有过一腿了，却从不考虑结婚，耍流氓也要有个度不是？这事儿是我亲自定下的，你多少也该听听哥哥的话吧？

但土方岁三依然拒绝："我考虑的都是天下的大事，在没有立身扬名之前，还是希望保持自由之身比较好。"

不管彦五郎怎么说，岁三就是死活不肯答应成婚。最后，哥俩儿只得各退一步，土方岁三答应和那位阿琴小姐订婚，至于婚礼具体什么时候办，这生米何时煮成熟饭，再议。

关于这件事儿，土方岁三还专门赋俳句一首，以表心智：

"有志者，则易迷茫；无志者，则毫不茫然；此为恋爱之道也。"

意思就是说心怀大志的人在碰上小男小女这种儿女情长的事情时，会因为恋爱的甜美和心中的大志发生冲突而变得犹豫不决。如果只是庸庸碌碌的人，一旦看到好妹子，则会毫不犹豫的上去追逐，丝毫不考虑自己的前途或是将来。

订婚之后不久，土方岁三就再度遇上了发小近藤勇，此时的近藤已经是天然理心流的第四代掌门人了。借着这个机会，岁三也就来到了江户的剑道场，入了天然理心流，随后他又和大伙一起去了京都，创建了新选组，这一走便是好几年。临走前，他对阿琴许诺："等我建功立业之后，便会前来迎娶你。"阿琴信了，此后便一直在家等候着郎君的归来，就和冲田三叶一样。

土方岁三再度回乡，已经是庆应元年（1865）的事情了，那会儿他回家乡是为新选组招募新人的，在此期间倒也特地去过一次阿琴家，还送了不少京都的特产。然而，这一次相见是两人的最后一面。之后，阿琴下落不明，而岁三也忙于各种事务以及之后的戊辰战争而无暇过问此事，或许他根本就没想过要问，再说的那个一点，当初的订婚其实也不过是岁三骗姐夫彦五郎的缓兵之计，他压根儿就没想和那位阿琴小姐在一起生活。

这么说并非胡诌，要知道他土方岁三在京都的日子可谓乐呵得不得了，不光是跟岛原的各种花魁以床会友，还来了个文武兼顾——写情书。和岁三有过情书往来的多是艺伎，其中有名有姓的就有一大把，比如岛原的花君太夫、北野的君菊艺伎小姐、大阪的若鹤太夫以及一个叫小乐的舞姬，等等。

其中，那位北野的君菊小姐和他的交情最深，不仅你侬我侬，而且闹到最后还真的有了下一代——在庆应元年（1865）前后，君菊小姐为土方岁三产下了一女。不幸的是，因为当时环境所限，可怜的小姑娘生下来没多久就因病夭折，这也是土方岁三唯一见到天日的孩子。

土方岁三和土方十四郎的故事都说完了，接下来说一些我自己的观点吧。

其实，这集的剧情挺狗血的，充满着八点档的肥皂流和午夜档的兄弟情，男人和女人之间那无奈的爱情，以及男人和男人之间那真挚的友情被刻画得淋漓尽致。说老实话，我被感动过，真的被感动过，特别是在直到三叶去世都没见她最后一面的土方十四郎一个人躲在医院屋顶一边吃着辣鲜贝一边说着“真辣，辣的老子都流眼泪了”的时候，我曾经一度抬头检查家里的窗户是否关好了，是否有沙被风吹进来过。

但再说一句老实话，看着十四和三叶的这些那些，个人除了感到一种近乎绝望般的无奈之外，还有一丝相当的不爽，真的很不爽。

长久以来，很多人都有这么一个认知：如果爱着一个人，眼看无法给她幸福或者说她不爱自己了，那么最好的选择就是放弃，因为在这个时候，这样做才是爱她的最好表现。多少年了，这个说法相当流行，不管初衷是什么，总之是相当的有市场。有时候，连陈世美类型的人都会抹一把不知道是眼药水还是自来水的泪水状物体信誓旦旦地表示：“我真的爱你，可是分开对你会更好些。”我要在这里装纯说我不懂什么叫爱或许就有人直接丢垃圾了，不过在此我并不打算讨论爱是什么，也不想谈陈世美类型的甩妹技巧，只是单想说一句：放弃绝对不是一种爱，绝对不是。

之所以有人会这么说或者这么做，其实不过是一种借口，一种害怕的借口——他害怕赌上自己的全部，他害怕一旦失去了，就什么都没有了，他们不敢挑起爱的重担或者说不敢直面因爱而造成的艰苦未来。

我不是说放弃有错，有时候放弃未必不是一种好的选择，但你放弃归放弃，别借着爱的风头啊，正因为有这种老打着爱字旗号干一些不像男人所为事情的人，这世界上才会有越来越多的人再也不相信爱情了，甚至认为爱情等同于笑话。

同样的事情如果放在银时身上，他一定不会放弃的吧。他会如同背包袱一样把自己的爱人背在肩上，然后说上一句："人生就是负重远行，走得越远，担子越重。"

我要让我爱的女人获得幸福，但是，一定会用我自己的双手。

在这节的最后我并不想说土方十四郎什么，虽然我也超喜欢十四，但如果是我的话，我一定不会就这么一走了之。若我真的爱一个人，那么无论前方是怎样的路，旁边是怎样的目光，我都会一直爱下去，无论怎样都会和她在一起。

如果真的怕连累老婆，那就努力让自己变得更强，保护自己，也保护自己的老婆。

时在今，为君背道逆天而行，再也不计世人评，亦不惜身，亦不怜名。这应该就算是我的爱情观吧。

>>不是假发，是桂！——桂小五郎

桂小太郎的原型是被誉为日本维新三杰之一的桂小五郎，也称木户孝允。他是银时的攘夷战友兼私塾同学，人送外号狂乱贵公子，一向因为美貌以及与美貌成正比的脑残度而备受瞩目。整个人的脑袋里就是一团糨糊，动不动就会丢炸弹，还经常以化装水平相当拙劣的变装形象出现。从海盗、虚无僧、服务生、忍者、水管工（准确地说，是超级马里奥）、女装（准确地说，是人妖）、RAP 歌手等无一不变，接受电视台采访时也拒绝戴面具或是面部被打码——这种“勇敢”的言行使得他节目还没录完，当下就被真选组给瞄上了，同时，他还干过在无人岛上一边用小便写 SOS 一边唱歌的勾当，而且明明是通缉犯，可无论联谊网聚火锅争夺战还是龙宫夏令营都要积极参与。这一切的一切，都确切无疑地表明了一件事——这是一个脑残，是一个绝对不亚于银时的猥琐男。

但是，脑残不过是小太郎的标签，并非他的本质。如果你看他只看到了脑残，那真是相当恶劣的，其没品程度绝不亚于《海贼王》里看不到团队、友情和梦想，看《死神》只看到一护小强热血升级，最起码也相当于看《灌篮高手》只看到打架，看《名侦探柯南》只看到杀人，看《小兵张嘎》只看到嘎子堵人烟囱。

撕去标签后，桂小太郎所展现出来的实体，不是别人，正是木户孝允。

现在，我将两人的一些言行进行对比，以证明我没有随口瞎掰。

先说桂小太郎，除去脑残之外，让我们再来看看这厮究竟是怎样的一个人。

首先，他的经典口头禅是：“不是假发，是桂。”因为假发和桂在日语中发音很像，所以自私塾时代起就被同学们冠上了这个外号。不过桂小太郎每次都会斩钉截铁地纠正一句：“不是假发，是桂！”有时候，不得不感慨老实人就是经常被欺负。每次都拿小太郎名字变着法儿地玩儿花样的银时，碰到了比他更无厘头的坂本辰马，也只得乖乖地让对方叫自己金时了。

其次，他很能逃跑。身为一名被幕府通缉了数年之久的资深通缉犯，小太郎却鲜有被抓的经历，就算不幸进了监牢，也能莫名其妙地脱逃升天。其逃跑实力的雄厚，连银时都不得不发出“你是鲁邦吗”的感叹，鲁邦是日本动画鲁邦三世里的著名怪盗，逃跑能力连大侦探福尔摩斯都拿他没辙，怪盗基德在他跟前就是三孙子。对此夸奖，桂小五郎非常自信地回了一句：“老子这几年来练就的一身躲避真选组的本领可不是盖的。”由此可见，他是一个大家伙公认的逃跑高手。

再次，除了一成不变的出场十次抽风八次的脑残本色之外，其实他是动画里变化最大的人。在动画开篇时，也就是小太郎刚刚出场的时候，他实际上是以一个极端的恐怖分子形象出现在我们面前的，这也难怪，毕竟幕府和他有与杀父之仇同等级别的灭师之恨。同时，在攘夷战争中，自己和同伴们一起为抵抗侵略者而以命相搏，结果却遭到了想和外星人媾和的幕府的血腥肃清，故而对于幕府有血海深仇恨不得将其统治的领地全部夷为平地的感情也就不难理解了。然而，就是这么一个人，在动画的播放中渐渐地发生着改变。

“我无数次地想把这个世界夷为平地，但明明应该最憎恨这个世界的银时却忍受着这一切，我们又能做什么？”

“你破坏江户的行为我决不能视而不见，因为在那里，有着我要保护的东西。”从一开始指责不愿意参加恐怖活动的银时为“堕落”，到在动画播出一年多后成为别人口中“变得软弱”的对象，对这种变化，桂小太郎丝毫不觉得有任何不妥，反而还希望所有人都跟他一样，改变原先的作风，用更温柔的方法来对待这个国家。因为他明白了一个道理，那就是如果为了拯救这个国家而再一次将重要的人们置于危险与死亡之中，那这种所谓的拯救，只不过是一个冠冕堂皇的借口罢了，其本质除了狗屁之外什么也不是。

另外，他有个女朋友叫几松。本来是挺美好的一段感情，结果因为碰到了桂小太郎，于是愣被活脱儿弄成了一部八点档的狗血剧：一个被追杀的通缉犯因受伤而不得已来到了一家拉面馆，年轻守寡的老板娘几松出于同情将其收留，两个人在照顾与被照顾之间产生了微妙的感情变化。然而，这是一场禁断之恋。几松的丈夫是被过激的攘夷分子杀害的，就等于说，是死在了小太郎的同伙手下，所以她对于这些在街头搞恐怖袭击的攘夷派，憎恨之情有增无减。然而，她在明知道小太郎是干什么的之后，依然收留他在店里，即便是有被真选组当做同伙一起给逮着的危险也在所不辞。因为她发现自己爱上了眼前的这个男人。

这么烂俗的桥段看来看去也就只有他桂小太郎能撞个正着了。大致情况就是如此，而接下来我们要说的桂小五郎，非常意外却也是在意料之中的同样具备以上四点。

小五郎和幕府的警察组织新选组是死敌，在那个照片尚未普及、互联网还没出现的年代，有时候改个名字、换个马甲，就能成为躲避搜查的有效方法。所以小五郎的名字经常换，除了桂小五郎、木户孝允这种正儿八经的名字之外，还有很多自己给自己起的假名，比如什么松菊、鬼怒之类的，还把自己的姓拆开后取了个假名叫木圭，实在不知道他是不是真的根据自己姓氏的日语读音起过一个叫“假发”的化名（日语中“桂”读作 katura，音：卡兹啦，“假发”则读作 tura，音：兹啦）。

因为经常改名，所以在那个信息流通非常落后的时代，很多人因没有及时更新信息，故而常常会叫错他的名字，比如说坂本龙马。

庆应二年（1866），当时的坂本龙马正忙着牵线搭桥的搞萨、长联盟，两藩各派一名谈判代表，长州藩派的是木户孝允，萨摩藩则让西乡隆盛出面。不过两人各为其主，怎么也谈不拢，情急之下木户孝允就急了，表示这个同盟爱和谁盟就和谁盟，反正自己不管了。

坂本龙马一看这架势赶忙来劝架，好话说了一大堆，最后来了一句：“桂老师，您就别那么任性了，让一步吧。”

“不是桂，是木户！”

名台词就此登场，且说木户这个姓是这一年刚改的，很多人都不知道。个人觉得桂小太郎的那句“不是假发，是桂”很有可能就是典出于此。

当然，在天诛满世界新选组遍地走的幕末年代，身为一名长年累月挂在头号通缉名单上的要犯，光是改几个名字，那是远远不够的。还得会逃跑，要跑得快，跑得悄无声息。

然而，每次他都能安然无恙地逃脱，无论是像池田屋事件这种大场面，还是在街头吃凉面时，他都能做到迅速有效的逃脱。事实上，桂小五郎真的是一个逃跑高手，尽管受到新选组多年来的追捕，可每次他都能有惊无险地全身而退，而且逃跑的方式也是多种多样。

池田屋事件里，当小五郎知道新选组已经封锁了街口，一场血腥厮杀就要开始的时候，他趁着屋内其他尊攘派一片混乱之际，偷偷地从窗口跳出，翻上屋顶消失在茫茫夜色之中。禁门事变中，也就是长州藩被打为朝敌，赶出京都的事件中，桂小五郎化装成卖萝卜的行脚商人，溜出了京都。

甚至有一次，小五郎都被新选组给当场活捉了，结果在押送途中他借口自己肚子疼要上厕所，然后从公厕里翻窗逃之夭夭。

还有一次，他和同为长州藩藩士，也同是尊攘派的仙波甲太郎一起在路边的面摊子上吃凉面时，吃着吃着就觉得背后凉飕飕的，回头一看，新选组的来了。看他们那个架势，两人就知道肯定不是来吃面的，情知大势不妙的他们立刻一摔碗筷站了起来，仙波甲太郎“噌”地拔出了腰间的刀，一边摆好了战斗的姿势一边说道：“桂老师，您是我们长州的秀才，不能死在这里，您先逃，我来断后。”说完，半天没人应声，回头去看，身后哪儿还有小五郎的影子，再往远处望去，隐约能见到一个小黑点，不断地越来越小，越来越小……

一个逃了，一个当场死在新选组四番队队长松原忠司的大刀下。

因为逃跑本领堪称日本第一，所以他也有“逃跑的小五郎”之称。

之所以会被幕府通缉，而且见人就要逃，那是因为小五郎在当年曾经是个不折不扣的过激攘夷派，也就是鼓吹用暴力手段对待外国人或者是亲外的日奸的人。他曾经和人一起进攻过位于江户东禅寺的英国公使馆，最后以失败告终，同时自己也上了幕府的黑名单，四处被人通缉。而这次进攻使馆的组织者，正是高杉晋作。

之后，小五郎来到尊攘派大本营的京都，继续搞恐怖袭击。不过他一般不亲自动手，而是组织别人去做那些杀人放火的勾当，所以一度被视做尊攘派的首领。

但是，随着时间的推移，小五郎变得不再那么激进了，开始慢慢地由过激派向稳健派靠拢。

比如，在池田屋事件中，他之所以会留在池田屋最后不得已翻窗户逃走，纯粹是因为他在和主谋宫部鼎藏扯淡，扯淡的主要内容是小五郎希望他放弃这次危险的计划，但宫部鼎藏打死也不肯，于是两人就这么一直掰扯下去，直到新选组追杀上门为止。

明治维新之后，小五郎的改头换面更是明显，一下子就变得相当温柔体贴了。以前整天喊着打打杀杀的人，现在则完全是一个反对战争反对暴力的和平人士了。比如，在征韩论战中，也就是日本一度想攻打朝鲜的时候，他就持坚决的反对态度；后来，在征台湾论战的时候，他又反对打台湾；江华岛事件那会儿，他依然表示不能出兵朝鲜半岛。总之在那会儿，你要打哪儿，他就不让你打哪儿。

当时的日本因为刚刚开始搞维新，所以引进了国外很多先进的技术和产品，从来没看到过新奇玩意儿的日本人，一时间看什么都是外国的好。也就在这个时候，一个很极端的口号被提了出来，叫做全盘西化。

就是说，即日起开始改革，日本的一切的一切的一切，都必须向西洋各国看齐，西洋人穿西装，那么日本人就得脱下和服也跟着换上。西洋人握手，日本人也得跟着学。日本人长期以来的饮食习惯是以素食为主，再配一点鱼虾，但现在这么吃不行了，要跟国际接轨，大家一起照着西洋人的吃法吃牛肉猪排。这种观点在当时特别流行，以至于明治天皇都受到了伊藤博文的鼓动，开始吃起了牛排，为的是做个样子给国人看看，好让大家一起跟着西化。不过，握手、穿衣、吃饭那还都是小事儿，你学也就学了，但在之后的日子里，事态开始变得过分起来。

有人提出，日本应该学习西洋各国，展开海外扩张，当时正值征韩论战，一大批支持征韩的家伙都是因为要学西洋。还有人说，日本应该尽快引进民主制度，彻底民主，诸如此类的话题还有很多。这些东西，虽说有的很无知，有的很天真，但再怎么讲，好歹也算是能够说给人听的话，简称人话，但接下来的东西，就不再属于人类理解范畴之内的了。

有人说，日本之所以积贫积弱不能和西方列强平起平坐，全都是因为日本人不行，这个人种有问题，是劣种，是处理品，所以，我们要改良人种，具体做法是和西方人通婚，让洋人的血液流入我们体内，这样一来，不出几十年，我们就能发达了。

中国人一直认为这话是伊藤博文说的，其实这是诬蔑。虽说伊藤博文跟中国有着扯不清道不明的孽缘，但如此弱智的话，他还不至于说出口。

不管是谁说的，总之这话在当时的日本居然还挺有市场的，支持者甚广。就在这群魔乱舞一片混乱的当儿，一个人果断地站了出来喊了声停，这就是已经改名为木户孝允的桂小五郎。

木户孝允表示，这么个全盘西化，最终的结果只能是一个，全盘皆输。

大家都觉得很奇怪，按说学强的应该会变得更强，怎么会变成全盘皆输呢？

“你们有没有想过，这世界上的每一个国家就如同每一个人一般，都是不一样的。国家的模式生搬硬套，就跟男人硬要学着女人粉墨化妆一般可笑。”面对一大帮子人的质疑，木户孝允毫无畏惧之色地反击道。

用今天的话来讲，就是国情不同不能乱来。其实想想也是，要真的样样都按着西方的来，那日本可就真的乱套了。首当其冲的就是天皇，西方国家里的神从来都是看不到摸不着的，可天皇这位活神仙不但能看能摸还会自己吃牛排，如果真的要全盘西化，那他老人家该怎么办？所以木户孝允的观点很清楚：能西化，但肯定不能全部，必须得根据实际情况实行部分西化。

不过，从此之后，木户孝允就被扣上了守旧派的帽子，和假发小太郎一样，尽管贵为维新三杰之一，但照样有人当面或者背后指责其是“软弱之人”，有的胆子大点的，就直接在背后管他叫胆小鬼缩头乌龟了。对此，木户孝允心里全明白，但他依然我行我素，牢牢地控制着那些要求大刀阔斧搞国家改革的过激派。

不久之后，同为维新三杰之一的西乡隆盛，也就是《银魂》里的那位西乡特盛的原型，在萨摩（鹿儿岛县）掀起了日本近代规模最大的叛乱——西南战争。

战争爆发之后，出人意料的事情发生了，向来以捍卫世界和平、坚决不容看到打仗情形的木户孝允却是第一个要求明治政府立刻派兵围剿，将这场动乱扼杀在萌芽之中的人。在那个时候，伊藤博文和大久保利通都是持“看看再说”的观望态度，可就是长期以来一直扮演柔和保守派角色的木户孝允，意外地铁血了一把，仿佛又让人看到了京都时代那个站在天诛最前线的桂小五郎的影子了。

“如果不能及时控制萨摩的局势，那么这个国家将会走向灭亡的地狱。”当陈述理由的时候，他这么说道。只有在这个时候，旁人才会猛然想起，这位当年有着桂跑跑之称的家伙，其实是一个不折不扣的剑道高手。嘉永五年（1852），他在江户三大道馆之一的练兵馆修行剑道，当时的掌门是著名剑豪、人称力之斋藤的斋藤九郎。对这个身材高大却一点也不见笨重的门生，斋藤九郎极为器重，入门的当年，桂小五郎就获得了神道无念流的资格证书，第二年还当上了练兵馆的塾头，并且和大村藩的一个叫渡边升的家伙一起被合称为“练兵馆双璧”。

他变了，却也没有变。

变的，是为人处事的方式方法；不变的，则是一颗为国为民的热忱之心。这家伙其实并非惧怕战争或者改革，更不害怕死亡，他只是在努力为国家寻找一条用最小的代价换来最大的发展的途径罢了。

明治十年（1877）五月二十六日，木户孝允于京都病重，眼看着就要不行了。在人生的最后一刻，陪伴在他身边的有不少人，其中包括夫人木户松子以及维新三杰之一的大久保利通。此时，西乡隆盛正在萨摩造反，所以没有到场。

木户松子本叫几松，是当年京都的名妓。在当年木户孝允还叫桂小五郎的年代，两人就已经结识并开始了交往。那会儿的小五郎我们之前也有说过，虽然在藩内地位很高，威望也有，但因为隶属于尊攘派，所以在他经常蹲点混日子的京都基本上就是一个过街老鼠的角色，但凡被新选组之类的在街头巷尾撞见，那就是直接杀无赦。不过由于他练就了一身出神入化，足以让甲贺、伊贺的忍者们羡慕、嫉妒、恨的逃跑本领和化装本领，所以倒也一直都有惊无险。就是在这么艰难的岁月里，几松却一直都对他不离不弃，有时候小五郎一逃就是好几个月，她依然苦苦等候着自己爱人归来，丝毫没有动摇过。

曾经有一次，桂小五郎被新选组满世界地追杀，东躲西藏了好几个星期都没个音讯。就在几松也很着急的时候，突然有长州藩的维新同志跑到她这里告诉她说，发现了桂小五郎的踪迹。

几松很兴奋：“您是在哪儿发现他的？”

对方说，在京都二条大桥上，最近出现了一个身材高大目光犀利的乞丐，面容神似桂小五郎，每天都坐在桥上要饭，几松小姐如果现在去的话应该还能碰得到，不过……

“不过什么？有什么不方便说的吗？”几松问道。

“不过……在下还是劝您别去为好。”

“为什么？”

看着几松一副打破沙锅问到底的样子，对方也就直言不讳了：“桂先生并没有这种特殊的爱好，他之所以会化装成乞丐行乞，一定是为了以此为掩护刺探情报。如果您现在贸然前去相见，大桥上人来人往的保不齐会有新选组的探子，一旦被人看穿，那就是不得了的事情了。”

但是几松坚持要去，她再三表示既然知道了他人在哪儿，就一定得去看一眼，不然，晚上睡不着觉。众人拗不过她，只得反复叮嘱说大姐你一定要谨慎谨慎再谨慎，千万别一激动把桂先生给坑了啊。

几松没有多说什么，她独自一人来到了二条大桥，在那儿，她一眼就认出了蹲在那里，面前摆了个破碗正处于乞讨状态中的桂小五郎。此时的小五郎身上穿了一身破旧不堪的估计是从哪儿捡来的已经不能再称为衣服的衣服，为了避免被人认出来，他头上还特意绑了条头巾好挡住脸，估计已是好几天没洗澡了，身体周围隐约还能望见几只盘旋的苍蝇。

一般来讲，老婆看到老公这副德行多半就当场哭出来了，定力好一点的也得情绪激动一番，然后浑身颤抖一阵。但几松脸上没有出现一丝一毫的表情变化，她继续向前走着，向桂小五郎的乞讨摊位走过去，越来越近，越来越近，最后来到小五郎的跟前。

“当啷。”几松弯下身子丢入了一枚铜板，“保重。”

除了她和小五郎，没有第三个人听到这两个字。接着，几松站起身子，如同什么都没发生过一般继续前行，缓步穿过了二条大桥。

两个人的正式婚礼，是在明治维新后举办的。明治三年（1870），几松做了长州藩藩士冈部利济的养女，门当户对地嫁给了木户孝允，婚后改名为木户松子。这对苦命的鸳鸯在历经战乱、幕府通缉、新选组满世界的抓捕等风浪后，忠贞不渝，互相扶持，终成眷属，修成正果。

什么叫爱情？这才叫爱情。

当木户松子得知丈夫在京都病重的消息后，原本在东京的她连夜坐马车出发，赶了整整10天的路，都没来得及休息便来到了丈夫的身边，端茶送水悉心照料，但依然无法挽回其生命。

弥留之际，木户孝允突然猛地抓住了大久保利通的手，艰难地张开了嘴，用轻不可闻的声音不断喃喃着：“够了……够了吧……西乡胖子哟……你也是时候……是时候该收敛……点了吧？适可而止一点啦……”这家伙果然在临终的时候，还是讨厌战争的啊。

当天，木户孝允与世长辞，年 44 岁。他死后，木户松子出家为尼，法号翠香院。明治十九年（1886），她因胃病医治无效与世长辞，年 44 岁。

在木户松子的墓志铭上，有这么一段话：为人可洁相结托扶之于流离难中终为配。就是说，她风格高尚人品洁净，和木户孝允相识并互相托付于患难流离，最终走到了一起。这是对两人婚姻史最好的诠释了。

>>魂

《银魂》绝对不是一部所谓的“正剧”，它也很难成为如《哆啦 A 梦》抑或是《聪明的一休》这样的国民动画，但一部在开篇会有着“这个国家被称做‘武士之国’，已经是很久以前的事了”这样无奈的旁白，会在第一话（真正的开头，不是原创的第一集）里就出现“无论时代如何变迁，约束灵魂的正义之剑不能丢”这样沧桑的对话的一部作品，在恶搞吐槽颠覆传统之外，还有着更深层的东西。尽管不是为了增加内涵而硬生生加进去的东西，却无疑是组成这部作品在思想方面中心支柱的内容。

这个支柱，就是武士道。

武士道是自古以来最能代表日本人的东西之一，事实上也是被人误解最多的日本元素之一，其中包括很多日本人。

究竟什么才是武士道，自从有了武士的那一天起，这就是一个争论不休的问题。有的人为此专门写了厚厚的一摞书，也没能把它彻底说明白。

事实上这是一个根本就说不明白的东西，因为它在千百年的岁月里，一直在起着变化。现在，我们普遍认为的“忠君报国无私奉公”这类的武士道，其实是在江户时代才被提出的，在此之前的战国时代，流行的是以下克上的武士道，就是把老大给做了自己做老大。比如，人送外号跳槽王的藤堂高虎说过：“侍奉的主君少于七家的，就没资格称做武士。”他自己跳槽八次，先后跟过九个主子。

而朝仓家五代元老，当年能和越后之龙上杉谦信相提并论的越前军神朝仓宗滴对于武士道也有自己的看法："只要能够取得胜利，武士就算做狗做畜生也要在所不辞。"这话说得比较偏激，所以在当时算是非主流，但这并不代表现实中这么做的人少。

事实上，江户时代之所以会提出"无二无三"地一辈子只跟一个主子，纯粹是因为当时德川家已经一统天下了，如果大家一辈子只在一家混饭，那比较方便自己的统治。说白了，虽说不乏真的忠君之人，但在很多时候，这玩意儿不过是统治者用来统治的道具罢了。

第二次世界大战时，一帮鬼子兵拎着抢来的老母鸡，手提刺刀追着中国老百姓满世界杀人放火的时候，结了他告诉你这就是武士道。这是武士道吗?

打个比方，一碗已经发霉变馊了的大米饭是大米饭吗？当然，如果你觉得这是大米饭，那么我也不反对你把它当午饭，毕竟每人都要自己好的那一口不是？如果你觉得这玩意儿就是垃圾，除了进垃圾桶，连喂猪都有虐待动物的嫌疑，那我也不拦着你，因为我也是这么想的。

从中我们可以得出这么一个结论，武士道，至少是一种具有时代意义，或者说是能够与时俱进的一种玩意儿，它绝对不是一成不变的。

当银时被指责没有贯彻武士道的时候，他也曾说过："已经过时了的武士道又怎么能够被贯彻呢？"

个人认为，所谓的武士道，其实只是一种生活方式或者说存在的意义吧。简单而言，就是武士存活的意义，它可以被大致归纳为这样一组问题：你为什么要存在于这个世上？你存在的意义是什么？你为了什么而活？这个"为什么"或"什么"，就是人的"道"，武士为了自己的"道"而努力地活着，这就是武士道。它没有固定的模式，也不能确定究竟是什么，因为每个人都有属于自己的"道"。

在《银魂》里，它被银时称为自己的灵魂。

若是有一天我不幸也变成了武士，无论是一国一城之主或是骑着二手助动车给人打零工，即便是在咖啡店里给人端盘子擦地板，我也将选择和银时他们一样的武士道：

“一旦决定要去守护的东西，无论发生什么都要守护到底。”

“我会按照我认为美丽的方式活下去，我会保护自己所要保护的东西，即便为此付出一切也在所不辞。”

武士没有死，也不会死。

浪客剑心

元治元年（1864）七月十一日，一个留着黑胡子，看起来相当猥琐的老头骑着马经过京都三条的木屋町，他的名字叫佐久间象山。用一句话来介绍他，那就是：日本的魏源、林则徐，是日本开国的第一人。

若是用人物关系表来介绍的话：他有很多学生，其中三个比较出名，一个叫胜海舟，一个叫吉田松阴，还有一个叫坂本龙马。

佐久间象山是松代藩（今长野县长野市内）出身，年轻的时候便精通儒学。黑船来航之后，他开始学习大炮的铸造技术、玻璃制造技术，甚至一度还想把牛痘引到日本来，不过还是因种种阻碍而失败了。

那位第一个带着黑船跑到日本来的美国提督佩里，是个特别目无东方人的家伙，但他唯独对一个日本人低头鞠躬行礼过，那就是佐久间象山。

当时，提倡“以夷制夷”的佐久间象山几乎成为激进攘夷派眼中的头号卖国贼。这一年，他受聘于一桥庆喜，即后来的十五代将军德川庆喜，并来到了京都。当时的一桥庆喜是京都地区的防务总司令，和象山一样，是支持开国和公武合体的，所以一时间佐久间象山的日子特别好过，混得风生水起。每天除了给老板出点主意之外，就是骑着马走街串巷四处找乐子，一般情况下这乐子特指泡美眉。

这天估计他又要上哪家店去找姑娘，就听到背后一声：“请问，是佐久间象山老师吗？”佐久间象山坐在马背上一边回头一边应声：“嗯，嗯，就是我，我就是……”

“天诛！”

一道寒光，他应声落马，但并没有被杀死。

来者将刀平举，一步步地逼近……

“等等！”佐久间象山伸出手制止，“能回答我一个问题吗？”

“因为你是卖国奴，所以要杀你！”一般情况下被陌生人给砍了，都会问上一句，你为什么杀我？刺客心里想着佐久间象山多半也会问这个问题，那我就提前告诉你得了。

“不……不是这个，我想问，你的名字是什么？”

刺客觉得相当莫名其妙：你丫的都快死了还管我叫什么？难不成你想记着个名字做鬼都不放过我？

佐久间象山伸手一把抓住了刺客的衣襟：“既然你能杀死我，那就一定要让我知道你的名字……”

无奈之下，刺客只得告诉他了：“河上彦斋，老子叫河上彦斋，变鬼之后可别找错了。”说着，举起了手中的刀，准备给对方最后一击。

“等等！”佐久间象山再次摆手道。

“又怎么了？”

“你……你是三点水的河……还是三个竖的川？”

这里解释一下，河字和川字在日语中都读作 kawa（かわ），所以佐久间象山间人家是河还是川。

刺客终于爆发了，娘的你都一只脚踩在棺材里了还跟我唧唧歪歪些什么啊？我姓什么关你鸟事？他举起了刀怒喝一声："是三点水的河呀！"

日本著名思想家佐久间象山就此遇袭身亡，年54岁，天诛理由是"西洋奴"。那位叫做河上彦斋的刺客，因为刺杀了名满天下的佐久间象山，所以也被列入了幕末四大人斩的名单。只不过事后彦斋回忆说："以前杀人，总觉得自己像是在砍木偶一般，毫无感觉，可这次不同，这次我第一次有了'我在杀人'的感觉，现在想起来都觉得浑身发毛。或许，那真的是一位人杰吧……"而当他知道了佐久间象山的事迹，比如以夷制夷的观点、力求用西洋科技使日本富强的梦想之后，更是表现出了深深的悔恨之意，深感自己杀错了人。这种悔恨之意最终化为了实际行动——这位四大人斩之一的河上彦斋，在此后的生涯里金盆洗手，再也没有拔刀杀过人，一次也没有。

很多年后，有人画了一部漫画，主人公的名字叫做绯村剑心，原型便是他。这部漫画，就是风靡到现在的《浪客剑心》，PS，又名《神剑闯江湖》。

说起来，这部片子播出已有十六七年了，依然相当得人心。前不久，看过几份类似于"如果你在动漫世界里找老公的话，会找谁"这样的调查，男主角绯村剑心依然以高票名列前茅，可见其杀伤力至今未减，着实难得。

这其实是一个相当凄婉的故事，男主角自幼父母双亡，在被人贩子抓走的途中，遇到了飞天御剑流掌门的及时救助，不但免除了被卖之祸，还有幸成为该流派的弟子，并被改名为绯村剑心。

因为天赋极高的缘故，所以剑心学了没多久就已经成为一代少侠。然后，面对当时如大海波涛一般汹涌的动荡局势，年轻人独有的开创心让他强烈要求下山行走江湖，因为儿大不由娘，故而师傅也就只能答应了。

临别之前，他告诉自己的徒弟，剑是杀人的工具，剑术是杀人的把戏，无论借口多么华美，这都是无可争辩的事实，也正因为如此，自己才长年累月地待在山上，而不愿下去充当杀人犯。

不过，徒弟还是走了。

就这样，剑心怀着一颗强烈的救国救民之心，来到了京都，并且遇见了桂小五郎。经小五郎的介绍，他加入了专门斩杀外国人、卖国日奸以及幕府高官的攘夷倒幕集团，并担任主要暗杀者的要职，漫画里称为刽子手。他出色的剑术使幕府闻风丧胆，并被冠上了“刽子手拔刀斋”的外号。

在一次行动中，他杀了一个叫清理明良的帅哥。对方虽说剑术比较菜鸟，但求生意识特别顽强，所以即便面对鬼见愁的拔刀斋，也勇敢地以命相搏，最终尽管身亡，但还是在剑心的脸上划下了一道伤痕。

剑心说，我记住你丫的了。

明良说，放心，有的是人惦记你。

几个星期之后，一个长相美丽、性格温柔、灵巧能干且博学多才的女孩闯入剑心的视线并来到他的身边，正在青春期的两人很快就打得火热了，并且还结为夫妇同居一处。与其说这是一场突如其来的爱情，不如说这只是一次莫名其妙的艳遇。

但剑心没有多想，其实换了你碰到这么个情况，个人感觉除了考虑每天几点睡觉之外也不会有什么太多想法的。然而，相当糟糕的事情还是出现了：这个女孩叫雪代巴，她是被杀的那个清理明良的未婚妻，这次是特地来以身投敌，伺机为夫报仇的。接着更加糟糕的事情也出现了：在假扮夫妻的日子里，她居然入戏太深以至于真的爱上了剑心。

说老实话，这种报仇不成反变一对的狗血剧情并不少见，根据一贯经验，此类事件的结局多半是悲剧。

果不其然，当雪代巴背后的指使人闇乃武知道此事后，便相当卑劣地将其抓走，然后以此要挟剑心。剑心为救老婆不惜深入敌后大开杀戒，一时间砍得血肉四溅，宛如恶鬼再临。结果因为砍得太疯狂以至于没能及时收住神通，居然顺手把雪代巴也给做了，雪临死之前，用刀在自己老公的脸上留下了另一道印记。这就是剑心脸上十字纹的来历。

在那段最为伤心绝望的日子里，假发小五郎找到了他，然后说，哥们儿，去打仗吧，战争能让男人忘掉痛苦。

一场戊辰战争，让剑心成为明治政府的功臣，但他并未借此飞黄腾达，而是配上了一把逆刃刀，并告诉自己，从今往后，他手里的刀不再是杀人的工具，而是用来保护世人的救人剑。

在之后的日子里，他来到东京，认识了神谷道场的女掌门神谷薰，接着揭穿了假冒自己的伪拔刀斋，打败了要颠覆明治政府的相乐左之助和志志雄，也教训了好些连名字都没能留下的杂兵。在击倒对手之后，剑心总会留下一句特别帅的话："放心，我用的是刀背。"而在不断的战斗中，他最终也和神谷薰走到了一起，并且还有了自己的孩子。几十年后，剑心病卧床榻，却意外的发现自己脸颊上的十字伤痕居然消失了，于是顿感此生罪孽已然全消，自己不用再背负刽子手的名号了，于是便非常安详地离开了人世。

>>日本的剑道

该动画的关键词其实就俩字：剑人。我们先说剑吧。

首先申明一点，飞天御剑流是不存在的。

日本的武士刀是很有名的，长期以来一直作为最能打的冷兵器而为世人所知。它本源自中国的唐刀，但经过几百年十几代人的改良后，到了宋代时，反倒能出口给我们了，而且还相当受欢迎。比如，欧阳修老先生便曾专门就日本刀一事赋诗一首，以示喜爱之情。尽管我觉得对他而言，日本刀的观赏价值要远大于实用价值。

有了刀之后自然就得用，用了刀后自然也就有了关于如何用刀的各种说法和技巧，这就是剑道。

剑道最初的登场是在平安时代末期源平合战时，在最开始的时候，它是单纯地被作为一种杀人方法而记载于史册的，因为主要使用场所是兵刃相见的战场，所以也被叫做兵法。随着日本刀被越来越广泛的运用，以及战争的日益趋多，剑道也变得流行起来，并且还分了各种流派。到了杀人如麻的战国时代，剑道也同样是流派如麻，不过最主要或者说最强的，也就三个：一刀流、神道流以及阴流。

这三大门派如同一棵树的三根主干，在他们之上又分出了无数枝干，然后再和其他一些小流派或者是不大不小的流派一起，组成了日本剑道的参天大树。

一刀流从广义上来讲，就是拿一把刀开打的剑道，都能叫一刀流。狭义上来看的话，则是起源于室町时代初期，由中条长秀开创的中条流剑道。由于中条流在短短的数年时间里就被发扬壮大，所以一些弟子便自立门户，开创了新的流派，比如富田势源创立的富田流，再比如钟卷自斋创立的钟卷流，等等。

钟卷自斋在开创钟卷流之后，便收了两个徒弟，一个叫佐佐木小次郎，就是跟宫本武藏决斗的那个，手执一根堪比晾衣服杆子的长刀，所向无敌，并且自创一门取名岩流。不过，这个流派因为他的战死而失传了。

另一个徒弟名为伊藤一刀斋，在日语中藤和东发音相同，所以他也叫伊东一刀斋。一刀斋在学成之后，开创了一刀流，因为此流派名字特别好叫，同时也被特别发扬光大，盖过了包括中条嫡流在内的一切中条系流派，所以，原本应该叫中条流的，现在就被叫做一刀流了。

一刀斋有两个徒弟，一个叫小野忠明，一个叫伊藤忠也，这两人是亲兄弟，只不过后者更受先生的疼爱，所以继承了伊藤这个姓。

但若要论剑道的话，还是小野忠明更胜一筹。他的小野一刀流在江户时代一跃成为名门，本人也是德川幕府的御用剑术指导，徒子徒孙满天下。到了幕末，某徒孙的徒弟中，有个叫千叶周作的，自立了一回门户，取名北辰一刀流。和神道无念流以及镜心明智流一起，被誉为幕末三大流派。

北辰一刀流最大的特点就是没有神秘性，他不讲究任何华丽的必杀技，也不放冲击波，就是单纯的通过加大练习程度以及制定合理的练习方案来练物理攻击，即传说中的平砍。尽管招数平实，但学起来很容易上手，方便速成，一般其他地方学十年才能达到的成就，放到千叶周作那里学五年就 OK 了，而且打起架来一点都不白给，完全不会吃亏。剑豪集团新选组里很多人都是北辰一刀流出身，比如藤堂平助、山南敬助以及前面提到过的伊东甲子太郎和不是新选组的坂本龙马。

北辰一刀流的道场现如今还在，有两个，一个在茨城县，还有一个在东京都的杉并区。神道流全名天真正传香取神道流，简称香取神道流，通称神道流。开创者是被誉为日本武术中兴之祖的武林高手饭筱家直，此人提倡武学的原型是“无”，也就是无招胜有招，无中生万物，并且认为真正的武学其实就是人心和人道，只要你一心向善，那么再结合平时的苦练，你的武艺也会精湛起来。所以当他的徒弟首先学的不是剑道，而是思想品德。

饭筱家直有个真传弟子，叫冢原安干，他开创了新当流，因为老家在日本的鹿岛（茨城县内），所以也叫鹿岛新当流。这个流派是不是有点眼熟？

冢原安干没有儿子，便把一身武艺以及流派传给了养子冢原高干，冢原高干又改了名，叫做冢原卜传。说起这个人，我相信很多人一定不会陌生，在日本战国历史题材游戏《太阁立志传 5》中，这位以满头白发老爷子形象出场并强到逆天的家伙，让很多新手吃足了苦头。据说有玩家跟他单挑，打了六十多次都没赢过，而且还是被他用一刀斩之的手法给秒杀的。下次有机会我来做一个太阁系列游戏的攻略，专门讨论一下怎么打赢这老头。

在现实中，冢原卜传也是属于剑圣级别的人物，并且桃李满天下。经他手教过的徒弟几乎遍布全日本，有室町幕府第十三代将军、人称强情公方的足利义辉，日本棍术达人真壁氏干，有剑豪大名之称的战国诸侯北畠具教，日本古代天才足球运动员今川氏真，以及日本历史上伟大的剑圣上泉信纲，等等。

不过，虽说他教徒弟的时候传的都是新当流，但冢原卜传最为信奉的，是一种叫做“无手胜流”的流派，这话的意思说好听了，叫做不战而胜，说难听点，就是无耻下流。

曾经有一次，冢原卜传坐船渡河，在船上，有一个年轻的剑客认出了他，并提出了比试一下身手的请求。在战国时代，剑客比身手一般用的都是真刀而不是今天的木刀或者竹刀，故而一场稀松平常的小比赛很有可能就要了一个人的命或者一条胳膊。所以冢原卜传以素不相识没必要刀刃相见为由拒绝了。不想年轻人血气方刚不依不饶，再三再四地要求比试，并且自称如果被砍死了那就是天命，断不要你负责云云。可不管他怎么说，冢原卜传依然只是摇头。

于是，年轻人急了，怒了，开始破口大骂起来，从冢原卜传的祖宗十八代开始一直说到他的儿女子孙，同船的其他人听了都觉得脸上挂不住，可那年轻人还是不住口，最终把老头给逼得不得已，开了口："那好吧，不过我得准备准备，而且得再选个地点。"

年轻人一看他同意比试，自然也就表示一切好说，你尽管准备，尽管挑地点，富士山的火山口我都随你去，只要你别逃。

冢原卜传将手往湖心一指："看到那个小岛了吗？待会儿上岸了，我们两个重新找一艘小船去那里对打，你看如何？"

"好。"

登岸，再上船，再渡河，一切都按照之前所说的那样进行着。不一会儿，两人就来到了那座小岛跟前。

"你先上去吧。"冢原卜传从年轻人手里接过船篙说道。

年轻人纵身一跃，稳稳地站在了岛上，正当他站好位置摆好架势准备开打的时候，让人无比惊讶的一幕发生了。

就在他起身一跃的那一瞬间，冢原卜传举起船篙猛地一撑，小船如同离弦的箭一般飞速离开了小岛，然后越来越远，越来越远……

冢原卜传在船上哈哈大笑："不战而胜，这就叫无手胜流！"

那年轻人最终是怎么下来的我不晓得，但他的那种心情可想而知，估计从此就有了心理阴影，这辈子再也不会跟人去小岛上比剑法了。

剑就是人，人就是剑，人剑合一，天下无敌，这话我算是明白了。

其实，鹿岛新当流也就在战国兴盛一时，虽说有门徒松冈则方当上过德川家康的私人武术教练，但也就是他那一代人而已。到了江户时期，几乎已经全无当年的风采了，几个分流门派大多道场都冷清到无人问津，其中就包括了近藤内藏助于宽政元年（1789）开创的天然理心流。

天然理心流取义天人合一，以天然自然之理调和，临机应变，对于敌人的动作采取自然而然的反应，故此得名。

在开创的初期，流派中不仅有剑术，还教棍术、枪术以及格斗术。只不过这些个东西到了第二代的时候就全部失传了，从此只有剑术。

天然理心流中，总共有六个学阶，最低的叫切纸，最高的叫指南免许，就是能顶着流派的名义出去收徒弟了。

一般来说，完成这六个学阶，通常需要二十年，从开山以来五六十年里从未有人打破过，但终究还是出了例外。他不仅创下了新纪录，还使天然理心流从原本的贫乏流派一跃成为日本第一，那个人，便是近藤勇，新选组的局长。

近藤勇 15 岁入门，27 岁出道，前后不过 12 年。

不过，天然理心流后来能闻名全国，虽说他近藤勇的新选组功不可没，但也并非全指着他们。这个流派之所以当年会没生意，是因为它的技艺非常简单明了，讲的就是一击必杀，而在当时的江户时代，因为大家过惯了太平日子，所以更流行的是华而不实的东西，比如那些个有很多必杀技但就是打不死人的剑术，而平实朴素的天然理心流一度被称为是乡下剑法，自然也就无人问津了。

到了幕末，每天都要杀人，都要死人，那些所谓的都市剑法自然也就相继露怯，取而代之的，肯定是那实用不虚伪的杀人剑法了。天然理心流的道场现在也在，东京都内就有好几个，茨城县内也有一个，不过我依稀记得那个道馆在官网以及招生简章上明确挂了一句话：凡是因喜欢新选组而来学剑的，一律不收。

除了新当流之外，神道流还有一个分支，叫天真正自显流，由饭筱家直的另一位徒弟十濑长宗所开创。

十赖长宗有个徒孙，叫东乡重位，他学成之后回到了老家萨摩（鹿儿岛县），在自显流的基础上开创了示现流。因为这个流派只在萨摩流传，并最终成为萨摩藩的官方御用剑道流派，所以也被叫做萨摩示现流。

示现流是一种比天然理心流更加直白的剑法，它讲究的是一击必杀，几乎没有任何秘诀，依靠的就是力量。

据说东乡重位每天都要用木刀劈木桩一千一百次作为功课，事实上每个示现流的弟子也是依靠这种繁重反复的方法来磨炼自己的。

当决战时，示现流弟子通常将手里的刀高高举起，然后大喝一声“切死他”，之后用尽浑身力气将刀劈下。一般因为力量巨大再加上日本刀本身的砍力，所以很少有人能抵挡得了这么一击，常常会是连人带刀被对方斩断。据说当年东乡重位就这么干过，而且他用的居然还是木刀。因为掌握着这种可怕的剑法，外加萨摩人本来尚武好勇的个性，所以一直以来那地方都是日本著名的猛人产地。尤其是在幕末，面对示现流出身的萨摩浪人，就连赫赫有名的新选组也要退让三分。

最后要讲的，便是阴流了。

可以这么说，阴流是日本中世纪乃至近代剑道中，最为出名、流传最广的一派。创始人名叫爱洲久忠，原来的名字是影流，后来被改成了阴流。

在广招日本徒弟并将其一个个培训成才之后，爱洲老师又坐上了贸易船于明成化二十年（1484）抵达了中国的北京，并且见到了朱见深，然后当上了明朝御林军的武术指导。从此，影流变成大明御林军的指定专用刀术流派。

戚继光在抗倭战场上，曾经得到过一本介绍各种绝招的《影流之目录》，深通武艺的他在翻阅之后如获至宝。这件事儿被记叙在明朝所著的《武备志》中，该书中还清晰地记载着影流的各种招数，比如“猿飞”“猿回”，等等。就是如猴子一般快速地一边移动一边出刀，话说人类在武术方面模仿动物的习惯似乎是共通的，比如中国也有猴拳。

爱洲久忠门下的弟子有很多，其实最为出名的，当属被很多战国历史游戏玩家所津津乐道的上泉信纲。

作为古往今来民间公认的日本第一武林高手，上泉信纲几乎拥有一位大侠所该拥有的一切。首先，他身世相当不明。暂且不说直到今天还无法精确确定此人的详细生卒年月，就连名字也无法百分百地确定。他爹叫卜部兴兼，是一名神官，就是靠每天在神社里打扫卫生为生，有地震洪水等天灾的时候率领乡民祈祷的那种人。父亲的职业和儿子的职业完全不同，其实也没什么，问题在于子随父姓乃是天理常伦，古代的日本人虽说不把姓甚名谁这种事儿看得和中国人一般重，而且，很多人一辈子不改几次名都觉得对不起祖宗，可那也得是碰到了特定情况才会改，比如认新爹了，做倒插门了，吃败仗要跑路了等等，总之，没有大事不更名。可这种事情在上泉信纲身上一件也没发生，或许是发生了我们也不知道，在所有的记载上，都只说了两件事：第一，爹叫卜部兴兼。第二，儿子叫大胡武藏守秀纲。

所谓大胡武藏守这个名字，最初出现在日本公卿山科言继所写的《言继日记》中，指的就是上泉信纲。经过依稀的考证，发现上泉信纲很有可能是做了他“叔母舅”大胡家的养子，所以才有了这个姓。叔母舅不是他奶奶的舅，而是他叔叔的老婆的兄弟。

做谁家的养子都是个人自由，我们也不好干涉。然而，在《言继日记》的后面几章里，大胡武藏守这个名字很离奇地消失了，取而代之的是上泉武藏守信纲。从口气和描写上来看的确是同一个人，但为何就这么莫名其妙地改了名字，没人知道，不过，在他后来发给弟子的毕业证书上，签的也是上泉信纲这个名。

这事儿挺乱的，不过也没辙，当年日本人的名字就是这么千变万化。

和姓氏不一样的是，上泉信纲自小对于剑道的热爱之情，倒是从未变过。他先是在自己的家乡学习念流剑道，学成之后来到了鹿岛，学习鹿岛新当流，再接着又跟着爱洲久忠学阴流，三样全都学完之后，信纲觉得虽说阴流是里面最厉害的，但依然存在着不少漏洞和值得改进的地方。于是，在永禄三年（1560），他开创了新阴流。

之后，信纲开始了四处漂泊的游侠生活，他先后侍奉过几家诸侯，比如相模雄狮北条氏康的北条家、甲斐之虎武田信玄的武田家、上州黄斑（老虎）长野业正的长野家。尽管各个皆为名门，但除了最后的长野家是一直干到了那家家破人亡为止之外，其余的都是只待了几个月便辞职走人了。

因为规规矩矩地朝九晚五并非他要的生活，对于上泉信纲而言，生活就是剑，剑就是生活，他希望过上一种每天只要带着人练剑，且自由自在无拘无束的日子就行了，至于功名俸禄，那都是其次。

身世不明，无拘无束，除了这些以外，上泉信纲还具备大侠另外两个必备的特征：武艺高强，行侠仗义。

某日，上泉信纲带着徒弟云游四方时，路过一个小村落，发现在一间小屋子前围观着好几十个人。大家交头接耳议论纷纷，可就是不挪开自己的脚步。

信纲让徒弟前去询问，才得知一个流窜作案的杀人犯逃窜到了这个村子里，因走投无路，抓了一个小孩子当做人质并躲入屋中，还扬言若是有人靠近，就把人质杀了当垫背。就这样，已经从凌晨僵持到现在好几个小时了。

上泉信纲闻言后环顾四周，发现一位路过的和尚居然也在围观的队伍里，于是他便走上前去，施了一礼："大师，能为在下剃度吗？"

徒儿们听了自然大吃一惊，顿时有一种即日起阴流变少林的感觉，就连那位和尚也十分疑惑不解："施主，您出家是为何？"

"为救人。"

这个冷笑话说得真高明，一时间那和尚也不知道该如何回答，只得问村民要了一把剃刀，将上泉信纲的一头秀发给一刀刀地刮了下来。弄完之后，信纲又说道："大师，您的袈裟借给我穿穿。"这就是传说中的徒弟扒师傅。

"这……这又是为何？"

"还是为了救人。"

和尚已经不知道接下来眼前的这光头会不会以救人为借口而要求自己让他打一顿，但碍于对方人高马大身后还跟着几个类似打手模样的精壮汉子，所以只能屈从，将衣服给脱了下来。

"这边的，给我几个饭团吧。"穿戴完毕俨然一副得道高僧模样的信纲对一个村民说道。

一切准备停当，他来到了那座小屋的门口。

"你……你要干吗？！你再过来我就杀了这孩子！"绑匪非常敏感，很快就察觉到有人靠近。

"施主，您多虑了，我只是远游至此的出家人，不忍看到孩子哀号，特地送个饭团过来。"

"滚蛋，你一定是来抓我的吧！"

"不，不是这样的。出家人从来不撒谎，再说，孩子只是人质，若饿死了，施主想必就得被束手就擒了吧？再说，我身上又没带武器，只有两个饭团而已。"一边说着，信纲一边举起了双手，果真一左一右两个饭团，腰间也没有家伙——早在穿袈裟之前，他就把佩刀交给了徒弟。

绑匪其实也已经很饿了，哥们儿跑了一天一夜，现在又绷紧神经熬了半天，早就快支撑不住了，与其说他开始相信信纲的忽悠，不如说他一开始就盼着人家真的是来送饭的："那好吧，你把饭团给丢过来，但……但不许靠近哪！"

"接着！"上泉信纲非常听话地抛出了第一个饭团，绑匪松开了抱着人质的左手，准备去接。

"还有一个！"还没等接到，第二个饭团也飞了出来，于是，他不得不将握在右手的刀松开，腾出空来伸出双手，一副拥抱太阳的自由绑匪模样。

饭团依然在半空，上泉信纲已然猛蹿到绑匪的跟前。只听得“哎呀”一声，信纲将对方的双手抓住，紧接着又是以膝盖猛击其腹部，最后一个翻转，把他死死地摁倒在地上。

“啪嗒”，饭团刚好落地。

周围一片欢呼。

而上泉信纲只是淡然一笑，将孩子抱起送还到他的父母手中，然后把身上的袈裟脱下来，递给那位早已目瞪口呆的和尚。这就是有名的“剃度救人”，几百年来一直被日本人津津乐道。黑泽明在拍《七武士》的时候，就把这事儿给套在了主角勘兵卫的身上。

不过，话又得说回来，剑道玩儿得好的人，一般都很阴，说得好听一点就是很会打心理战。信纲其实是瞅准了对方处于一种饥饿加紧张的状态，才会用饭团来诱骗的。当然，骗骗这种恶徒也没什么不对。

不仅腕力无敌，思想过硬，就连理论水平，上泉信纲也是一等一的。

在他之前，关于剑道究竟为何物的讨论有过很多次，不过普遍都认为，剑道就是一种运用于战场上的杀人方法，没有其他。而信纲对此明确指出，剑术，虽说确实有杀人的功效，但是它真正的精髓所在并非杀人，而是救人。具体做法是，你不能怀着一颗杀人的心去挥舞你的刀，而是要抱着一种立志于治国平天下的志向，以及捍卫宇宙和平的使命感，然后再踏上战场，如此一来，手里的杀人刀就会变成活人剑。简单来说，就是把敌人都杀光了自己做老大，于是天下太平了，没有流血了。这套理论在经过不断完善之后，终于从原先十分无厘头的说辞变成现在那确实值得遵循的人生观：不要为了自己而挥剑，当你需要保护什么的时候，再让你的剑出鞘吧。

上泉信纲云游了一辈子，将新阴流几乎传遍了日本全国，他的弟子中有很多都自立门户自成一派。比如，位于奈良的柳生宗严所创的柳生新阴流，这人比他师傅还要狠一点，提出了“无刀”理论，即只要心中有刀，就算手中无刀，也能打败敌人。这就是传说中的剑禅合一。通俗来讲的话，也就是用思想来武装自己，精神原子弹是无敌的意思。

另一位弟子叫做丸目长惠，他在九州创立了太舍流，虽说不如萨摩示现流那么强，但慕名前来学习的人也是络绎不绝。而丸目长惠本人不但是个剑豪，还是一位音乐家兼建筑家，业余爱好是种地，尤其晚年的时候，几乎就不怎么碰刀柄了，每天只是耕田而已。

据说有一次，日本著名剑人兼贱人的宫本武藏不知怎么就打探到丸目长惠还没死，还在九州混日子，于是便摸上门来要求挑战。当时武藏三十多岁正当年，丸目长惠都已经七老八十了，无论剑术如何，单说体力，就相差一大截儿。

但宫本武藏终究还是找来了，他根据当地村民的指点，穿过了一块又一块农田，然后又来到一块农田前，看到一个老农正在刨土。

“大爷，您知道丸目彻斋在哪儿吗？”他走到跟前问道。

彻斋是长惠老了之后给自己起的号。

老农抬起头，看了武藏一眼：“我就是。”

武藏上下打量了对方一番，又看了看身后几个一块儿种地的，然后作起了自我介绍：“我是宫本武藏，前来挑战丸目彻斋，您当真是他老人家？”

“那还能有假？我总不能冒名顶替，代人挨打吧？”长惠哈哈大笑道。

武藏心里默算了一下，觉得年龄差不多，再加上人家说的也在理，所以他相信了：“老人家，我们去道场吧。”

“你真的要打？”

“真的打，您是老前辈，我有向您挑战的必要。”

身后跟着种地的其实都是太舍流的徒弟，他们看着武藏的脸，都有一种抡起锄头给他两下子的冲动。

“真要打，也不必去道场那么麻烦。”丸目长惠呵呵一笑，接着脸色瞬间就变了，然后将手中的锄头平举微抬，一副就要出剑的模样。

武藏吓得赶紧往后连退三四步，脸上闪现出一种惊恐的表情。

“哈哈哈哈。”丸目长惠笑了起来，然后把锄头一扔，手在衣服上擦了两下，转身走了。武藏羞愧难当，自知技不如人，便灰溜溜地走了。

这个桥段后来好像被古龙给写进小说里了，不过具体是哪部我还真忘了。

还有一位新阴流的徒弟叫野中成常，他在下野国（枥木县）地方开创了一円流，其中，一円流的弟子福井嘉平在某次怀着绝望之心请求神灵安慰的拜神途中，猛然顿悟到一种新剑法，并将其取名为神道无念流。

作为幕末三大派之一的神道无念流，讲究的是将浑身力气集中在剑上，给予对方致命一击。它靠的依然是“力”，说到这里，其实基本上可以得出这么一个结论，那就是作为一门格斗技巧，无论剑道还是棍术抑或是普通的空手格斗，如果想取得成功或者说是想在历史中脱颖而出名留史册，那么就必须依靠实在的东西，比如结实的肉体或者是强大的力量。只有这两样，才是一切格斗的基础，不然你花架子摆得再漂亮，招式舞得再花哨，哪怕两只手整成千手观音快得号称摄像头都抓不住，那也只能是上公交车摸皮夹子的本领，论打人，还差了点儿。

神道无念流出过很多能打的人，像当年以一人之力敌住土方岁三和冲田总司两大高手的新选组初代局长芹泽鸭，以及有新选组内顶尖高手之称的二番队队长永仓新八，还有虽说剑术不算特别牛逼可逃跑起来全日本第一，当年外号“逃跑小五郎”现在外号“假发小五郎”的木户孝允（桂小五郎）等等，都是这个流派的真传弟子。

>>剑人们

说过了剑也说过了剑道，接下来就该说说剑人了。

剑人，广义上指的是一切用剑的人，像桂小五郎、坂本龙马这种都算。狭义上来看，则是指靠剑吃饭的人，也就是传统意义上的剑客、剑豪乃至剑圣，比如刚才说过的上泉信纲、冢原卜传，等等。

我们现在要讲的，是后者。

第一个要侃的，叫做柳生三严。其实他还有一个更广为人知的名字——柳生十兵卫。

如果说上泉信纲是日本历史上最强剑圣的话，那么十兵卫就是日本史上被众文艺作品塑造描绘得最多的剑客。他的爷爷是之前提到过的，上泉信纲嫡传弟子柳生宗严，他爹则是江户幕府连续两代将军的剑术老师柳生宗矩，三代人一起合称柳生三天狗。天狗是妖怪，前面提到过，但在日本，说你是妖怪不见得是在骂你，多半是称赞你厉害，所以以后别逮着个日本人就叫人鬼子，不明白的还以为你要跟他好呢。

说起来柳生宗矩也是个猛人，元和元年（1615），德川家和丰臣家开战，作为第二代江户幕府将军的德川秀忠也亲自上了阵。不过这位老兄除了会骑马之外，就再也不会第二样战场运动了，手里拿了个刀也不知道该砍谁，往哪儿砍，于是，因为目标大本领差，他自然就成了敌军狙击的目标。在战斗开打到最激烈、战场上最混乱的时候，丰臣家组成了一支特别行动小分队，总共七人迂回前行，经过一阵左穿插右渗透之后，猛地出现在秀忠跟前，然后齐刷刷地举起了手里的家伙，打算将他当场击毙于马下。

就在这万分危急的时刻，一直在将军身边搞保卫工作的柳生宗矩挺身而出，将这七人如数击倒，德川秀忠安然无恙，史料中的原话是“瞬杀”。从此他名声大噪，人送外号“七连杀”。

不仅武艺高强，柳生宗矩在国家治理方面以及如何做人方面也颇有心得。三代将军德川家光的政府素来有三足鼎之称，即支撑这位将军乃至幕府的，有三个人，一位是春日局，前面我们讲到过，家光的奶妈。另一位叫松平信纲，外号智慧的伊豆，江户幕府建立之初，日本爆发过最大的内斗——天草四郎起义，就是被他一手镇压的。还有一个便是作为家光父亲秀忠以及家光本人从小到大的剑术指导柳生宗矩。

春日局和松平信纲都好理解，他们一个是把家光拉扯大的，一个是他的智囊，可为何柳生宗严一武术指导也能成为国家的栋梁呢？

究其原因，其实也是我们之前所提到过的：但凡那时候的剑人，多半心理素质极好，很能打心理战，这对塑造一个孩子乃至教会他如何在这个世界上游刃有余地活着都会起到重要作用，相当于德川家光社会大学的启蒙老师，所以能够得到如此信任，也是不足为奇的。事实上，在宗矩死后，每当家光碰到难题的时候就会哀叹：“若是宗矩活着，那该有多好啊。”作为出生在这样一个家族里头的长子，柳生十兵卫的日子其实是不怎么好过的。

他从两三岁开始就必须得接受无比严格的剑术训练，有时候父亲柳生宗矩还会亲自前来视察学习成果——和自己的儿子对战一场。虽然拿的是竹刀，十兵卫每每还是会被父亲打个遍体鳞伤。不过也多亏了这样的磨炼，才使得十兵卫迅速成长起来，有时候，连父亲都难以抵挡他的攻击。然而，这种危险的对练终于出了问题，某日，柳生宗矩因被儿子的剑势逼得太紧，一下子使出了大绝招，等他反应过来的时候，手中的竹刀已经重重地戳向了十兵卫的左眼，想收也收不住了。

悲剧就此酿成。

一道刺耳的击打声，一声惨叫，一股鲜血从十兵卫的左眼中溅出。接着，他捂住了自己的右眼，蹲在了地上。

柳生宗矩的第一个反应是完蛋了，这下完蛋了，伤着脑子了。他从来没见过被捅了屁股捂肚子的，自然也没见过被插了左眼捂右眼的。肯定是脑袋被打坏了，或者是实在太痛了。所以第二个反应是叫医生。经过全力抢救和精心治疗后，医生带来了一个坏消息和一个好消息，坏消息是十兵卫的左眼就此失明了，他成了独眼。好消息是这孩子的脑袋完全正常，挺聪明的。尽管后悔莫及，但柳生宗矩仍旧掩盖不了心中的疑惑："你当时为何要捂住右眼？"

"因为我知道，我的左眼已经没用了，就算再捂着按着也无济于事了，若是我的右眼再受到什么攻击，那我就会两眼全瞎，就此再也无法练剑，所以，我选择了保护右眼。"被誉为无双剑士的柳生宗矩立刻对儿子肃然起敬。

那一年，十兵卫才九岁。

13 岁时，因宗矩的关系，十兵卫成为德川家世子德川家光的贴身近侍。这活儿他一干就是七年，一直做到了 20 岁。

然后问题又来了。

德川家光小时候是一个比较懦弱的孩子，这个我们之前在《甲贺忍法帖》篇里就已经说过了，所以如何让这位今后必须负担起全日本国运的孩子变成一个真正的男人，是他周围所有人都在操心的一件事儿。结果，家光他叔叔德川赖房想出了一个相当馊的馊主意。他对自己的侄子说，你拿着一把刀出去，碰到那种看上去挺能打的就上去给他一刀，反正你是世子，砍死了也不用偿命，学会砍人之后，胆子自然就大了。

德川赖房就是御三家水户德川家之祖，德川家康的小儿子，尽管辈分上是家光的叔叔，实际上两人的年龄相差不过一岁。本来就是亲戚，年龄又相仿，再加之家光又没特别好的兄弟，所以这对叔侄的关系可谓是亲如兄弟，不过通常都是赖房撒尿家光和泥，反正后者是太子爷，捅出娄子也没人敢把他咋样。听了叔叔的话之后，家光也没多想，当天半夜拿着刀就出门了，为了安全起见，赖房也跟着侄子一块儿上了街。

这种武士拿活人试刀的事情在日本古代屡见不鲜，比如丰臣秀吉的养子丰臣秀次就特别喜欢这么干，只是这小子心理比较畸形，专门喜欢挑缺胳膊少腿儿的身体障碍人士下手，砍了别人之后还相当的引以为豪，高呼我是剑圣，民间送其外号“杀生关白”。

在这方面德川赖房还算有一点天良未泯，他反复告诫侄子：“我们只砍带刀之人，而且最好别往头上招呼，砍个肩膀大腿的就拉倒了。至于那些老百姓，千万别去惊动。”所谓带刀之人就是武士，按照赖房的想法就是，自己的侄子在剑道上基本属于废柴，你们这帮人要连他都砍不过，那还做什么武士？死掉算了。

不过有一点他没想到，那就是德川家光就算再菜，那也是无双剑侠柳生宗矩的亲传弟子。所以在此后的一个星期里，江户街头不断爆出有半夜路过的无辜佩刀群众被不明身份戴着面罩的神秘男子砍伤的消息。不管衙门捕快怎么搜，也搜不到作案人——因为人家躲在没法进去搜的江户城里。

这事儿最终传入了侠骨心肠热爱正义的武林正少侠柳生十兵卫耳中，他压根儿就没想到这变态杀人狂是自家主子，只觉得自己身为德川家家臣，就有义务除暴安良保卫江户城平安。于是，当天夜里，十兵卫身穿夜行服，脸上蒙着脸罩，独自一人在时常案发的那几条街上来回晃悠，等待着凶手的出现。

而此时的家光也在到处溜达，鉴于前些日子自己作恶多端已经名声在外，所以近日来半夜上街的人越来越少，即便上街，人家也卸下腰间的武士刀，以免招来无妄之祸。所以家光很着急，一边走一边跟随行的赖房念叨：“咋还没碰上人捏？大家大半夜的不出来都干吗呢？”结果，自然是三个瞎转悠的哥们儿在某处街拐弯处打了个照面。

当时的具体情况不得而知，不过要是给他们设计台词的话，多半如下：

家光："哦哦哦哦！出现了！野生的猎物君！"

十兵卫："呔！你这败类！受死！"

赖房："等等，侄儿，这人的声音听着……"

"耳熟"二字还未说出口，家光已经如旋风一般抽刀冲了出去，而十兵卫倒是稳稳当当地站着一动不动，连刀柄都没摸一下。

台词设计就此结束。

"哎呀！"一声惨叫。家光被十兵卫一个擒拿手反摁在地。不过他总觉得这声音有点不对，于是，便伸手一把扯掉了对方的面罩。

"哎呀！"一声惊叫。

十兵卫鞠了一躬之后，便消失在茫茫夜色之中。

这事儿最终捅了篓子，让春日局给知道了。虽说是乳母，但老太太几乎就是家光的亲妈，该疼的时候豁出命来疼，该管的时候拼了命地管。家光挨了一顿痛骂，痛哭流涕保证今后再也不敢了。德川赖房自然也没个好下场，被勒令赶紧回自己的领地去，可别再在江户折腾了。

事发数日后，十兵卫被叫到江户城。

"那天，你还真是神勇啊。"家光有气无力地说道。

十兵卫一声不吭，只是跪倒在地。

"你走吧，这里不要你了。"

"是，十兵卫知罪，大人请多保重。"十兵卫抬起头来，说完便起身就要离开。

"等等。"家光叫住了他，"你……你后悔吗？"

"不后悔。"十兵卫表情严肃，"剑不是用来滥杀无辜的，拿着剑杀无冤无仇的路人，一辈子也成不了真正的武士，在下临走之前衷心规劝大人一句：以后不要再干这种事情了！"家光沉默了一会儿："你居然敢得了便宜还卖乖，给我滚！"说完后，他从位子上站起来，来到十兵卫的跟前，弯下身子轻轻说道："我要你以传播剑术为名去行走各藩，伺机查探监视诸侯们的动向。"十兵卫会意，当天就离开江户，以浪人剑客的身份踏上了周游日本的旅途。

顺便一说，他所干的那些个监视各地诸侯之类的工作，后来有了一个专门的名称，叫大目付，由幕府方面光明正大地直接委派，也就不用再搞这种苦肉计了。

离开江户城的十兵卫就再也没了消息，谁也不知道他去了哪儿，去干了什么，只知道在此期间，幕府处分了几十家大名，有的被勒令禁闭，有的被削减领地，有的干脆就直接被贬为平民了，罪名也是各种各样，从行为不轨到有心谋反，啥事儿都有。这些人中有相当一部分到死都没明白过来，是谁出卖了自己。

其实我们也不明白，现在的人只能推测，认为从逻辑上来讲，的确有可能是被柳生十兵卫给告发的。

十兵卫出走前后一共十二年，这十二年里发生的一切因为都是谜团，所以也就成了日后文学家们最喜欢编撰的一段岁月。很多关于十兵卫流浪各地行侠仗义的故事，都是这么编出来的。

十二年后，32 岁的他再次回到家光的身边，然后成为幕府的股肱之臣，还参加了对岛原起义的镇压，接着被赏赐了位于奈良县内的柳生庄八千石领地。

庆安三年(1650)三月二十一日，十兵卫在京都附近的野外打猎，突发疾病，连医生都没来得及赶到现场就离开了人世，时年 44 岁。

对于他的死，一般形容为“暴毙”，因为谁也不知道究竟得的是什么病，究竟是正常死亡还是非正常死亡，一切都众说纷纭。因为若说是心肌梗塞这类病的话，十兵卫武艺超群勤于锻炼，又正值壮年，怎么可能会因此而挂?可若说是遭人暗杀的话，他武功如此了得，谁敢下手?

于是，这就只能成为传说中的历史谜团了，当然，又给众文学家提供了一个无尽的写作素材。

虽说战国时代的确因为战乱而出过不少高手，但当时的剑道各流派还处于刚刚兴起的地步，所以很多方面都不是特别完善；真正让其百花盛开的，其实是江户时代；而让这盛开的百花最终结出果实来的，则属幕末了。

提到那会儿的剑客，自然就是新选组了。

所以在接下来的篇幅里，我们将把之前没有说过，但人气长期以来居高不下的两位新选组成员给补上：他们就是斋藤一和永仓新八。

说起斋藤一，我周围很多人的第一印象至今都是《浪客剑心》里的那位高喊着“恶即斩”的冷面警官，其实这位老兄是警官没错，为人不善言辞脸上没甚表情那也不假，就是这“恶即斩”三个字，是不曾存在过的。

斋藤一出生在天保十五年（1844）的明石藩（兵库县内）一个贫穷的武士家庭，原名叫山口一，他的上头还有一个哥哥和一个姐姐。爹叫山口佑助，原本是一个打杂的，后来因为自己勤奋努力好学，所以被主家——明石藩高级武士铃木家看上了，提拔他做了自己的家臣，也就是家臣的家臣，日本话叫“家来”。就这样，才算是勉强得了个武士的头衔。不过就算这样，他们全家依然处于藩里的底层，为广大中高级武士所看不起，在这样的情况下，山口一慢慢地长大了。小时候的他读书虽说不怎么好，但很喜欢玩刀，整天泡在藩内的道场里，就这样一直到他18岁的那天，发生了一件改变他一生的事情。

这天，山口次郎正在道场里坐着休息，突然面前走过来一个很嚣张的家伙，拿着一把扇子指着他说道：“你就是山口一吗？”

山口一说我就是山口一，你是谁?

“你别管老子是谁，今天老子要跟你一决高下。”

这位仁兄的真实身份究竟是谁现在已经无从考证了，我们只知道他出身于明石藩的一个高级武士家庭，而且还是长子，属于继承人。之所以要跟山口一单挑，纯粹是觉得这小子平素很少说话，一副装酷的样子，弄得好似很高傲，所以看他特别不爽。

其实这事儿挺冤枉的，因为山口次郎并不是很高傲，只不过他天生沉默寡言罢了。不过这事儿当时也说不清，眼瞅对方逼上门来挑衅，年轻的他也血气方刚了一回，当即表示同意。

看着眼前的穷小子居然敢答应，那位根正苗红的高级武士愈发火大，干脆再逼了一步，对山口一说，既然单挑就要来真的，我们不用竹刀木刀，就用自己佩戴的真刀。对此山口一也没多想，依然表示OK。

决斗的过程略过，我们就说结果：那小子被当场砍杀在决斗地点。

山口一知道自己闯祸了。

虽说是双方都认可的公平决斗，可那是属于不折不扣的“私斗”。武士之间的私斗是不允许的，一般的处理方式是“喧哗两成败”，就是说一旦武士之间有私斗情况发生，那么处分的方法就是把两个人都给“成败”了，日语中成败的意思就是终结其性命。现在既然一方已被山口次郎给“成败”了，那么另一方的他，基本上也是逃不脱这个命运的。更何况对方是高级武士，他山口家不过是一个家来，等同于我们中国地主家的狗腿子，一个小狗腿子砍杀了一个根正苗红的好青年，这事儿很有可能就此闹大，别说他山口一，就是山口佑助也脱不了这个干系。

所以砍完人之后，山口次郎当下就开始后悔了，不过没用，这世界上要是能有后悔药也就不存在什么悲剧了。很快，藩里下了命令，勒令他先在家谨慎，等候最终的处分结果。知道自己死定了的阿一的脸上依然和往日一样没有什么表情，现在的他只希望能够快点让自己切腹或者被切腹，并且尽可能不要连累到其他任何人。

在这种焦躁的等待中，山口佑助来到儿子的面前。山口一以为老爸要批评自己，于是俯下身子准备洗耳恭听，可山口佑助并没有这么做，而是拿出了一沓金币——这是他的全部积蓄："你逃吧。"

山口一说我不逃，我逃了你们怎么办。

山口佑助叹了一口气："你不逃，该来的一样要来。这个世界上有很多事情，不是一死了之就能解决的。"说完，他留下了那笔钱，独自一人离开了屋子。

山口次郎坐在那里想了很久，一直都没动弹，当天半夜，他逃离明石藩，去了江户。因为他爹为人勤奋而且忠恳，在藩内特别是铃木家中的口碑特别好，故而当儿子逃走之后，铃木家出面保了这个自家的家来，坚持称是儿子杀人跟老爹无关。再加上当时情况又乱，幕末时分大家攘夷的攘夷尊王的尊王，谁还有工夫去管两个小孩子决斗造成的人身伤害事故呢？于是这事儿就这么不了了之。而逃到江户之后的山口一，在历经各种磨难之后，最终加入了新选组，并改名斋藤一，之所以他的名字叫一，是因为其生日是 1 月 1 日。同时他也记住了父亲的那句话："这个世界上有很多事情，不是一死了之就能解决的。"

进了新选组之后，他凭借着精湛的剑术很快就成为栋梁，立下赫赫战功，并被委以三番队队长的要职。在平定伊东甲子太郎的叛乱中，他更是因充当卧底，立下了决定胜负的功勋。

戊辰战争爆发后，斋藤一和新选组中的主要成员一起，随幕府节节败退，先是离开了奋战多年的京都去了江户，接着江户也受不住了只得去了会津（福岛县），可没过多久会津也不行了，这时候几乎所有的新选组残部都选择了北上虾夷（北海道）继续抗争。当时大家心里其实都很明白，会津都没能守住，更何况虾夷乎？但作为武士，一种“为国捐躯”的信念驱使着所有人继续拿起武器抵抗下去。唯独斋藤一选择了留下，留在会津活下去。

当然，留下或者继续抗争这只能说是人各有志，并不能用简单的对错好坏或者该不该来评价。

斋藤一最终成了俘虏，然后被关押起来，再然后跟着会津藩藩主松平容保和广大会津藩士一样去被流放到了斗南藩，也就是青森县。

对于这位原新选组的三番队队长，松平容保是相当器重的。在斗南的时候，他特地赐名斋藤一为藤田五郎，不仅如此还亲自做媒给他找了个老婆，对方是会津藩士高木小十郎的女儿时津，结婚之后小夫妻俩感情相当不错，生了三个儿子。

明治四年（1871）的时候，已经改名为藤田五郎的他应明治政府的聘请去了东京当警察，没过多久萨摩的西乡隆盛造反，引发了日本近代规模最大的一场内战——西南战争。很快，上面便下达了征战萨摩的军令，要求警察也随军一起去。于是藤田五郎便加入拔刀队，来到了九州，他的对手，正是当年摧毁幕府的萨摩藩。

能够在有生之年得到这么一个报仇雪恨的机会着实不容易，所以藤田五郎还是相当珍惜的，打起来也特别拼命。刚到战场的第一仗，就是著名“二重埣之战”，在这场战役中，藤田五郎尽管负伤却依然挥舞着手中的利刃连杀数人，一时间人人惧之如鬼神一般。他还带着自己的同伴直冲西乡隆盛的大炮阵地，连夺钢炮两门。对于藤田五郎的英勇事迹，当时的日本各大媒体一度争相报道，题目自然不外乎是什么“原新选组成员大活跃”之类。

战争结束之后，藤田五郎回到了东京继续做警察，一直干到明治二十四年（1891）退休。不过老人家退休之后倒也没闲着，去了东京的高等师范学校当起了一名普通的警备员，也就是我们中国大学里的保卫科干事，具体的工作是看大门。

或许那里的学生们谁都想不到，每天早上看着他们上学，黄昏时分又注视着他们回家的那位门房老大爷，居然是当年叱咤一时的新选组三番队队长斋藤一。

大正四年（1915），因胃溃疡恶化，藤田五郎与世长辞，享年72岁。据说，他以一副正坐在榻榻米上的姿势离开这个世界的。

在新选组中，若是根据剑术高低排名，则向来有一冲田、二斋藤、三永仓的说法。冲田指的是前面说过的冲田总司，斋藤是斋藤一，而这永仓，则是现在要说的永仓新八。

永仓新八祖籍松前藩，也就是今天的北海道，出生地是江户。

从11岁的时候，他就进了神道无念流位于江户的道场击剑馆，18岁出师，也算是少年有为了。

之后，他先是来到了天然理心流道场成为那里的食客，接着又随近藤勇去了京都。在那里，他和他的同伴们一起创立了新选组，在肃清芹泽鸭之后不久，他担任了二番队队长。作为新选组的中流砥柱，在京都的六年里，无论是小到和人走路撞了一下肩膀然后打群架，还是大到拿起武器和敌人展开白刃战，这里面几乎都有他永仓新八的身影，而这一路走来，也让他的身体伤痕累累，根据其自述手记上记载，共有七块。

永仓新八在戊辰战争爆发后没多久便脱离了新选组，回到了江户。后来又做了杉村家的养子，以避免明治政府方面的缉捕。再后来他开了个剑道馆，教了一些徒弟，在这期间，他还为近藤勇和土方岁三修建了墓碑。

明治二十四年（1891），中日两国战争一触即发，此时已经52岁的永仓新八上书新政府，说要参加拔刀队，赴海外作战。明治政府那边效率还是蛮高的，没几天就回了一封信，大致内容是您老人家的心意我们领了，不过目前并不缺人手。也就是说人家婉言拒绝了。结果永仓新八看了信之后，哈哈大笑起来："那些萨、长的家伙一定觉得借用新选组的力量是一件无比坍台的事儿吧。"

上了年纪之后的永仓新八终日待在家里颐养天年，最大的兴趣爱好就是带着孙子们去电影院看电影。有一次，电影散场，他拄着拐杖颤巍巍地走出了影院，因为光差的缘故，所以一时间连步子都迈不稳了，一旁的孙子赶忙将其扶住，好不让他跌倒。此时，永仓新八长叹一声："近藤和土方都死得太早啦，留下我一个孤苦伶仃的老头子活了那么久。不过也好，要不是这样的话，我还看不到电影这种新奇玩意儿呢。”

刺眼的眼光照耀下，他仿佛已然老去，老到了让所有人都已经不认得的地步。就在这个时候，周围走过来几个地痞，为首的那个嫌永仓他们家的那群人挡了道，于是很嚣张地说死老头子你给我滚，好狗不挡道你不知道吗？

永仓新八的唇角微微向上翘了翘，却没有挪动身子的打算。那位地痞似乎还想接着骂，可还没等张开嘴，他突然就愣住了。

因为永仓手里的那根手杖，突然就架在了他的脖子上，什么时候出的手，却没有任何人看清。

“滚。”

一个字，一道锐利的目光，一根手杖，眼前的那位老人似乎又回到了那个血风的京都时代，似乎又重新变回了新选组二番队队长。

永仓新八一直活到了大正四年（1915）的一月五日，因蛀牙引发了骨膜炎和败血症，经医治无效后病逝，享年 77 岁。

>>绯村剑心

单独列一章是因为在《浪客剑心》篇里他的地位比较特殊，人称男主角，仅此而已。

绯村剑心的原型是刺杀佐久间象山的河上彦斋，前面已经说过，所以就不再多作铺垫，直接进入主题吧。

首要说明一点，河上彦斋的画像我看过，长得很标致的一个人，而且身材矮小，不过一米五，且皮肤很白，这点跟漫画中还是比较相似的。

他出生在今天日本的熊本县内，本名小森彦治郎。不久作为河上源兵卫家的养子，改姓河上，名玄明，小名彦次郎，后来改名彦斋。

河上彦斋在他大概十岁左右的时候便受推荐，成为大名（诸侯）身边的茶童，因为倒茶的服务态度好，所以很快就变成了茶坊主，即高级茶童。

除了业务精钻之外，在学问方面彦斋也丝毫没有放松，从十四五岁起，他就开始跟着各类人学习各类知识，比如那位池田屋事件的主谋宫部鼎藏，便是河上彦斋的兵法老师。从那个时候起，他的思想便是尊王攘夷，而且还是极端派。

文久元年（1861），彦斋随熊本藩藩主名代长冈护美入京。后来便住在京都。30岁时，熊本藩选拔新兵，彦斋作为熊本藩攘夷监军使去往长州。文久三年（1863）八月十八日，由朝廷中公武合体派对尊攘派发起的“八月十八日政变”爆发。彦斋于此时出长州，于池田屋事件（元治元年六月五日）后不久抵达京都，并结识了同在京都的桂小五郎等人，然后成为一名尊攘派下的杀手。

河上彦斋的剑法流派至今无人知晓，即便是当时看过他用刀的人，也说不出此人究竟是谁的门下，只知道这是一个精通拔刀术的家伙。

彦斋杀人时，一般是右足前探点地，左足弯曲采蹲姿，几乎以左膝拄地；从这样低的姿势一气拔刀而起，一刀从对方的下腹直斩到脸部，这在日语中有一个专门的名词，叫袈裟斩。

和绯村剑心一样，河上彦斋在他的攘夷生涯里几乎可以称得上是杀人如麻。不过漫画里给了剑心一个又一个不得已的苦衷，可在真实的历史世界里，河上彦斋是一个不折不扣的嗜杀人物。

在京都的时候，有一次众尊攘志士聚会，大家一起喝酒聊天，痛骂洋人以及卖国幕府，参与过这种发牢骚大会的人多半有这样的经验，大家一开始总是先从大的开始骂起，比如骂一个公司，接着范围渐渐缩小，变成了一小撮人，到了最后往往会变成一帮人在背后骂一个人，或老板，或主管。尊攘派们也一样，大家骂着骂着就把焦点聚集在一个幕臣的身上，说他在京都贪赃枉法，打压志士，出卖国家利益等等，总之，该死。

当时河上彦斋也在座，只不过他没怎么骂，只是一边喝酒吃菜一边听人抱怨，听了一会儿之后他便站起身，离开了酒店。大家都以为他去上厕所，所以也没人多问一句，继续坐着骂那位幕臣。

过了大概一个小时不到，彦斋又回来了，只不过手里多了一个布袋子，只见他把袋子往地上一扔，说道：“你们骂的是不是这个家伙？”

众人还以为哥们儿出去找老婆做了个布娃娃让大家扎针诅咒用的，于是一边笑着一边弯腰解袋，打开一看所有人都被吓得醒了酒，因为那里面赫然放着一颗人头，而那人头正是大家在骂的那个幕臣。

因为杀人太多，所以便有人规劝说，彦斋哪，你不用那样子杀人吧？大家都是爹生娘养先生教的，人命关天啊，你看我，就从来不杀人，别来来砍我，那也只当跳蚤蚊子，逃走便是了。结果河上彦斋回答道："那怎么行？茄子和南瓜是不是生命？你要不要吃？对，你要吃，那些被我杀的人就是茄子和南瓜，明白了？"

这人被他的茄子南瓜论反驳得一句话也说不出来，一直到了几十年后，他才愤愤不已地回忆道："河上那厮可真厉害，不过再厉害有个毛用？他还不是已经死了？而不肯杀人的我，却活得好好的。"

此人便是幕末著名政治家，曾拯救江户城于千钧一发水火之中的悬河之辩兼日本明治年间第一大毒舌，胜海舟。

其实他对彦斋的怨念是相当深的，因为对方杀的那位佐久间象山，是他妹夫。

比较有讽刺意味的是，当年彦斋满世界逮人就杀的时候没人来管，可一到他说封刀不干了，什么官司都惹上身了。先是因暗杀佐久间象山而入了大狱，尽管没几天就放了出来，可不想在庆应三年（1867）的时候他又因过激攘夷以及涉嫌推翻幕府而被捕入狱，这一关，就关到了明治维新之后，才得以重见天日。

接下来的情节还是和漫画里一样，河上彦斋并没有当官，而是一个人去了人家的道馆教剑，只不过漫画中是绯村剑心淡泊名利拒绝出仕，而现实中是河上彦斋想做官但明治政府觉得他不太合适而拒绝了其要求。

不过当时彦斋也没什么怀恨在心的举动，反正为国出力不是为了升官发财，这个道理还是明白的。可是很快，他就发现有点不对了——这个世道不对了。

当年他们尊王攘夷，反对幕府卖国，仅仅不过是因为对方开放了几个通商口岸，可现如今明治政府的"卖国程度"远在幕府之上，不光开放全国，公然声称"求知识于世界"，甚至还让外国人进宫和天皇会面。作为一个从小就受极端攘夷教育长大的人，河上彦斋觉得明治政府的所作所为是断然不能让人忍受的。

当然了，诺言还是要遵守，杀人是不行滴，不过，骂，还是可以骂的。

于是，河上彦斋开始经常在公开场合发表反政府言论，还表示自己有朝一日要推翻这个卖国政府，还国家独立和尊严。

说巧也挺巧，就在这个时候，还真有人造反作乱，原长州藩武士大乐源太郎带了一批人杀了几个明治政府的高官，然后被以谋反为名送进了大牢。顺便，明治政府也把一贯向自己猖狂进攻的河上彦斋一起丢了进去吃牢饭，罪名是协助叛逆以及窝藏罪犯。

入狱之后，当年一起在京都混的很多战友都前来探望，他们中有的已经是政府的要员了，这些人在探监的同时，还不断劝说着彦斋，表示只要他愿意放弃愚蠢的极端攘夷思想，自己就能想办法通路子保他出狱。

但不管谁来说，怎么说，河上彦斋的回答都只有一个：头可断，血可流，攘夷志向心中留。

同时还表示，虽说这次造反跟自己没关系，但只要等到混出监狱，那么下一次类似活动，绝对会是他主谋的。

那就没辙了，只能杀了。

亲自指示执行死刑的，是桂小五郎。

明治四年（1871）十二月四日，河上彦斋被押赴刑场。临走之前，他留下了辞世诗：为君而殒的枯身生于草中，开出血色的花朵。 想起前尘中消逝的生命，为王交瘁的心残存于世间。

据他的狱友回忆称，彦斋在监狱中看起来很沉毅，容貌枯瘦，眼瞳深陷，颊骨高耸，说话像妇女一样，总是一副精神不足的样子，和当时政府宣传描述的“如毒蛇猛兽一般恐怖”的形象完全不合。

其实，河上彦斋本可以不死。首先，他本来就不是大乐源太郎他们一伙的，这在当时就已经有了定论；其次，那么多人都在保他，只要一句口头承诺便能出来；第三，如果这家伙真的打算出狱之后搞暴动，你觉得他有可能在监狱里说出来吗？最后一点，桂小五郎虽说给人感觉挺贱的，但并不是一个喜欢要人性命的家伙，更何况他也知道，河上彦斋这种人就算出去，也就是在语言上攻击攻击政府，兴不起什么大风大浪，可最后依然表示：“此乃国家流毒，必须铲除而后快。”

为什么？

唯一的解释就是，河山彦斋是自己求死，事实上从他进去之后所做的一切也完全可以证明这点。而桂小五郎亦是看透了这其中的内因，才下令成全的。

至于求死的原因，个人觉得或许真的是为了赎罪吧，一个双手沾满鲜血的人斩，能够死在别人的刀下，恐怕应该是他最好的归宿了。

在现实世界中，被刀划出来深入骨肉的伤疤，是得到死了，尸体风化了之后，才能消失的呢。

KERORO军曹

公元2004年，地球突然遭到了不明身份的外星生物侵略，覆盖整个天空的UFO大军以及无情的侵略者降临于世，而人类惊慌失措，无处可逃。在压倒性的科技力和军事力面前，地球人组成的防卫队仅在一瞬间就被全部击垮，接着，地球接受新支配者统治的时代来临了……

本该如此的。

确实本该如此，外星人都带着先进武器攻过来了，弱小的地球人还有啥办法呢？

可现实是这支来自于伽马星系第五十八号行星库隆星的地球侵略部队先遣小队小队长Keroro军曹，在一次军事行动中失利，被地球人日向夏美及其弟弟日向冬树擒获于家中，当上了俘虏，之后只能每天从事一些简单的家务活动，换取三餐和零花钱。尽管他的生活过得还算不错，只要做完家务，一般的活动就是拼装高达模型，看动画片还有上网和家庭主妇聊天，但是没有应该有的自由。在动画片的前期，军曹是被以恐吓的方式软禁在日向家的。

除此之外，先遣队的其他成员也分别遭受到不同的厄运。

重步兵 Giroro 伍长，是一个满脑子只有侵略的军事狂，在日向家里和拥有地球最强战士称号的中学三年级女生日向夏美单挑后战败，因此爱上了这个本该是被侵略的敌对国的姑娘，接下来的日子难过自然是可想而知了。

特袭兵 Tamama 二等兵，依靠可爱的长相在小队中混饭吃，性格很差，对军曹有一种超越性别的感情，在刚来地球之后不久的侦察活动中被日向冬树的同班同学西泽桃华发现，在看到桃华那异常可怕的里人格之后，答应充当其宠物。

通讯参谋 Kururu 曹长，戴着一副玻璃瓶底的眼镜，从小就是天才，无论是电脑系统还是科学发明无一不精，在库隆星时曾被破格晋升为少佐，但因为他恶意戏弄参谋本部并涉嫌攻击军部电脑系统而被降职。抵达地球之后，遇上了夏美的暗恋对象三郎前辈且被其收留，现在居住在 Keroro 小队位于日向家的地下基地里。

暗杀兵 Dororo 兵长，原名 Zeroro，是 Keroro 与 Giroro 的军校同期生，从小就受尽 Keroro 的欺负，在备受折磨的童年中不知不觉练出了一身抗击打功夫，长大之后加入了库隆星的暗杀精英组织，曾荣获过宇宙武道大会七连冠。在入侵地球之后，碰上了地球的女忍者东谷小雪，两人一起生活了一段时间后，Dororo 认识到这世界上最重要的东西就是爱与和平，并且深深地爱上了地球这颗美丽的星球，坚持要用爱来搞侵略，经常受其他小队成员的排挤。

故事就是围绕着这五个自称是人其实是青蛙的外星生物以及地球人日向一家展开的。

仔细算算，从 04 年到现在，一晃也已过去了六七年，可这支青蛙小队的侵略永远止步不前，每次都会陷入制定计划—实行计划—只差一步就失败的怪圈，宛如喜洋洋和灰太狼：不管灰太狼的捕羊计划多么周全，可他就是这辈子都抓不到羊。原因其实很简单，这羊要是都被抓光了，你还看什么动画？作者还拿什么赚钱？

最要命的是这五只青蛙在地球上日子住久了居然还真的给他们住出了感情，自己整天消极怠工不侵略也就罢了，还不让别人侵略。有好几次他们都将地球从其他外星人以及他们库隆星同胞的侵略魔爪中给拯救了出来，为此甚至不惜和自己的兄弟或是昔日的同伴刀兵相见。

说老实话某情节还是挺赚人眼泪的。

不过，该作的最大亮点，还当属对其他各种动画的恶搞，几乎所有有点名气的日本动画，都难逃其手掌。高达自不必说，个人觉得主角 Keroro 军曹整天以拼装高达模型度日的行为本身就是一种对高达的恶搞。

其他的像《犬夜叉》、《火影忍者》、《新世纪福音战士》等等无论有名的还是稍有名的，都被恶搞过，甚至连柯南手指着对方大喊凶手就是你，哆啦A梦从口袋里掏出道具时的道具介绍等一些我们似曾相识的名场景，都在片子中出现过。

然而对于中国人来说，这部片子其实存在着更多我们从小就看惯的画面。

想想，个子矮小，善于玩乒乓，浑身绿色，帽子土黄上面画着一颗红星，军曹，伍长，兵长，侵略，日章旗等等，看到这些你会想到什么？

没错，是旧日本军队，民间俗称日本鬼子。

这部动画最大的恶搞点，就是二战。

不信的话，就接着往下看吧。

>>你以为蓝星究竟是什么地方？

Keroro 们侵略的目的地，根据动画播放的内容来看，的确是地球没错，但有两点非常可疑：第一，当冬树或者夏美自称地球的时候，他们说的是非常标准的日语“地球”，可当众青蛙说起地球时，他们口中却是另外一个词语；第二，如果你看的是带有中文字幕的片子的话，就会发现，青蛙们口中的那个“地球”，字幕组并未将其直译为“地球”，而是将其写作“蓝星”，可地球人口中的“地球”，却明白无误地被翻译成了“地球”。

肯定有人会说，你怎么连这个都要计较，你没见过地球还没见过地球仪吗？这蓝蓝的一片可不就是蓝星？

恩，地球就是蓝星，蓝星就是地球，可为何又偏偏不写地球而要写蓝星呢？既然意思一样，全部写成地球不还省力？

在回答这个问题之前，我们先来看一看，Keroro 嘴里那个代表地球的词，究竟是什么。

不错，他说的是ベコポン，中文大致读音为陪客碰，那么，是什么意思呢？

答案是没有意思，因为在日语中并不存在如此的词语，它是一个变音，即从某个词语中变化过来的新词语。

自然，接下来的问题就是，既然是变音，那么原型是什么？意思又是什么？

它的原型是ポコペン，中文的读音和意思一样，乃是一句中国话，叫做“不够本”。

觉得奇怪吗？为何外星人口中的地球，居然是一句中文？

这个问题暂时放一放，比起那一个个谜团，我们还是先说一点能勾起大伙童年记忆的东西吧。

“小孩，你滴明白？不明白滴，死啦死啦滴有！”

我想长在红旗下的中国少年们，应该不会有人对这句话陌生的吧？

每当我们看那些抗日老电影比如《地道战》、《地雷战》之类的时候，总能听到类似的话被剧中的日本军官用相当奇怪的语调说出来。

很遗憾的是，现在的片子里已经听不到了，原因是那些没什么文化却自以为有文化的编剧打算将片子拍得更“真”一点，让演员说他们认为的“正宗日语”，结果我们听到的却是日本将官对新兵蛋子使用敬语的《标准日本语》，还丫的是 80 年代版的。

不得不感叹一声，老艺术家就是老艺术家，不是那些新鲜人随随便便能超过的。

事实上,“死啦死啦”等才是正宗的日本话。和“小孩”、“你滴明白”一样,他们都属一类词,并且还有一个专门的名称,叫做“兵队支那语”,就是日本军队在中国地区专用语言,以此类推,其实还有“兵队俄国语”(这个真有),“兵队米国语”(这个可以有但真没有)。这些语言都有一个共同的特点,那就是它们都取自日本军队侵略的所在地的语言或是方言,只不过经过日本人的人为改造之后,又和原来的语言脱离了关系,算是日语中外来语的一部分。

“死啦死啦”的语源是“死了死了”,原本就是挂了的意思,但到了日本人那里,除了表示挂了之外,还表示“杀”。

除此之外,“小孩”、“花姑娘”、“明白”等等,都属这一类。

必须指出的是,长期以来困扰广大中国人的“太君”一词,其实也是它们的同类,语源是“大人”,日语的发音为だいじん(大金),久而久之,就成了“太君”了。

至于不够本,那是因为在甲午战争时期,日本兵觉得大清的军队忒丫不经打,于是便用一句现学现卖的中文来形容他们心目中那弱不禁风的中国人——不够本。

换言之,Keroro 小队侵略的真正目标,是中国。

觉得我在胡诌的,去买一本原文漫画,我若是没记错的话,漫画上的地球,至今仍被写作ポコペン,只不过因为动画片的审核比较麻烦,为了避免引起国际争端,所以稍稍作了一下改动罢了。

这本曾经荣获小学馆儿童漫画方面奖项的漫画,其实根本就不是给孩子们看的,不过孩子们看这玩意儿其实也看不懂,也就得一乐子罢了。

考虑到或许有人会问我,“支那”这个词,是不是也是“兵队支那语”中的一分子,所以在这里还是作一下解释说明比较好。

支那就是中国,不过需要补充一下的是,在很多时候,支那并非蔑称。

因为对于中国的称呼,日本人一直非常摸不到头脑,毕竟中国跟日本不一样,日本是万世一系的天皇,不管外面打得再怎么厉害,都没人敢把天皇怎么着,当然,也没人会吃拧了把这傀儡怎么着。可中国不一样,只要起兵造反,基本上人人都是冲着皇帝这个头衔来的,故而每隔几百年,中国差不多都要更换一个朝代,而日本对中国的称呼也是随着朝代变换而变换的，比如唐朝的时候，中国就被叫做唐国，明朝的时候叫明国，清朝的时候叫清国。久而久之，日本人自己都被弄烦了：你到底叫啥？又是唐又是清的，信不信老子以后就叫你糖精了？所以在江户时代中期，幕府的老中兼著名文化人士新井白石结合了西洋各国对中国的称呼，得出了一个“支那”的名字，从那以后，日本历史界管中国还是唐叫唐国、明叫明国，而学术界则一般统一叫支那了，这种叫法到了江户时代后期差不多就定格了。搞到最后，一些中国人，主要是搞反清革命的哥们儿也开始这么叫自己了。因为他们在自我介绍自己的时候往往会犯难，毕竟自己都立志推翻清王朝了，再自称清国人实在不合适，而要说自己是明国人就显得仿佛是搞反清复明的老古董，想来想去，正好日语里有支那这个词，那就干脆来个拿来主义吧。比如章太炎在日本留学的时候就搞过一个支那亡国二百四十年纪念大会，而同样是日本留学生的宋教仁，也创办过一本叫《二十世纪之支那》的杂志。

很负责任且非常凭良心地讲，支那这个词本身，是不带有任何侮辱性质的，之所以后来变成了蔑称，那纯粹是因为孙中山他们建立了民国政府，对外有了统一的国号叫中华民国，可在日本攻入中国之后，却从来不叫中国人是民国人或者中国人，而是特地专门地叫支那人。久而久之，便在所有人心中形成了这么一个印象：当日本人占领我们欺负我们的时候，我们就是支那人，只有当我们站起来了，我们才是中国人。

于是在日本投降后的第二年也就是公元1946年，民国政府特地专门来了个照会，要求以后日本在提到中国的时候，一律叫民国，不许再叫支那。

现在的日本也几乎没人再叫中国支那了。

我们需要牢记的是历史没错，但仅仅是历史就足够了。至于仇恨，即便是再怎么刻意地烙在脑海里，终究也会随着时间的流逝而慢慢地淡化。

>>你以为那五只青蛙是什么人？

在讨论青蛙问题之前，我们还是先来说说日本鬼子吧，反正小队的成员简介在开篇的时候就已经提过了。

日本的军队人数有很多，不过若是细细分类的话，你会发现，从明治年间开始有了新式的军制一直到战败投降废除了军队，纵然总量一度达到了那么几百万，可也不过就那几种人罢了。

第一种叫做刺客型。

这种人简单说来就是殖民者，真正意义上的殖民者。因为他们所在的国家或许要比邻国先进一些，制度完善一些，这种优势引发了他们心中相当天真或者说愚蠢的善心，那就是要富大家一起富，要先进大家一起先进——用一种近乎强迫的方式去叫别国接受自己的强国路，也不管这条路人家是不是走得通，或者说愿意走。

这就比如说你看到一家人挺穷的，人家家里面孩子也没怎么上学，于是你便擅自冲到他家里说道："从今天开始，你们家的收入我来支配，你们孩子学什么我来辅导，我来用你家收入的钱做投入本金，帮你们赚钱；我来帮助你们的孩子考上某某大学，并且，我让我家的大姑子小姨子就住你们这儿，吃饭什么的都你们出钱，就这么定了。"

不管你最开始抱着的是什么心，你行为的本质都是强盗，这个不会变的。

这世界上有强国有弱国，有大国有小国，凭什么我过了几千年的日子要你来横加指责动手动脚的？过你自己的不行吗？

当然，有的人活一辈子或许都不明白。

或许他们在侵略的过程中是那么彬彬有礼，对于被占领地区的老百姓们或许确实做到了自己的道德标准——见了孩子给糖，见到老人甚至会去扶一把。

我不否认总有这样的侵略者。

但他们依然是侵略者，依然是要被赶走的对象。

这个也不会变。

同时，这种人拥有自己独立的判断能力，尽管当时日本国内一片将膏药旗插满全球建立大东亚共荣的呼声，但这些人依然不失自己的冷静，以零下二三十度的眼神看着这个世界，与列岛的一片狂热形成对比。

一头是火热的殖民梦想，一头是摸一下就能结冰的判断思维。一旦当他们认清这场侵略战争本质的时候，几乎都会发生质的变化。

有的人自暴自弃，开始随波逐流；也有的人倾向于努力扭转乾坤，提出各种建议，来匡正上头的决议；还有的则更加大彻大悟，干脆就直接搞起了反战。

这类人因为活得相当非主流，所以很不招人待见。他们通常军衔都不会太高，即便有那么一两个混到了高官厚禄，那也只不过是会议场上的座客，存在感几乎等于零。

然而，即便是如此，他们中的某些人的某些话，至今回荡在我们的耳边：

“如果皇国要实行大陆政策，那么下场就只有举国崩溃！”

所谓“大陆政策”，是指在明治时代，作为岛国的日本向中国和朝鲜等大陆国家进行武力扩张、梦想称霸亚洲、征服全世界的侵略总方针。

而说这句话的人，则是当时的日本陆军少将，后来的陆军大将柴五郎。那时候日本刚刚打赢了日俄战争，举国上下一片脑热，认为征服亚洲剑指地球的那天已经指日可待了。而柴五郎当头泼了他们一盆冷水。

柴五郎，会津藩（福岛县）人。他是日本军队中最早的中国通。纵观其一生，但凡比较有名的事情，也都和中国有关。

在庚子国难（1900）那会儿，柴五郎作为留守北京的武官，凭借着对周边地形的熟悉以及指挥军队得当，用极小的一部分兵力抵抗了来自义和团的进攻，保障了各国使馆的安全，事后他受到了各国政府给发来的勋章。

伦敦《泰晤士报》还特地为此发了社论称：“在所有守城的外国人中，像这位日本男儿一样顾及所有的人，一个也没有。”

在八国联军进城后，他因为军衔最高而且又功勋卓著，所以接任了日本占领区的全局事务。在接手之后，柴五郎发布了一道命令：但凡日本的士兵，没有批准一律不准离开军营，就算上街，也不许去商店，哪怕是花钱买中国人的东西，也以违背军法论处。

对此，他的解释是：“我们是占领军，没有任何一个中国人会以完全和平平等的眼光来看待我们，就算拿着钱去，他们也不见得敢收，这种不花钱就买到东西的风气一开，那么接下来便是抢掠烧杀，这是决不允许的。”

之所以柴五郎会这么做，那是因为他能完全体会到战争给老百姓带来的痛苦。

他的家乡会津，在戊辰战争中因为坚定地站在了幕府的一方，所以饱受以萨摩藩、长州藩为首的明治政府军队的攻击，城防战一直打了一个月，那些打着“皇军官兵”正义旗号的明治政府军在会津城下烧杀抢掠无恶不作，柴五郎的祖母、母亲、嫂子、姐姐等几乎所有的亲人都在战争中为了避免做俘虏而自尽。

有的人，因为痛过了，所以便想让别人更痛；但也有的人，因为痛过，所以知道宽柔。

柴五郎属于后者。

值得一提的是，这家伙很能活，从明治时代一直活到了日本投降，跟他同时代的高级将领已经全部死翘翘了，他居然还挺健康地在混日子。昭和二十年(1945)战败，因为柴五郎当时已经85岁了，由于他早在昭和五年(1930)的时候就已经退役，可以说整场二战纯粹和他没半毛钱的关系，更何况自打日俄战争之后他就是反战反大陆政策的中坚力量，所以再怎么抓战犯也是抓不到他头上的。可这位堪称活化石的大将做出了一件让所有人都始料不及的事情——9月15日，也就是日本宣布投降后的一个月，柴五郎在自己家中自杀。

不过因为年事过高行动不便以及力气不足等原因，又外加抢救及时，故而老爷子没死成。即便如此，他还是因伤势过重，在熬了三个月后终究没能挺过去，于当年的12月13日离世。

对于这次自杀，个人不作任何评价，只是觉得，虽说同为自杀，柴五郎却要比那位为了逃避正义审判而开枪打心脏还没打准的东条某人要强多了。

第二类，叫热血型。

他们是当之无愧的战士，即便是站在敌人的立场上来看，这些人也是无可置疑的军人。时过境迁，即便一切都已变化，在他们身上的那份善战和绚丽也依然没有褪色。

和刺客型不一样，这些人心中没有那些个冠冕堂皇的愿望和理由，他们只是为了战争而战争，不过，这并不代表他们就此被归入了遭洗脑的一类。在很多时候，这些人身上从来就不缺乏如刺客型一般的独立自主思维，在战场上，他们也会时常闪现出人性的光辉。

但他们依然是一场悲剧。

悲剧的所在，就是这些人生在了一个错误的时代背景下的国度，无论他们如何不情愿，都终究无法摆脱成为炮灰的厄运以及侵略者的身份。

这就是传说中的宿命，尽管并非如钢铁禁锢一般不可打破，但或许这些人从未想过要改变或者说能够改变自己的命运，才会造成如此悲惨的下场吧。

说起此类人的话，最好的代表莫过于山本五十六了。

且说在当年的戊辰战争中，长冈藩（新潟县内）因为非常坚定地站在了幕府这一边，从而惨遭明治政府的大军压境，在做了该做的一切之后，还是由于大势所趋而不得已宣布投降。然而，家老山本带刀并不愿意就此结束，他带着手下人先后转战会津等地，最终还是在一次作战中被明治政府军给包围了。

当时的山本带刀身边加上他一共也就四十四人，经过一番决战，死了四十二个，剩下两位全部被俘，一个叫渡边豹吉，还有一个就是他自己。

明治政府感其忠勇，所以一开始并不打算杀他，而是采取了非常柔和的劝降政策。

然而，山本带刀回答说："我们藩主养我是为了和你们打仗的，而不是来投降的！"

最终，他和那位渡边豹吉一起被斩首在会津城下。

临死之前，山本带刀拿出了自己身上的200两军资金，希望新政府方面用这笔钱安葬那些跟随他而战死的长冈藩士兵，然后再将剩下的部分给予他们的家人。

多年之后，长冈藩的原藩主牧野忠毅被明治政府封了子爵，此时他突然想到，那位山本带刀因为没有儿子，所以他们家算是绝后了。于是，牧野子爵立刻就放眼全国，想给山本家找一个小孩当养子。说起来日本跟中国不太一样，对于绝大多数中国人来说，没有血缘的话，养子这辈子都不能算是真正意义上的儿子。但日本人不这么认为，他们觉得一旦做了养子，就跟自己儿子一样了，至于血缘方面，那都是次要的。再说这牧野忠毅找了好久，都没能找到像样的人选，最后挑中了原来也是长冈藩藩士的高野贞吉他们家，这家的儿子比较多，贞吉本人也很能生，56岁的时候还得了个老儿子。牧野忠毅想了想，觉得就让这个小儿子给山本家做养子比较好吧。那时候高野贞吉已经死了，也没个人做主，全凭牧野爵爷一个人说了算。就这样，当时已经31岁的高野家小儿子改了姓叫山本，因为这家伙是他爹56岁时候生的，所以名叫五十六，连一块儿叫山本五十六，就是后来那个日本海军大将山本五十六。

因为这个素未谋面的养父已经死了多年，所以尽管改了名字，成了名门之后，但五十六的境况依然没有改变，他还是和原来一样，是一个在海军学校里读书的穷小子，毕业了之后当上了军官，然后去美国留学，再回来继续做军官，接着又被派到美国去当武官。虽说仕途顺利步步高升，但这凭借的全都是他自己的努力。

抛开国籍、立场之类的不谈，单看人品的话，在日本近代军人中，山本五十六也是属于佼佼者。

他生性喜欢赌博，而且赌术相当精湛，自称如果天皇放他假期让自己环赌世界的话，那么一年之后他能为日本赢回来一艘航空母舰。

就是这么一个近乎赌神的哥们儿，有一次在和同僚今村均打赌的时候马失了一回前蹄。具体赌什么两位当事人都忘了，反正是相当无聊的事情，有可能就是山本对今村说今天午饭食堂里会吃鲑鱼饭团，如果不是的话我给你钱之类，结果那天食堂吃的是面包。就这样，赌神输了。

唯一能够确认的是，赌注为三千日元，这笔钱在当时的日本可以买一栋黄金地段的小洋房。

但是因为赌约过于琐碎无聊，再加上两人本身就是密友，所以今村均压根儿就没把它当一回事儿，只是一笑了之。却不想从此往后，每到发工资的时候，他的办公桌上总会出现一个信封，里面放着几十块钱——山本五十六相当认真地开始分期还赌债，一连还了好几年直至还清。

不光跟朋友赌博是这样，即便是在喝花酒跟艺伎们赌着玩儿的时候，他也是向来说到做到，从不赖账。

中国人有句老话，叫欠赌债失品、欠花债缺德。所以即便从我们这边的角度来看，这人也是一个既不失品也不缺德的类型。

不仅如此，山本五十六还是个孝子。自打从学校毕业当兵工作之后，他的大部分薪水都寄回了家，用于赡养老母亲，供弟弟妹妹上学，甚至还会为自己老师的孩子缴纳学费和生活费。因为一直如此接济别人，他到了三十多岁才得以有钱结婚。

就是这么一个若是生活在今天或许能成为高人气的正面公众人物的家伙，在那个年代那个日本，注定将成为一场悲剧。

当二战打到1940年前后时，日本开始讨论起对美国用兵的计划。当时日本其实很穷，老百姓每个月的砂糖和食盐都要用配给制，这样的国家如果要跟美国开打，那无异于找抽。

当过多年驻美武官的山本五十六深知这点，所以在开会的时候明确对那些主战派表示，你们这种愚蠢的行为就是自寻死路。

话一说出口，他就被日本国内的愤青们扣上了卖国贼的帽子：美国是个个人主义的国家，如同一盘散沙，哪比得上我们大日本帝国精诚团结？你居然说跟他们打是找死？你个卖国贼。

接着又有人放出风声来，称要将其刺杀，为国除害。

上上下下的压力逼着山本不得不走向那条他明知会死的绝路，但在临走之前，他还是摊了底牌："对美国作战，个人是坚决反对的，即便你们要让我担任总指挥，那我也只有一年的把握，战争一旦超过一年，那么日本必然会被拖垮。"

对此肺腑之言，上头的回答据说是："半年之内必胜。"

他明白，这是在赌国运，既然如此，那就赌吧。

这位从没有当过舰队司令，仅仅做过一年舰长，可以说是几乎不懂实际作战的海军大将，经过一番苦思冥想闭门造车之后，弄出了一个他自己都觉得相当可笑且异想天开的作战计划，那就是袭击珍珠港。

这还不算什么悲剧，更大的悲剧是，偷袭珍珠港居然成功了。此举等于打开了潘多拉的魔盒，一下子什么妖魔鬼怪都蹿了出来，逼向已经在中国战场上陷入泥沼的日本。

最可悲的是，军部的上层还不知道这点，他们满怀欣喜地认为美国也不过如此，只要有了军神山本，那啥都能搞定。

就这样，长期只是在军政界混饭的作战外行山本五十六，活活地被军部塑造成了一个天文地理头顶脚底无所不知战无不胜半人半神的怪物，并被赋予各种重任。

这种恶意炒作的代价就是，但凡有他山本亲自掺和的海军作战，没有一次是胜利的，除了那次珍珠港。

昭和十八年（1943）四月十八日，山本五十六的专机行踪密电码被美军情报局破译。当日上午，他遭到了美军飞行队的伏击，战斗中，其座机被击中坠落，山本本人也身中两弹身亡，终年 59 岁。

据说山本写得一手好字，所以经常会有朋友拜托来求个墨宝啥的，一般在这个时候，他总会留下四个字：常在战场。

不管你叫他军国主义也好战犯也好刽子手恶徒等等都好，与此同时，他终究是个军人。

第三类叫做研究者。人如其名，这些人都是搞研究的，他们和硝烟弥漫的战场基本绝缘，在战争爆发之前，这些人被叫做科学家或是学者。

然而，本该是造福于人的研究者们，抛弃了科学家最基本的道德，为了战争出卖了自己的灵魂，加入军队，发明研制着各种武器。

他们造出来的这些武器，若仅仅针对的是对方在战场上的军人，那倒也罢了。可有相当的一部分，被用来折磨俘虏甚至是屠杀平民。而这些武器本身，也违背了人类的战场公德，比如细菌武器，还有化学武器。

说起他们，自然就会想到恶名昭著的七三一部队。

七三一部队，对外宣称关东军防疫给水部队，最高长官是中将军医石井四郎。此人应该是日本所有军医中军衔最高的一位，不过他人品相当次，曾经有过贪污军费的劣迹，并且生活极为不检点，用人方面经常走裙带，在军中的风评是很差的。

顺便一说，除了他们之外，当时关东军中还有一支专门搞化学武器研究的部队，编号是五一六，现在在东北遗留下来的各种化学武器，多半是他们给造的。

七三一部队的主要工作是在活人身上试验各种细菌武器，以期达到自己想要的各种数据和效果然后投入战场。五一六也一样，只不过他们试验的是化学武器。

七三一的主要成员分为两类：一类是研究者，就是整天搞活人实验的，他们在加入这支部队之前都是日本各地名校的专家和教授，有的则是医生；还有一类是看守，主要是看家护院以及防止活人试验体逃跑，这些人里面，一部分是军人，还有一部分是石井四郎老家的亲戚老乡，正所谓一人发达鸡犬升天，这帮整日在日本乡下挖土的农民靠了这层关系才跑到东北来过他们所谓的“发达”日子的。

而那些活人试验体，有一个专门的称谓，叫做马路他（日语丸太まるた的发音），意思是圆木。之所以这么叫，是因为这帮整天把人类当小白鼠的家伙其实内心极为脆弱，明明做的就是杀人的勾当却总想自己骗自己说自己没在杀人，而是在搞木桩子试验，以便减轻内心压力和负罪感。

马路他一般分三种，第一种是在前线抗日或是从事抗日活动被抓来的抗日分子，主要是中国人；第二种是宪兵队随便上街看到无家可归的穷人便以各种或强行或哄骗的方式给诓来的，主要是在东北的中国人和朝鲜人；第三种是苏联红军以及间谍。

不管是哪类、哪国人，反正进去之后就别再想活着出来了。一般来讲，进入七三一的马路他，平均寿命不会超过两个星期，他们会被送上试验台，承受各式各样细菌的折磨，通常一次试验过后十个里面能死八个，剩下的两个会被安排下一次和病毒的亲密接触。即便是死后，他们也难得安宁，因为尸体将会解剖，各种器官会被拿出来研究。

最狠的是活体解剖，就是直接把一个活人喂点麻药之后剖着玩儿，在当时没有任何意义，只是那些科学界败类的娱乐而已。

之所以说当时，是因为在战后，日本曾经有过一段时间一下子就冒出了好些个“神医”，他们的神迹毫无例外地都是体现在手术台上，主要表现为下手快而且准，从来不犹豫，刀光之间就成功完成了手术，仿佛是在游戏一般。

如果你要是对众神医进行一番追根问底的话，就会发现他们清一色都曾在七三一待过，之所以下刀子敢这么大胆，纯粹是因为当年拿中国人的命玩惯了的缘故。

在战争快要结束的时候，石井四郎知道若是自己搞的那些玩意儿一旦暴露，那定不会有好下场，所以，在接到撤退命令之后，他下令毒杀了当时在押的全部马路他约四百余人，并且就地焚化掩埋了尸体，并将那些陈列于设施内的各种器官丢入了松花江内……本来他还打算把七三一部队的这栋楼给炸了，结果因为炸药没放够，所以未能成功。

之后，他又和美国达成了秘密协议——将七三一多年来的实验结果拱手让出，以换取自己以及其他成员的免审判。

即便如此，在后来的几十年中，有关七三一的种种恶行不断被揭露，没有被消灭彻底的证据也一个个被挖了出来。最终日本方面不得不改变了原本的态度，公开承认了历史上曾经的确有这么一支部队的事实。

由此可见，做了坏事打算赖账还想一赖到底，那是绝无可能的。

第四类人叫做万年新兵型。或许他们可能不是新兵，或许他们已经拥有了一定的军衔和地位，但是他们的思维模式依然停留在刚刚入伍的新兵阶段。除了机械式地执行上级下达的命令之外，丝毫没有自己主观的判断。从某种意义上来讲，这些人已经不再是人类了，而是一种机械，一种战争机械，同时也是领导们的机械。

他们或许很强，但下场无一例外都很可悲，其存在的真谛就是被摆上桌面——杯具一个。

可以说，绝大多数日本鬼子都是这种类型，不过若要真的掰着手指头数出一个登峰造极的，恐怕除了东条英机之外再也没有别人了。

这家伙给中国人留下的印象基本上就和变态杀人狂没两样，不过倒也没错，那年远东国际法庭审判，全部指控罪名是 55 条，这厮一人就占 54 条，当仁不让地成为二战中罪名最多的战犯，没有之一。

有人说过，即便不把东条英机送上国际法庭，由着日本人自己来审判，按照当时的《刑法》、《陆军刑法》、《战时刑事特别法》以及《陆军惩罚令》来审，判下来的结果不会发生变化，这家伙还是得送绞刑架。

真的要作评价的话，那只能这么说：这家伙是集贪欲、邪恶等各种不良品质于一身的人。

东条英机是昭和十六年（1941）当上内阁总理并组成东条内阁的，结果他一人就身兼总理、内务大臣、陆军大臣、军需大臣、外务大臣以及数日的文部大臣。总之，内阁被他一人给包了。

包了也就包了，好好干活就行，可偏偏东条这老小子吃人饭不干人事儿。当时日本因长年战争，原本就资源匮乏的国度变得更加捉襟见肘。就在这个时候，东条英机提出了一个相当贱的口号，叫做奢侈是犯罪，意思就是说，大家谁也不许吃好的不许穿好的，有好东西都得送前线去。

为此，他还专门派出特务四处调查，看看有没有人违背这条命令，一旦有人涉禁，便一律按非国民罪名处理。所谓非国民，放在中国就是汉奸。

不仅如此，东条总理每天半夜还亲自来到不同的居民小区做同一件事——翻垃圾桶。看看里面有没有肉骨头鱼骨头，以此来判断是否有人偷偷奢侈了。

这招关东军在东三省经常用，主要是看中国老百姓是不是私藏大米。曾经当过关东军宪兵司令的东条，做起来自然是熟门熟路了。

除了经常干这种勾当之外，在整人方面，东条英机也是很有一手的。

对于自己的反对者，他最常用的手段就是丢到前线去送死。

比如有个记者叫新名丈夫,因为针对东条英机“用竹枪也能打败英美鬼畜”的脑残口号而发表了署名文章称赶英超美需要飞机大炮，于是一下子就算是倒了大霉，年近37岁的他被东条送往硫磺岛赶死，好在最后靠了关系才得以活着回来。

陆军中将前田利为是战国武将前田利家的后人，当时为日本侯爵并出任驻文莱后备司令长官，在一次作战中被美军飞机打中专机而落地身亡。因为他和东条素来不和，所以后者居然不算他战死，只算其“战伤病死”。主要意图是扣他们家的抚恤金，好让人孤儿寡母喝西北风去。

这就是东条英机的人品，正因为如此，他最终落得众叛亲离身败名裂的下场也就不足为奇了。

同时代的日本军政家石原莞尔对他有过这么一个评价：“东条这个人，只能管十挺机枪，绝对不能多，超过十挺了，他就管不住了，其实也就是个上等兵的货色。”

这就是东条英机外号东条上等兵的来历。

后来在远东法庭，石原莞尔因被认为同样需要负战争责任而接受了审讯。在审讯中，法官曾问及他是否和东条英机意见不合时，石原非常淡定地回答："东条是个没自我意见的人，和没意见的人怎么可能发生意见不合？"

听者顿时无语。

最后一类被称做无能领导型。这是一帮高高在上的人，但庙堂之位依然无法掩盖他们无知无能的本质。

他们不了解自己的对手，甚至穿着军装配着军衔却连基本的战争都不清楚。在这帮人的领导下，诸如三个月灭亡中国、半年灭亡美国等一个个无知无畏地口号被喊了出来，当然，仅仅是喊。

不仅不具备应该有的能力，而且他们还相当的无德。

在战争中，举国上下都过着要饭似的生活，东条英机半夜偷窥人垃圾桶看人是不是吃了肉，可偏偏那些身居高位的人将大臣，整日里歌舞升平美酒佳肴，全然不顾手底下的死活，

老百姓们的孩子穷得只能啃萝卜，将军们还在办舞会看电影。

我们抛开一切什么敌失道寡助我得道多助、非正义战争必败之类的大道理，就冲着上头顶着这些个人，能打赢才有鬼了。

事实上，这一类人和前面四类人都不一样，他连一个典型都找不出来，而是一个相当群体的现象，具体体现在整个参谋本部中的大多数人身上，甚至有时候第二类、第三类或者说第一类、第四类的人，同时也会有第五类的属性。

比如东条英机在监督老百姓不准吃肉的同时，自己家里却每天吃很高档的西餐；石井四郎虽说是个研究者，却经常将七三一的研究经费挪为己用，这样的例子，太多了。

总的来说，这五类人，基本囊括了自打有近代军队之后的所有日本军人，覆盖率就算说不上百分之一百，那也是百分之九十八。

日本兵的事儿就此算是扯完了，我们接着继续来说动画吧。

在片中，有一个人（蛙？下同），他怀着对地球的深厚感情，主张"爱的侵略"，却总是遭到同伴们的反对，存在感等于零；有一个人，他品行端正，每日除去吃喝拉撒就是坐在石墩子上擦枪，然而，即便是爱上了地球的姑娘，

也不得不因为自己所属的立场而展开种种违心的侵略作战；又有一个人，他从吃奶的时候就已经能发明星际武器，整日里只是在搞研究发明，上了战场也从不作战，而且他做出来的那些玩意儿，主要针对的是地球少女日向夏美；还有一个人，乃是万年二等兵，他性格扭曲脾气暴躁，靠一张可爱的脸在小队里混日子，平日里只是唯命是从，鲜有自己的想法，而且为人相当没有担当，除了自己谁都管不好，曾经有一次因一场误会而误打误撞地当了一日小队长，结果弄得鸡飞狗跳众叛亲离；最后一个人，他受库隆星军部重托担任全军先锋——先遣小队小队长之任，却不但不思侵略，还总想着吃喝玩乐，整天在那里贪污军费买高达模型，实在是腐败军人的典型。

现在，你终于明白这五只青蛙到底是什么人了吧？

>>梦幻库隆兵Onono——最后的鬼子兵

某日，夏美放学回来，发现家中一片狼藉，锅碗瓢盆丢了满地，院子里到处都是刚洗好的衣服，吃的喝的也洒满了房间，虽说分明是进了小偷，可奇怪的是除了食物以及一些衣服之外什么也没少。于是，夏美非常自然地就怀疑到了几乎不干好事的Keroro头上。不料后者矢口否认，表示自己根本就没干这种伤天害理的事情，更何况这几天正好轮到Keroro洗衣服，他又怎么可能把辛苦洗完的衣服再丢地上呢？

想想似乎说的在理，夏美便又把怀疑的目光转向了Giroro，不过也很快就被她否认了。不仅如此，其实Giroro本身也是个受害者——放在他帐篷里的武器弹药和食物居然也都不见了。

就在大伙都一筹莫展的时候，Kururu出现，并且推断今晚或许犯人还会出现，因为他偷走的食物都属消耗品，吃完了便会再来。就这样，大伙决定在桌子上冰箱里放好食物做诱饵然后守夜伏击，看看到底是哪个饿死鬼半夜跑来翻冰箱。

结果当晚小偷果然再度降临，众人跟踪过去一看，惊讶地发现对方居然也是一个库隆星人，而且还是军人，并扛着一支形似三八大盖的老式激光步枪，当 Giroro 拿枪指着小偷要他报番号的时候，这家伙一边吃着从日向家偷来的香肠一边说道："我是库隆星军特务部单独侵略行动班，Onono 少尉。"

此话一出，让在场的所有库隆星人惊呆了。

因为Onono少尉是一个只出现在Keroro他们小学教科书上的英雄式人物，据说他作战勇敢，以一人之力就能完成几百个人都完成不了的作战任务。非常不幸的是，在一次战斗中，少尉献出了他年轻的生命，永远地离开了库隆星……而且还是死不见尸的那种。

对此，少尉解释道，自己完成了军部布置的绝密任务之后，因种种机缘巧合在宇宙中漂流了很久，最终才来到地球。

因为 Onono 的军衔是地球上所有库隆星人里最高的，而且资格也最老，所以他理所当然地开始指挥起已经停滞不前好几年的侵略作战，但他身上保有的那些老一代库隆星军人的品质诸如严肃、认真等，都被 Keroro 们讥笑为顽固不化，就连最正经的 Giroro 也觉得他已经和时代脱节，不适合领导自己。

最终在一番哭闹胡扯之后，众人还是把这尊大神给送回了宇宙。

比起 Keoro 等人，Onono 无论是从穿戴装备，还是说话语气，离旧日本军人的形象可说是又进了一大步，看看那身国防绿加三八大盖，活脱儿就是一鬼子兵嘛。

不过，你有没有发现他跟某个人很像呢？

孤军奋战，四处漂流，大家都已经不打仗了，光靠"爱"和卖萌来侵略，可他依然觉得战争没有结束，要拿起手里的三八大盖来改变世界，始终不愿意相信这个世道已经发生了变化。

不错，此人的原型就是在日本政府宣告无条件投降之后依然潜伏于丛林中苦战了三十余年，被称为"最后的鬼子兵"的小野田宽郎。

顺便一说，Onono 中的 Ono，就是小野的日语发音。

小野田宽郎，大正十一年（1922）出生在日本和歌山县的一个极品家庭中。

小时候的小野田非常捣蛋，而且从来不肯听大人话，总是我行我素，想干吗就干吗。终于有一天他妈妈忍不住了，一把将小野田拖到了祖宗牌位前，勒令他跪下，然后用极为认真的语气说道："你如果再这样顽劣下去，那就是对不起列祖列宗，与其等你长大了给我们小野田家抹黑，还不如现在就和我一起在祖先跟前切腹自尽了吧！"

还不到10岁的小野田宽郎吓得从此往后一下子就变成了一个好好学习天天向上的好孩子。

因为孩子不听话，用打用骂的都有，但以死相逼的母亲，还真是不多见。

除了一个少见的娘之外，他还有一个少见的爹。

小野田家的男主人叫小野田种次郎，是个很普通的下层职员，然而这个普通职员的身上有着一个不普通的习惯——打死不肯存钱。

他们家其实挺穷的，而且当时日本的经济状况也不是特别好。普通人家自然都会节约节约再节约，把每个月多下来的钱存起来，以备不时之需，比如孩子上学时，家里有人生病时。

可小野田种次郎很固执地认为，钱赚来就是要花掉的，存钱是一种非常卑鄙且对自己劳动不尊重的行为。所以，只要是小野田家的人，就不应该有这种坏毛病。

于是，他们家各个都是月光族。

不过凭良心讲，这种家里出来的孩子，就算会有这样那样看着让人觉得古怪的地方，但有一种品质一定能保证，那就是为人正直，不肯走歪门邪道，说得难听点便是一根筋。

不过不管怎么说，一根筋的人也有傻福。16岁的时候，小野田宽郎初中毕业，来到中国，进入田岛洋行汉口分行工作，一个月工资200日元。当时日本国内大学本科毕业生的平均工资是40日元，那会儿的本科生可是比现在的博士后都来得值钱。

初中生小野田能拿如此高薪，倒也不是什么走了后门靠了关系，而是在中国的日本人，人人都差不多是这个薪金水平。自然，是剥削了中国人得来的。

一个月赚200，根据家训也必须得花200，这日子过得叫一个爽。

不过再好的岁月也会有到头的时候，昭和十七年（1942），因前方战事吃紧外加年龄已到，20岁的小野田宽郎被应征入伍，他先是被送入了军校，学习谍报战和游击战。

简单说来，就是做特务和间谍。

再说点明朗一点，就是教你怎么去骗人的。

这对于从小就生活在一个一根筋家庭里的小野田来讲，是非常难以接受的事情。

不过他还是坚持了下来，并且学到了很多和当时一般军人所接受的截然相反的教育。

比如，对于普通的士兵而言，枪膛里的最后一颗子弹是留给自己的，在战场上当了俘虏是一件比战败更为可耻的事情；但是对于他们间谍并非如此，间谍讲究的是如何活下来，最后一颗子弹永远是要留给敌人的。即便是被活捉了也不要紧，尽可能地在审讯房里和敌人周旋，将假情报传给对方，要尽一切可能活下来，然后完成任务。

这是不是跟前面说过的忍者很像？没错，就是忍者嘛。

学上两年之后，因为战事实在吃紧，所以小野田宽郎中途中止了学业，然后被派往菲律宾的卢邦岛担任守备任务，主要的工作是教导当地的其他日军部队怎样打游击战。

当时日本基本上算是败局已定，原本为他们占领的菲律宾岛此时也早就失去了制空权和制海权。

来到菲律宾之后的第二年，美国人的舰队就来了，大军直逼吕宋群岛。

于是日军的正规部队只能选择撤退，但还是留下了一部分人，准备和美国人打游击，这其中就包括小野田宽郎。

临走之前，他的上司谷口义美少佐对小野田说道："我们撤退，但只是临时的。你们进山，用埋地雷、炸仓库的办法与敌人周旋。我禁止你自杀或者投降。三年、四年或者五年之后，我将回来。这个命令只有我才能取消。"

昭和二十年（1945）二月，美军在卢邦岛登陆，留下的日本游击队士兵大部分不是投降就是战死。小野田把剩下的人分成小组，同伍长岛田庄一、上等兵小冢金七、一等兵赤津勇一三人一起隐入丛林，继续顽抗。

8月15日，在盟军的联合打击下，日本宣布无条件投降。随后，美军派出由已投降日兵充当的军使赴各岛劝降，同时撒下大量的传单。1945年10月，小野田看到了美国人发的传单，上面写道："8 月 14 日日本已经投降。赶快下山投降！"就在他将信将疑考虑是不是要举着双手托着枪走出去的时候，忽然隐约又听到了远处传来枪响，于是便相当一根筋地认为战争其实还没有结束，大老美在骗人。就这样，他又走回了丛林深处，继续自己的游击战。

不过此时的小野田他们要想占领整个岛是肯定没可能了，但若是一辈子就埋没在这深山老林里也有些不值当。所以他想出了最终作战方案：成为岛上飘忽不定的恶魔，让所有人都知道自己这个小队的存在却又怎么都抓不住自己，变成居民们心中永远的阴影和恐惧。

占据了人心，从某种意义上来讲也就是占据了整个岛。

就这样，小野田带着手下三人在卢邦岛上时隐时现，趁着天色已暗的时候就杀几个人，然后消失得无影无踪。曾经有十几个农民在收香蕉的时候遭此厄运，不但人全部被杀，就连他们刚割下来的香蕉也被一卷而空。

不过在岛上打游击毕竟是一件很艰苦的事情，小野田他们面临着三个最致命的困难：安全、食物还有武器。

解决的办法是：首先，用打一枪换一个地方的方式来确保自己的安全，一般而言同一个区域他们不会待过三天以上，在漫长的雨季中，这些人就会在山上扎营，因为没有人会在如此恶劣的天气里上山；其次的食物问题，也就只能靠偷抢了，小野田宽郎他们经常会趁着当地农民下地干活的时候，潜入人家的屋子偷走各种食物，甚至会明目张胆地把人家家里养的牛给牵走，有时候他们也会去采香蕉，然后将吃不掉的部分晒成干，当做储备粮，要是实在没东西可供偷鸡摸狗了，这帮人就会去打猎，不过由于这招特费子弹，故而不常用；武器的获取方式基本和食物相同，也是靠偷靠抢，主要对象是巡逻村头的警察和奉命前来搜捕他们的士兵，还有就是周边的弹药库。

依靠这种方法，四个人在战后一直死缠烂打了五年还紧紧地在一起。

昭和二十五年（1950），赤津勇一上等兵因为实在忍受不了长年累月看不到头的苦难生活，终于下山投降了，然后他才知道，日本早就在多年前就已经宣布战败，自己和其他几人等于是被抛弃在了这座岛上。为了不让同伴再经受这种煎熬，他作出了一个相当义气的决定：加入菲律宾政府的搜捕队，然后找到小野田等人并且告诉他们，战争已经结束了，别再没事儿找事儿地折磨自己了。

不过一腔热血终究还是被洒进了下水道，小野田宽郎坚持认为赤津勇一是在投降后被菲律宾人挟持为人质，才会言不由衷地说出这些混账话来的。所以战斗继续，绝不缴械。

在接下来的岁月里，小野田小队开始扩大战果，把目标转向了当地的美军基地。在频频的战斗中，他们甚至还将美军司令官打成了重伤，但自己也为此付出了相当大的代价。昭和二十八年（1953）十一月，岛田庄一在和当地警察的战斗中中弹身亡。

剩下的两人依然不肯放弃，他们每天清晨都向太阳敬礼，然后朝着天皇所在的大致方位拜上两拜，早请示晚汇报过后，开始打游击。

此后的十几年里，小野田宽郎的一根筋性格被他发挥到了极致。

由于某次战斗中，他们捡到了一台尚能使用的收音机，从而使得两人的生活发生了质的变化——至少能听到外面的声音了。

但这并不是什么好事，尤其是碰到了小野田这种愣子之后。

比如新闻中播到了日本皇太子（现在的天皇）结婚以及日本召开了奥运会等消息，正常人小冢金七顿感战争确实结束了，祖国人民都过上好日了了。他正打算和队长商量是不是去自首投降的时候，却被那位一根筋给一口驳回："你难道不觉得皇太子依然健在，还出国留学，东京召开奥林匹克大会，这正是日本并非战败国的最好证据吗？所以，我们的人一定会反攻回来的！"

没错，这事儿要是发生在昭和二十一二年，那或许还能这么理解，可这都时过境迁二三十个春秋了，您还觉得是胜果的象征，也未免太专一了点儿吧。

但是，过了一会儿之后小野田又觉得不对头，毕竟当年美国人打进来的情景大家都看在眼里，一根筋归一根筋，并不代表他是瞎子傻子。小野田自己也明白，就凭日本那几盘菜，要想在美国人手里不当战败国，难。

在经过一番苦思冥想之后，他得出了一个相当可怕的结论：日本已经沦为了殖民地，跟当年中国的东三省一样。所以，我们的战斗还得继续，一直继续到国家光复的那一天。

就这样，这场侵略战争被他活活打成了反侵略战争。

在艰苦的游击战日子里，小野田宽郎和小冢金七唯一的娱乐生活，就是用那台收音机收听日本国内跑马的现场转播，然后两人猜哪匹马会赢以此来赌胜负。

昭和四十七年（1972），菲律宾公安部门接当地群众举报，称有疑似日本鬼子穿戴的人在山上烧草。因为这几十年来一直发生警察军人乃至农民被枪杀可就是找不到凶手的案件，所以警察们也不敢怠慢，连忙派了三人赶往现场。

说真的，那会儿的菲律宾警察比现在的要给力得多。一番枪战之后，小冢金七身中两弹当场死亡，小野田宽郎逃走，搜索部队安然无恙。

很快，小冢金七的鬼子兵身份就被确认，同时就那位逃走的小野田，菲律宾政府也照会了日本方面，表示那厮在岛上近三十年，杀人无数危害极大，这战争都结束那么久了，你们怎么还不收了他啊？

日本政府说我们又不知道还有这么一号人，得，现在就上你们那里瞅瞅吧。

昭和二十九年（1974），小野田宽郎在山中碰到了前来找他的日本探险家铃木纪夫。经过一番交谈后，他确信日本已经投降以及获悉当时的世界大势，但依然不肯投降："我是一名军人，当年留在这里是我上司的命令，除非皇上或他亲自前来撤销这条军令，不然我绝对不会离开我自己的阵地。"

言下之意就是，万一那位下命令的上司谷口义美少佐在战争中被打死，战后被当成战犯枪毙或者说不幸因病离开人间，那么自己就将臣心一片磁针石，不见天皇不回家。

铃木纪夫心说哎哟我靠，但嘴巴上还是详细询问了对方的部队番号、上司名字等信息，打算回国碰碰运气。

要说还真是一根筋的人有傻福，谷口义美都几十年了非但没死，还挺健康地成为一位书商。当铃木纪夫在东京的某出版公司找到他并说明来意之后，谷口老板顿时傻在了那里，半天没动弹。

他心里一咯噔：靠，居然把这碴儿给忘了，但嘴上还是非常正经："我马上收拾一下去菲律宾。"

当年3月9日，在约定的地点，小野田宽郎和谷口义美见了面，后者亲自下达了那条迟到三十年的命令："根据圣意，着小野田宽郎所在小队解散，作战任务中止，并即刻和当地的军队所在或是美军基地联络，服从他们的指示。"

"三十年来，辛苦你了。"谷口义美又说道。

三十年，小野田小队孤军作战了三十年，和菲律宾的各种正规武装交锋一百三十三次，枪杀、砍杀当地军警、平民共计一百三十人，不过，这其中没有一个老人、女人或是孩子。

第二天，就在当地，举行了一个相当规模的投降仪式。到场的除了要投降的小野田本人以及原上司谷口义美之外，还有菲律宾驻扎当地的部队司令长官以及闻讯从首都马尼拉特地赶来的时任菲律宾总统马科斯。

上午 10 点，小野田将手里那把保存完好在阳光下依然能见光泽的三八大盖放在地上，然后郑重地双手奉上军刀："我就是小野田宽郎，奉命前来投降。"

那位司令长官接过军刀，拿在手里看了一两分钟之后，又把刀给递了过去："这是你的刀，好好保留着吧。"

正当小野田惊讶不已的时候，马科斯总统也走上前来，做出了一个更让他以及在场所有人惊讶的举动——他张开双臂拥抱了这位前来投降的日本军人，并且说道："我将赦免你的一切，你可以回日本去了。"

事后，有人问马科斯，这家伙属于不折不扣的战犯，好不容易抓到了，就算不枪毙也该让他下大狱，为何就这么轻而易举地放回家了？

对此，马科斯总统一本正经地表示："他是军人，不是战犯。"

马科斯当年曾是菲律宾抗日游击队的一名小队长，和小野田宽郎一样活跃在敌人背后。不过他运气不好，碰上了惨无人道的日本侵略者，在一次作战失败被俘后，被迫参加了那场有名的巴丹至中吕宋的"死亡行军"，有幸逃脱之后继续抗日，并成为全国的抗日领袖。

这样的人，是断然不可能对日本军人有什么个人感情的，即便有，那也是憎恨之类的负面情结。但他依然选择了宽恕，不光因为成大事者容量亦大，更是因为同为军人，他能明白对方的处境，也能设身处地地站在对面想一下问题。

事实上不光是马科斯，在 2009 年的时候，凤凰网曾经作过一期关于小野田宽郎的专门网页。作为二战中受日本侵略的最大受害国国民，中国网民对此也表现出了让日本人意料不到的宽容。

小野田宽郎至今依然健在，而且吃饭倍儿香身体倍儿棒，前几年还组织了一批日本小孩子搞了一个野生训练营。不过似乎并没有把那些个在蜜罐子里泡大的孩子锻炼成跟自己一样的折腾鬼的打算，他只是在充分享受着自己本该享受却因战争而没能享受到的乐趣罢了。从照片上，我们看到的只是一个笑得很开心的老人和一群笑得很开心的孩子罢了。

对于战争，老爷子坚持认为，自己只是一个军人，服从命令是军人的天职，所以自己所做的一切都无法用对和错来评判，并且对于这三十年来的游击岁月，从未表示过后悔。

即便是在平成八年（1996）重回卢邦岛的时候，他依然保持着那份日本臭老头特有的嘴硬，声称人生无悔，然而背地里偷偷地拿出了一万美元，捐给了当地的学校，算是对自己当年所作所为的丁点补偿。

不过，据菲律宾前第一夫人伊梅尔达·马科斯（马科斯的夫人）回忆称，当她第一次碰到小野田并和他交谈的时候，即便已经经过了投降仪式，但对方依然从心底里不愿接受日本已经投降的事实。当马科斯夫妇反复告诉他，战争早在三十年前就已经结束了之后，小野田宽郎以非常震惊的表情在那里傻愣了好几分钟，然后毫无任何征兆地突然号啕大哭起来，一边哭一边痛苦地蹲在地上捶着地板哽咽道："我这三十年来，我们这三十年来，究竟算什么？究竟算什么啊？！我干吗要像爱护婴儿一样爱我的枪？干吗啊！？"

其实，他早就已经后悔了。

>>后记

《Keroro 军曹》系列到此结束，最后不得不指出的一点就是，尽管你能在这部作品里看到各种各样当年各种日本兵的影子甚至是各种当年发生的事情，但并不意味着这部漫画的立场存在什么问题，事实上，《Keroro 军曹》是一部不折不扣的反战题材的作品。

其实想想也就明白了，这一个个都被恶搞成那模样，你要说作者是为了什么什么而招魂，实在是很难自圆其说。更何况从目前的发展势态来看，这五只青蛙与其说是混反侵略，不如说他们就是在以消极侵略之名行反战之实了。

在最新的几集里，就连当年名满天下的特高课也难逃被恶搞的宿命。不过作者显然对于这个恶贯满盈的机构存在诸多不满，并且通过其画笔之下角色的台词将其表现得淋漓尽致。

“你们若是不协助我们的话，我们可以随便找一个罪名逮捕你们。”（宇宙特高课）

“我就是不爽这些家伙打着正义的名号为非作歹。”（这话是被宇宙特高课给通缉的哥们儿说的）

实际上，特高课的家伙们在当年的真实世界里就是这副嘴脸。

曾经有个人点了炮仗想要炸我们，这对我们而言，确实是一场飞来横祸。与此同时，我们也无法否认对于那个点了炮仗却不幸炸着了自己以及其家人的家伙而言，这亦是一场悲剧。

悲剧的最大存在价值就是让后人记住并致力于不让悲剧重演。

放炮仗的，记着以后手别太贱；家里的人，记着把有毛病的孩子看紧点；至于那不幸被炸的我们，尽管有必要惦记着当年是谁划了火柴是谁摁了打火机，但也不必每天吃三顿饭就说三次地忆苦思甜。只要自己活得健健康康看起来比被炸之前更精神，并学会当下次炮仗再飞来的时候，起脚将它狠狠地踢回去的本领就行了。

名侦探柯南

被誉为平成福尔摩斯、日本警察救世主的高中生侦探工藤新一，某次和青梅竹马的女朋友毛利兰在游乐场约会时，发现了身穿黑衣且身份不明的神秘男子在非法交易，正当他看得带劲儿并含着手指流着口水盘算着怎么以最帅的方式出场阻挡罪犯的时候，不料螳螂捕蝉黄雀在后，黑衣男子的另一名同伙绕到新一身后，随手抄了一根木棍就将其撂倒在地，还喂他喝下了组织最新研制的毒药，说是无色无味杀人于无形之中的日本无影散。

不过，毕竟是漫画主人公，又挨闷棍又被灌耗子药的工藤新一到底还是挺了过来，只不过当他睁开眼睛之后，意外地发现自己的身体变小了——从一个 17 岁的高二学生变成了一个 6 岁的小鬼——万幸的是，智商没有退化。

因为父母都在海外生活，身边也没一个能说上话的亲人，情急之下，新一找到了他父亲的挚友，和自己是忘年交的无厘头发明家阿笠博士。在一番解释并以屁股上面有颗痣、黑痣上面有根毛的绝密博士资料为证据，总算让对方相信了眼前这个身高不过三尺的小朋友就是数小时前还威震东京的名侦探。

要说姜还是老的辣，很快，恢复了冷静的阿笠博士就提出两点：首先，不能再以工藤新一这个名字为代号出现在世人面前了，要对所有人都保密；第二，住到你马子毛利兰家里去。

第一点是人都明白：既然人家要杀你，得知你居然命大没死成，那么自然会来杀第二次，像你现在这种五短身材，有几条命都不够砍的。至于第二点，新一虽说感到暗爽，但依然不明就里：为啥是他们家？

“兰的父亲毛利小五郎是私家侦探，若是跟着他的话你便又能接触到各类案件，里面说不定就会碰到把你身体变小的黑衣人组织哦。”就这样，改名江户川柯南的原高中生侦探工藤新一，在阿笠博士的安排下，住进了毛利侦探事务所，顺便还给他办了个学籍，去了附近学校读小学一年级。

可是进去之后才知道，这世界上的侦探和侦探是不一样的。尽管自称是战国时代日本第一智将毛利元就直系后人的名侦探，可毛利小五郎无论是从观察能力还是推理能力上来看，都只是个菜鸟级别的家伙。正因为如此，整个侦探社通常大半年都接不到一桩生意，更别提去追查什么黑衣组织了。

于是新一决定，利用阿笠博士的各种发明，比如瞬间麻醉针和变声蝴蝶结等道具再结合自己无敌的推理能力，帮助小五郎破案，使其成为名侦探，如此一来也就能有接触到那个神秘组织的机会了。

这案子一破就是15年。

在15个新年、15个圣诞、15个寒假和15个暑假之后，柯南依然是柯南，尽管从理论上来讲哪怕是仅仅宅在家15年都应该恢复成大人，可现如今他依然只是个小学一年级生，还是那个他走到哪儿就有人死到哪儿的小瘟神，堪比阎罗王御前黑白双煞。

说老实话，很多人都对这部漫画产生了绝望之情，而青山刚昌似乎全然没觉得，反而还喜滋滋乐滋滋地表示，柯南卖出去的单行本如果堆积起来，高度已经超过了珠穆朗玛峰，让人听了很容易感到马里亚纳海沟般深渊的悲观。

要知道，整整 15 年，整部漫画都是处于一个完全没进展的状态——新一的身体没有一点进展，这个已经说了；新、兰的恋情没进展：小两口还是那副德行，既没亲过也没抱过，唯一的嘴碰嘴还是人工呼吸，好不容易想求一次婚了，钻戒还没拿出来人又给变回去了，这种事情一开始还能吊吊人胃口，时间长了大家都冷淡了，想着反正这次又是功亏一篑，我们算是给青山刚昌生儿子捧场了，拉倒吧；还有一个就是主线剧情无进展，这个说没进展已经是抬举他了，实际情况是非但没有任何突破反而越来越乱，原本也就是穿黑衣服的两个男的，后来又冒出了一个女的，这女的还有个妹妹，这妹妹还是造毒药毒新一的科学家，到后来居然还弃暗投明了！本来漫画画到这份儿上就已经够扑朔迷离的了，结果现在乱上加乱。这个所谓的黑衣组织里什么稀奇古怪的人都有，从政要到极端科学家，再从软件天才到金融大亨一应俱全，用的武器也是从高精端狙击枪一直到阿帕奇直升机应有尽有，享受和驻日美军装备同步更新的待遇，以至于让人不得不怀疑：黑衣组织的幕后老板该不会是天皇的私生子吧？看他们那副模样，要啥有啥还不满足，敢情就是想篡位当皇上吧？

估计柯南最终结局之时，就是他青山刚昌惨遭日本右翼抄家游街之日。玩笑，玩笑。当然，也不是说这真的就是一部一无是处的漫画了。要知道，之所以会形成马里亚纳海沟似的绝望，是因为读者本身就有着珠穆朗玛峰般的希望。

除了主角工藤新一以及其变异体柯南拥有各种漫画男主角的完美属性之外，善良到极致永远为别人在考虑的毛利兰，浑身上下透着一股子大阪人情味说着一口关西腔的服部平次，活泼但不刁蛮、大咧但不失礼、富贵但不骄纵、当得起公主之名的铃木园子等人物形象，都塑造得相当成功。

现在最新的剧场版里，柯南俨然已经进化成为一代武林宗师，踏着滑板非常淡定地避开一枚又一枚子弹。而电视版剧情则是白鸟任三郎警官和柯南他们的班主任在拍拖，佐藤美和子和高木涉两人从 130 多集出场，历经整整八年，终于在400多集后修成正果——于医院中打了一次K。

八年，八年了……算了，别提他了，还是直接进入正题吧。

>>太阁殿下的宝物——丰臣秀吉与大阪城

柯南以及毛利小五郎父女受到了服部平次两口子的邀请，去了一趟大阪。在游玩途中，意外地碰上了一个五人组的历史同好旅行团。

话说这些人都是网友，而且还都是丰臣秀吉的铁杆粉丝，所以此次特地组团搞了一次秀吉发迹路线——从当年的尾张国（名古屋）出发，经过琵琶湖、京都，最后到达大阪参观大阪城堡。不仅如此，他们还弄了一个角色扮演的游戏穿插其中，即五个人每人都得COSPLAY织田信长、德川家康、丰臣秀吉、明智光秀以及丰臣宁宁中的一个历史人物。家康和秀吉的扮演者要在整个旅途中为信长端茶送水，对等的是信长必须请那两位吃晚饭；而光秀比较倒霉，他端茶送水不说，连晚饭也得自己掏腰包，不过作为补偿，他每天都能有三分钟的时间享受和信长同等的待遇——能对其他三人呼来唤去；至于那位宁宁，则纯粹是个围观群众的角色，他只要每天看着那四位之间的一举一动偷偷窃笑就行了。不仅如此，这五位成员的名字也相当有意思，分别叫做糟屋有弘（家康）、胁坂重彦（信长）、片桐真帆（宁宁）、福岛俊彰（光秀）以及加藤佑司（秀吉）。

但是，由于阎罗爷的殿前没品戴眼镜侍卫柯南的到来，使得往日一派和谐的大阪府，现在不死几个人也不行了。

那个角色扮演旅行团中，从加藤佑司开始，一连离奇死了三个。经过大阪府警方的缜密侦察以及服部平次和柯南的活跃，终于查明了真凶——剩下的两个没一个好人：胁坂重彦是杀人凶手，糟屋有弘则是十三年前一起强盗杀人案的作案人。

他们的目的只有一个——当年丰臣秀吉留在大阪的宝藏！尽管最后探明那所谓的宝贝不过是一堆葫芦罢了。

这可以说是整部柯南漫画中相当充满历史感的一章了，事实上每次只要牵扯到服部平次那家伙，多半那集就会充满历史感和沧桑感，不是去破几百年前的谜团，就是抓逃了快二十年的罪犯。

这次的关键词是**太阁和大阪城**。

太阁，一般指的是退休的摄政，即关白。不过在今天的日本，通常特指丰臣秀吉。

丰臣秀吉，人称日本第一出头儿，出头就是出人头地的简称。

他出生在尾张国爱知郡（爱知县内）的一个小山村里。他爹叫木下弥右卫门，原本在织田家当小兵，后来因为在战场上受了伤，不得已回家去种地，生了一儿一女，儿子叫日吉，也就是日后的秀吉（挺押韵）。

或许是因为那次受的伤实在太重，所以在日吉 7 岁的时候，弥右卫门就离开了人世。之后，他老婆带着两个孩子改嫁同村的老乡竹阿弥。但是日吉和新爸爸的关系相当不好，所以在他 15 岁的时候，便带了几块钱离开那个家，从此再也没有回去过。

出走之后的日吉究竟干了些什么，至今没有人能完全知道。不过有一点能够肯定，那就是干的不是什么太正经的事儿，尽管他也做过卖卖针线之类的小本生意，但大多数时间还是跟一群看着就不太像好人的家伙混在一起，比如山贼游寇之类的。在这个过程中，他认识了很多虽说身份低下，但对于自己后来的发展起到关键性作用的人，像尾张地区的野武士头领——蜂须贺小六。

野武士就是没有主君但又不甘做浪人，于是便落草为寇的一伙人。他们打仗的时候受雇于各诸侯，不打仗的时候在那里占山为王，做一些此路我开此树我栽的勾当。

在外流浪了十多年后，日吉于天文二十三年（1554）投靠了织田信长，成为织田家的一名小者。

很多人都曾错把小者当做小姓，在此有必要作个说明。

小姓，也称侍童，通常由诸侯或者有权有势的人从家臣中的男孩里挑选出来，用于服侍自己的起居，如果主人好男色的话，那么小姓还有献菊的义务。

小者，学名打杂的，民间俗称下人，通常出身低微，做的事情也很微不足道，比如给主人倒马桶之类的，多半都是由这些人来完成的。不过，也不见得做小者都没前途，伊藤博文当年也干过这活儿，当然，具体是不是倒马桶的就不知道了。

从两段的叙述，再结合日吉的外号诸如猴子、秃顶耗子之类的来看，就明白他干的肯定不是小姓的活儿了。——你肯让这么个玩意儿陪你睡觉吗？还不吓死你啊。

成了小者之后，日吉把自己的名字给改了，叫木下藤吉郎。他干的第一份工作的为信长提鞋，日本人在室内通常不穿鞋，现在也是如此，因为信长住的地方大，出门时往往会忘了把鞋放哪儿，所以若是叫一声鞋来鞋就真的来了的话，那就很方便了。

有一年冬天，天上下着鹅毛大雪，信长从屋里走了出来想要出门办事，刚要吼一嗓子鞋来，就发现藤吉郎正坐在廊下，于是便走上前去："猴子，把鞋给我。"

"是。"藤吉郎说着拿出了一双草鞋，信长见了顿时惊呆了。

因为他发现这双鞋是藤吉郎从自己屁股底下抽出来的。

虽说屁股压着跟脚丫子踩着本质上没甚区别，但毕竟主从有别，主人用的东西哪怕就是一痰盂罐儿，你当奴才的也不能拿屁股去碰，这就是万恶的旧社会的规矩。

但藤吉郎似乎并不觉得自己犯了大忌，还满脸堆笑地把草鞋双手奉上："主公，您的鞋。"

"猴子……你……"信长很无语。

"主公，您先穿上再说吧。"藤吉郎依然笑容满面，还亲手为信长穿上了鞋。

当脚入鞋的那一瞬间，信长的表情变了："猴子……这……"

"如何，主公，比以前要舒服多了吧？嘿嘿！"藤吉郎笑得很憨厚。

他坐在信长的鞋上，不是为了别的，而是在暖鞋。

后来丰臣秀吉发达了，有人给他立传了。由于考虑到这么一位大人物用屁股坐鞋的方式实在不太雅观，于是便改成了放在胸口，看起来既美感又温馨。

当然，只是拍马之作而已。

不过这次暖鞋事件也成了藤吉郎的一个转折点，发现其是个有心人之后，信长便开始让他去处理一些内务。比如计算一下织田家本城清州城里的木柴数量、粮食吨位以及统计一些其他数据。尽管在以战为主的战国时代，这些要通过计算才能完成的任务多为武士们所不屑，但对秀吉而言，怎么说也是一大进步了，至少，他大小也算是个官儿了。

永禄四年（1561），24 岁的藤吉郎和 14 岁的宁宁结为夫妻，据说前者追后者追了很久。这场婚礼在当时轰动一时，不仅是因为秀吉本不过一介农夫而宁宁是武士之女，更重要的是，在当时，男女之间的婚姻几乎都是包办，像他们这样男追女追到终成眷属的自由恋爱，基本上是不存在的。

婚后，藤吉郎还是依然在织田家当内务官。这样的日子一过就是五年，直到永禄九年（1566），他才迎来自已人生中的又一转折点。

当时织田家正在和美浓（岐阜县）的斋藤家开战，斋藤家的原老大斋藤义龙活着的时候，织田信长连半毛钱便宜都没占着。义龙死后，他儿子龙兴即位，虽说那哥们儿就是个傻蛋，可因为他们斋藤家有一座难功不落的稻叶山城做大本营，城墙厚地势好，故而即便是信长亲自前去指挥作战，也只能无功而返。

吃了几次亏之后，哥们儿想明白了，觉得自己如果能在稻叶山城附近造一个据点当做桥头堡的话，那么或许攻下城池也不是什么不可能完成的任务。经过一番挑选，他看中了位于今天岐阜县长良川右岸堤防下流一个叫墨俣的地方。可问题是这世界上谁也不比谁更傻，你姓织田的琢磨出来了，人家姓斋藤的早想明白了。所以每次信长派人去造城，刚刚木桩子竖起来几根还没等砌墙，斋藤家便攻了过来，一阵厮杀，自然也就没工夫造碉堡了。

一连好几次连着好几年都是这样，信长已经有些绝望了。

就在此时，木下藤吉郎主动请缨：“主公，让我去吧！”

信长想了想，该派的人都派出去过了，现在也就剩下这只猴子了，横竖也是个能干活的，那就让他去试试看吧。

来到墨俣的藤吉郎在观察了地形之后，首先判明了最重要的事情，那就是时间差。前几次之所以无法成功，那是因为造城的速度太慢，让斋藤家钻了空子。只要这次能在对方作出反应之前把城造好就行了。

明确了大方向，接下来就是细则了。在分析了前几次的失败之后，藤吉郎得出了结论：之所以无法快速造城，原因是运输材料过于消耗时间。只要解决了这个问题，那么其余的就能一并解决了。

对此，他想到了一个非常完美的解决方案。

数日之后，藤吉郎找到了当年带着他混过的野武士集团首领，也就是地区黑老大蜂须贺小六，希望他能够帮助自己完成此次筑城任务。

具体的方法是，让野武士们准备好材料，然后于夜间不容易被注意到的时候从长良川上游投入，自己再率人于下游将其截获并就地展开搭建。如此一来，依靠河水的流动，便能轻松快速地将木材送到了。

事实证明，这个方法确实相当不错，仅用了一晚上，墨俣城就被成功地造了起来，人称一夜之城。

从此，这个当年谁都不待见的猴子，一跃成为织田统治集团核心小组周边的一分子，并有向核心靠拢的趋势。

趁着这个机会，藤吉郎把名字改成了木下秀吉。数年之后，他当上了一国一城之主，便又把名字改成了羽柴秀吉，这个姓是从织田家的另外两名核心成员柴田胜家以及丹羽长秀的姓氏中各取一字。

如果说用屁股暖鞋是秀吉从一个下人变为织田家正式家臣的转折点，墨俣城是他从普通家臣变为织田家重臣的序曲，那么，接下来发生的事情，则是秀吉由家臣一跃而成为天下霸主的关键一步了。

天正十年（1582）六月二日，当时已经统一了大半个国家并且占据了日本所有黄金地段的织田信长，在京都的本能寺遭到部将明智光秀的倒戈一击，因寡不敌众而被迫自尽。

之后，明智光秀立刻向京都朝廷方面送去了大量金钱，想要天皇的认可来证明自己这次行动的合法性。因为有钱能使鬼推磨的缘故，他很快就被任命为新一代的征夷大将军。

不过，这并不代表就此没事儿了。明智清楚：尽管织田信长已死，可他手下的其他重臣如柴田胜家、丹羽长秀以及羽柴秀吉等人依然健在。他们只不过是事发当时来不及往回赶而已，一旦收到自己在京都犯上作乱的消息之后，必定率军前来讨伐，到时候肯定是吃不了兜着走，所以一定得早作准备。

此时的秀吉正在备中国（冈山县内）奉命攻打毛利家，主攻目标是高松城，敌方守将叫清水宗治。

秀吉是个很不喜欢打硬仗的人，所以他采取了水攻的方式——利用城池所在的低地势将附近的河水倒灌过来，打算救这样把对方给困死。

不过清水宗治也是条汉子，眼瞅着都要水漫金山做甲鱼了还是不肯服软。于是双方就只能这么干耗着大眼瞪小眼。

一直到6月4日，秀吉方面截获了光秀派去给毛利家送信的人，信上说要搞明智家和毛利家的强强联手，共得天下。

当天下午，羽柴方面主动和毛利家展开了高调和谈，在摆出一副“爷是可怜你才跟你谈”的极高姿态后，终于将对手压倒，达成了协议。

6月6日，秀吉带头，率全军朝着京都方面展开日均八十公里以上的急行军。

6月11日，此刻的光秀尚在东拉西扯地找朋友一起干，织田家的大多数其他家臣还在各自的领地里沉痛哀悼，羽柴家的军队已经来到明智家领地的跟前了。同时一起的，还有本来就在附近的织田信长三子织田信孝以及家臣丹羽长秀。

6月12日，双方开打于京都边上的天王山。

当天就分出了个子丑寅卯，胜者，羽柴秀吉。

明智光秀在逃跑的途中被人截杀，重伤后情知大势已去，故而就地自尽，年55岁。

从开幕府当将军到兵败身亡，前后历时不过一个星期左右，所以光秀的短命政权一般也被称为“三日天下”。

这也就是为啥柯南里的那个旅游团谁要是当光秀谁就能每天做三分钟的老大。

消灭了明智光秀之后，秀吉凭借此战功成功晋升为织田家遗老中最有话语权的人，并且在分遗产大会上成功击败其他家臣，获得了最大的利益。

此后，他又在贱岳（滋贺县内）和当时遗老内实力排行第二的柴田胜家狭路相逢。在双方展开了一场生死争斗后，秀吉再次取得了胜果。

在这场被称为贱岳合战的大战中，秀吉一方有七个人战功卓越，他们分别是福岛正则、加藤清正、胁坂安治、糟屋武则、片桐且元、平野长泰以及加藤嘉明，合称贱岳七本枪，本是日语，做量词用，换成中文就是贱岳七杆枪。

那旅行团五个成员的名字，也正是取自于此。

搞定了柴田胜家后的秀吉，等于是继承了百分之八十以上的原织田信长领地，说他是当时的日本一哥也不为过。

做了老大，自然得要有派头。秀吉原先的居城姬路城（兵库县内）和现在自己的身份相比，显然显得有些寒酸。所以他决定另谋宝地，新开山头，怎么着也得造一座日本第一城来搞一回登基大典什么的。

选来选去，最终敲定了石山本愿寺。

石山本愿寺就是本愿寺家族的大本营，即之前在一休系列里提到过的那位本愿寺莲如那伙人的专属据点。当年扛本愿寺第十一代掌门显如和尚跟信长叫板，连扛魔王十多年，最后虽说力竭而不得已开城投降以求太平，但那里作为天下第一难功不落之城的美名，也就此传遍了整个日本。

再加上地理位置又非常优越，西面是濑户内海，边上是日本最大的港口堺，东面不远处就是京都，走过去也就小半日，放眼当时秀吉所辖的所有领地，最有大本营相的地方也就属那儿了。

天正十一年（1583），羽柴秀吉下令在原本石山本愿寺的旧址上造一座新城，并取名为大阪城。

大阪城外整个长达12公里的石墙，估计约动用了50万石块。整个大阪城的建筑结构共分成内城、中城与外城。虽然经过战乱，但是内外两道护城河以及两道高大的石壁至今仍然保存完好。

不过，要说最为壮观的，当属大阪的天守阁，也就是主城堡。

整座天守阁共有五层，高四十米，瓦檐上贴满金箔，城内都是当时名家画的各类屏风，极其奢华。

全部工程耗时三年，共用了民夫十万才得以完工。

秀吉是个攻城的高手，所以也深知如何将城池造得难以攻破。这座大阪城正是他破城无数后的心血所得，在当时，无论是其本人眼中还是外人心目里，都是永远无法攻破的金汤之城。

在之后的数年里，羽柴秀吉以大阪城为根据地，对全日本展开了东征西讨，他要完成自己的主公织田信长未能完成的伟业——统一全日本，结束自应仁元年（1467）以来日益混乱的战国时代。

事情进行得相当顺利，不过短短七八年，秀吉就将不愿臣服于他的诸侯们一个个尽数消灭，将整个日本掌控于手中。同时，他再次改了姓，叫做丰臣，并且拜官关白，成为万人之上的统治者。

不得不说历史有时候真的充满各种讽刺，那一场由武士挑起、以武士为中心、在武士之间展开你争我斗所造成的乱世，最终却被一个农民给终结了。

其实这也就是战国时代的本质——不需要血统家世，不需要出身地域，只要你有能力，只要你能抓住机遇，那么要饭的一样也能做人王。

然而，岁月无常，人生不定，尽管丰臣秀吉满心希望这座大阪城能和他的丰家政权一样万世留存，但无奈终究事与愿违。

因为日本还有一个人叫德川家康。

此人虽说出身豪族，但从小的日子并不比泥腿子秀吉好过。秀吉其实也就是人穷了点儿，可好歹还是个自由身，想做山贼了，拿一把菜刀跑路上就能开张；想做好人了，进一批货到了街头就可开市。总之，想干什么都自己说了算。可家康不同，他出生于三河（爱知县东）松平家，虽说祖上也曾阔绰过那么一两年，但终究还是因为他爷爷松平清康死得早，所以家道中落。到了他爹松平广忠那一代，受到了织田信长他爹织田信秀以及来自骏河国（静冈县内）今川义元的双重压力,无奈之下只能将当时不过五六岁的长子竹千代，即后来的德川家康送去今川家做人质，以期对方给予自己保护。

从小就被送出家门做人质已经是够不幸的了，更倒霉的是竹千代一行走了半道儿居然还被人给劫走了——护送队伍里有人私通了织田家，所以把他抢到了尾张国。

这个相当不道德的举动促成了日本战国时代两大风云人物织田信长和德川家康的会面，并且就此结下了深厚的友谊。

在尾张待了一段时间后，因为在一次战争中织田家非但没能打过今川家，还被抓走了好几个重臣和亲属，所以不得已又把已经到手的松平竹千代送出去交换俘虏。就这样，这个倒霉孩子最终还是成为今川家的人质。

在骏河的日子过得相当凄苦，没有自由，没有尊严，整天走在路上都会有人丢一块石头过去砸竹千代的脑袋，砸完之后不但不表示任何歉意，还会很嚣张地说上一句砸的就是你、三河家的野狗。

同时，今川义元也以竹千代为要挟，向三河人要这要那。每次打仗要三河人当先锋赶死，每次征税三河地区的缴粮指数总是最高，同时，他还安排自己的外甥女关口筑山嫁给了竹千代，名为亲善，实则是找个人去监视顺便牵制。

对于这一切的一切，年龄不过个位数的竹千代做出了年龄三位数的人都未必能做到的惊人举动——忍耐。像一条真正的野狗一样活下去，在这黑暗的冬夜里静静地等待，只到能看见太阳出山的那一刻。

太阳最后真的来了。

永禄三年（1560），今川义元在征讨尾张的途中遭织田信长奇袭，兵败被杀，也就是历史上著名的桶狭间之战。当时的竹千代已经18岁，并获今川义元赐名，改叫松平元康，不过依然是人质。

闻得义元死讯之后，在家臣的帮助下，元康夺回了本该是他们松平家世世代代的大本营却被今川家强行霸占了十好几年的冈崎城，并且宣布和今川家脱离关系，就此独立。

之后，他和织田信长结为同盟。两人约定，从此以后，织田家往西，松平家向东，互不抢生意，共同发展，平分天下。

永禄八年（1565），松平元康再度改名，叫德川家康。

不过天下之路显然没那么平坦，尽管家康绞尽脑汁用尽手段，连着十好几年也就是吞并了原今川家的大部分领地，除此之外，再无进展。不仅如此，他还得罪了好些邻居，比如人称甲斐之虎的武田信玄。

这也是很没辙的，毕竟日本就这么大，谁都想一统江湖，所以彼此之间难免磕磕碰碰，结下梁子后遭人惦记也就属家常便饭了。

另一方面，织田信长倒是混得相当不错。他先是依靠前面提过的墨俣城做跳板，顺利攻下了那座啃了多年都没能啃下一块砖来的稻叶山城，接着又横扫南近江（滋贺县南部）的六角家，然后借着十三代将军足利义辉遭人暗杀的当儿，出兵京都，扶植其胞弟足利义昭当上了新将军，成功将触手伸到了日本的中央政权。

不过话又得说回来，信长为人还是相当够本的。尽管发达了，但从没忘记穷兄弟，不仅遵照自己的约定没怎么向东发展，而且每当家康遭难的时候，还会出兵相救，可谓相当够朋友。

然而，即便哥俩同心，其利也未必真能断金，因为他们碰上了一个实在是过于坚挺的对手武田信玄。三人对眼好几年，大小战阵几十次，可信长和家康的胜绩几乎能掰着手指头算出来。

元龟三年（1572），织田、德川联军在三方原和武田军展开决战。结果后者取得了压倒性胜利，年轻的德川家康更是被武田信玄那强大的攻击力和气场震撼得一路狂奔夺命而逃，还吓得在马鞍子上大便了。

眼瞅着武田军就要攻破德川家老巢浜松城（静冈县内），却发生了一件让人意想不到的事情，信玄因肺结核病突然恶化而病逝军中。

武田信玄之死，等于让家康和信长一起安然度过了他们人生中的一大致命危机。在松了一口气之后，两人该干吗还干吗，其中，织田信长继续他一统天下的征途。

然而，渐渐的，家康发现自己的这位朋友和以前不同了，似乎也不把自己当盟友了，而是总摆出一副上对下的口气。比如像讨援兵这种事，他总爱以命令的口吻来一封信：家康，爷明天要打武田家，你下午三点带着人准备好家伙在城门口等我。

家康明白，有今天这个局面那是必然的，谁让人家越混越大而自己还只是个乡下土财主呢。

还是那个字——忍。

然而，信长的态度不仅没有因为家康的忍让而好转，反而有愈来愈过分的趋势。终于在天正七年（1579）的时候，他以私通武田、行为不轨、意图犯上作乱等一系列罪名，要求家康处死亲生儿子，德川家未来继承人，同时也是信长自己的女婿——德川信康。

当时德川家群情激奋，众家臣纷纷表示是可忍孰不可忍，都要求和织田家绝交决裂并决一死战，就算是鸡蛋碰石头，也要砸得石头裂一个坑。

德川家康没有参与讨论，而是把自己关进了屋子，整整三天不吃不喝，只是一个人坐着。谁也不知道他在房间里究竟做了什么，想了什么，只是三天之后，异常憔悴的家康从屋里走了出来，然后用异常坚定的语气说道："让信康切腹吧。"

他还是忍了下来。

三年后，信长死了，家康趁势夺取了织田家位于甲斐（山梨县）、信浓（长野县）的领地。正待他要有进一步举动时，秀吉出现了。

秀吉对家康说，你投降吧，你都做了一辈子小弟了，再做一回也不会亏了你。

家康当时没有吭声，从今川义元时代开始，自己就一直在人屋檐下低着头跟黑五类似的混日子。等死了义元，盼死了信玄，熬死了信长，眼看就要有出头机会了，可偏偏又来了个秀吉，难不成这样的日子还要继续下去？

日本有句谚语叫佛也只能忍三次，类似于中国人事不过三的说法。现在家康活了大半辈子，大忍三四次，小忍无数次，早就已经超出了佛祖的级别，所以他在数日后作出了决定：这次就破例不忍了，要和秀吉较量较量。

天正十二年（1584）四月，两军交战于今天爱知县内的小牧山以及长久手两地。德川家康两战皆胜，并成功击毙对方大将森长可和池田恒兴。

但局部作战的胜果并不能成为决定乾坤的关键，在随后的时间里，双方陷入了一片胶着，即便秀吉亲临现场，也无济于事。于是他很快就改变了方式，向德川家抛出了橄榄枝，希望能够和谈。当然，也不能白谈，你德川家康作为一个偏隅一方的小诸侯，若想跟天下霸主秀吉和平共处的话，多少也该拿点诚意出来，比如给个人质，亲自来一趟大阪磕个头啥的。

德川家众家臣对此嗤之以鼻。他们觉得自己是胜利者，完全应该再接再厉，势如破竹地打下去，一直打到秀吉讨饶为止。

当时，德川家内请战声一片，众人都觉得自己能行，自己不是一般人。

但德川家康还是保持了高度的冷静。

他知道，自己赢了两阵，这是事实；但就算赢了也奈何不了秀吉，这还是事实；秀吉家有兵有粮钱多得能当擦屁股纸，随便打个三年五年都不成问题，可自己的财力物力很快就要到极限再也无法支撑庞大的战争开支了，这同样是事实。所以，若是接着打下去，那就只有死路一条，这依然是事实。

综合了各种事实，家康再度作出了决定：忍，还是继续忍下去吧。

天正十二年（1584），家康将次子於义丸送入秀吉家当人质，那孩子也就是后来的结城秀康。两年后，家康又亲临大阪，参见秀吉，当面表示了臣服。

不过秀吉倒也没亏待对方，他把自己的妹妹嫁到了德川家做夫人，也算是双方各给一个人质扯平了。

庆长三年（1598），丰臣秀吉病逝于大阪城内，享年63岁，这一年，德川家康56岁。

他知道，自己可以不必再忍了，因为在这日本，已经再也没有能和他相抗衡的人物了。

传说曾经有一个人假设过一个问题，说若是养的杜鹃鸟有一天不叫了，该怎么办。然后，此人把这个相同的问题分别问了织田信长、丰臣秀吉和德川家康。

信长说，杜鹃不叫，那么就把它给杀掉吧。

秀吉说，如果杜鹃不叫，那么我一定会想办法让它叫的。

最后的家康却说，杜鹃不叫，那么我就会一直等到它叫。

现在，杜鹃终于叫了。

庆长五年（1600），看着一天天壮大着自己势力的德川家康，丰臣家家臣、担任五大奉行之一的石田三成起兵讨伐，而家康也毫不示弱地率军迎击。双方在美浓的关原盆地里展开决战，经过半天的厮杀，最终家康取得了胜利。

从此以后，也别说与之相抗衡了，就算连吱声儿反抗的人，都不存在了。

庆长八年（1603），家康在江户（东京）开创幕府，即延续了二百五十多年的江户幕府。

庆长二十年（1615）夏，德川家大军由江户出发，浩浩荡荡开赴大阪。经过半个月的强攻，终于攻破了那座天下第一的大阪城，丰臣家就此灭亡。

此时，距丰臣秀吉统一日本，不过二十多年。

然而大阪城倒是依然在，因为这是个庞然大物而且还固若金汤，要想让它随丰臣家一起烟消云散实在难度太高，更何况城堡留着也有用。所以家康在战后把大阪城给了自己的外孙松平忠明，并且下达了修缮的命令。

因为丰臣家之前奠定的基础，再加上德川家的努力建设，使得大阪城以及城下周边地区很快又恢复了往日的欣欣向荣，直到德川幕府灭亡，都一直是日本名列前三甲的繁华之地。

今天我们看到的大阪城，是在经历了戊辰战火、昭和火灾、美军轰炸等诸多灾难后于昭和三十八年（1963）的时候重建的，外观五层，内部八层，高54.8米，七层以下为资料馆，八层为瞭望台。城墙四周建有护城河，附近有风景秀丽的庭园和亭台楼阁。城内樱花门颇为著名，当年大阪城遭遇火灾，仅这一道全部用巨石砌成的樱花门屹立无恙，成为目前仅存的丰臣时代遗迹。

如今，天守阁里还配备了电梯，游客可以非常轻松地登上最高层眺望远处，感受一下当年丰臣秀吉君临天下的心境。

朝露消逝似我身，世事已成梦中梦。

不变的，也就是那几块砖砖瓦瓦罢了。

>>风林火山，龙虎相斗

毛利小五郎受到了受到一个叫虎田直信的人的委托，负责调查他的儿子虎田义郎离奇死亡的案件，于是便带着柯南和兰一同前往。要说那孩子死得确实挺惨，是在某一天被龙卷风刮上了天，然后又掉下来活活摔死的。

死得奇怪也就罢了，可当时在尸体边上，还发现了一条被踩死的蜈蚣，换句话说，就是有人看到了义郎倒在血泊之中非但不救，反而还弄了只虫子放在他边上，就差说你丫活该这四个字了。

所以虎田直信怀疑这其中有蹊跷，便高价请来了名侦探毛利小五郎。

与此同时，住他们村子另一头的龙尾家也请来了一位侦探，同样是为了调查他们家儿子龙尾康司的死因。

这哥们儿死得比虎田家那小子还惨，是被人先绑起来抓到山上，然后活埋入土，就露出一个脑袋，接着又拿钝器在脑袋上连击无数下，直至打死为止。

更要命的是，那家伙的尸体边上也放了一条被踩死的蜈蚣。

偏巧不巧的是，龙尾家请来的那个侦探居然是服部平次。

而这虎田家和龙尾家，自打建村以来就是代代世仇。进入新世纪后，年轻人都开放了，也不再讲究那老一套了，所以两家现在的这一代互相之间的关系都很融洽。

随着调查的深入，柯南和平次发现，在六年前，村里的巡警甲斐玄人从马上掉入山崖，尽管没有当场毙命，但因为事发地点非常偏僻，再加之他受了重伤，还被埋在落叶底下，故而一直没有人发现，这位警察先生就这么活活的饿死了。

就在三位侦探一同抱怨这叫什么事儿的时候，却不知因为他们的到来，也让死神再度降临到这个村子。

先是龙尾家的儿媳妇龙尾绫华被人吊死在了树林里。周边没有任何人类的脚印，连她自己的都没有，仿佛是被人腾空抱着过来的一般。

接着，更加耸人听闻的事情也发生了：虎田家的另外一个儿子虎田繁次被雷活活劈死了。

就此，柯南和平次认定，这一系列事件毫无疑问的都不是什么事故，而是一桩经过严密准备、精心策划的变态连环谋杀案。而且，还没有结束。

若是推断没有错的话，下一次案件，一定是纵火案。

之所以会这么认为，那是因为之前的每桩案子都有一个关键词。

被龙卷风刮死的那个，关键词是风。

被埋在山上活活打死的，关键词是山。

掉入山崖被树叶覆盖的，关键词是阴，树阴嘛。

吊死在树林里的，关键词是林。

那位被雷劈死的倒霉蛋，关键词自然是雷了。

再加上一个关键词为火的纵火案，那么这些字全部联系起来，稍加组合的话，就是一句话：

“其疾如风，其徐如林，侵略如火，不动如山，难知如阴，动如雷霆。”

一般简称风林火山。

以上引号内文字摘抄于《孙子兵法》。

剧情说到这里就行了，我们的本意是借着漫画说历史而非搞剧透，要想知道凶手是谁以及作案手法的话，那就去看动画吧。

而那两家人的名字也非常奇怪，虎田和龙尾，又是世仇，这很容易就让人想到在战国时代打得不可开交的甲斐之虎武田信玄以及越后之龙上杉谦信，谦信的本姓是长尾。

所以，这一章的主角，就是这两位。

在这世界上，会存在着天性不合的两个人，尽管彼此之间没甚深仇大恨，可只要一碰到，就会吵起来甚至会打起来。

同样，在古时候，会有两个君主或者将领，他们或是为了国家，或是为了利益，而互相对战，这一战，往往就是一辈子。

这种人，叫做宿敌，民间俗称死对头。

比较常见的有中国的诸葛亮和司马懿、刘邦和项羽，等等。

在日本的话，要是让人随意举出一对历史上的宿敌名字，我敢打赌超过七成的人想到的会是武田信玄和上杉谦信。

不过，宿敌之间的关系往往是微妙的，有时候打着打着甚至会打出感情来。

像肥皂剧里的男主女主从互殴关系发展到互搞关系的，早已屡见不鲜。而我们现在要说的这一对也是如此。

在开讲之前，先来看一下两份档案吧。

首先是信玄的。

姓名：武田信玄

曾用名：武田晴信

幼名：太郎

生年：大永元年（1521）十一月

血缘：甲斐源氏嫡流

父亲：甲斐守护大名武田信虎

身高：1.60 米

体貌特征：黑胖子一个

爱好：喝酒，美少女，美少年

行事作风：实用主义大于情感主义

最喜欢的一句话：人是城，人是垣，爱是同伴，恨是大敌。

作战风格：疾如风，徐如林，侵略如火，不动如山。

如果被人背叛了怎么办：拉出去打死。

曾经做过最剽悍的事情：把自己老爹赶出家门，流放到了妹夫今川家。

三岁看到老的故事：大概在十来岁的时候，武田太郎曾经和小伙伴们一起出去打猎，因为还是小孩子的缘故，所以只能打打林中的鹿。倒不是说他们能打着，而是因为这帮家伙即便惹毛了梅花鹿，性情温驯的人家也就是一逃了之，若是打野猪的话，估计还没摸着猪屁股，就被对方直接突突了。说是打猎，其实也就是孩子们互相追逐图个乐子罢了，你要真指着他们打一顿晚饭回来，那就作好活活饿死的准备吧。

果不其然，这次信玄他们也是随鹿奔跑了大半天依然一无所获——毕竟两条腿的跑不过四只脚的，这是自然规律。

就当小伙伴们纷纷表示今天玩够了，回家吃晚饭明天再来的时候，太郎却示意大伙别走："我有办法能抓到鹿。"

大家忙问啥办法。

"看到那只鹿了吗？他跑得最慢。"太郎指着不远处一只走得很慢看起来很废柴的鹿说道，"我们就对它下手。"

伙伴们听了不由得摇头，因为再废的鹿也比自己跑得快，这是常识。

"不要急，听我的。"太郎很有把握，"你，去那里绕到他前面，然后跑去抓；你们两个，带着石头，鹿跑过来的时候就从左边砸；你们几个，在他们丢石头的时候，把那只鹿往那边的小树林里赶；你们，跟我来。"

抱着最后玩一次的心态，孩子们还是按照太郎的安排捡石头的捡石头，躲树林的躲树林。一切准备停当之后，太郎一声令下："上！"

第一个孩子来到那头鹿的跟前，从正面发起了进攻，而对方的反应是扭头就往反方向跑去。不过还没走两步，边上就又杀出了一队，一边丢着石头一边呐喊。在一片攻击中，那只鹿慌不择路地逃进了树林里。

投石队则不依不饶地跟在它屁股后面继续丢着石头，就这样，一群人追着一只鹿在林子里四处乱窜了好一会儿。突然，从周围树林里又蹿出几个拿着木棍的孩子，照着鹿身上就是一顿棍棒。

可怜的鹿在一路狂奔后本来就有些体力不支，现在还经受了石砸棍殴之苦，终于再也支撑不住，倒在地上，被孩子们顺利地擒获了。

武田太郎的老师板垣信方听说此事后，对自己的学生大加赞赏，据说免了他一个礼拜的回家作业，还给了假期，让他带伙伴们好好玩玩，再抓几只鹿回来。

在他看来，兵法乃诡异之道，只要能够熟悉掌握这点，便是学会了战国乱世生存的基础本领。比那些书上的“之乎者也”要强多了。

更详细的事情过会儿再说，接下来是谦信的。

姓名：上杉谦信

曾用名：长尾景虎、上杉辉虎

幼名：虎千代

生年：享禄三年（1530）一月

血缘：关东平氏

父亲：长尾为景

身高：1.53 米左右

体貌特征：身材纤瘦，皮肤细白

爱好：打仗，喝小酒

行事作风：超罗曼蒂克的理想主义

最喜欢的一句话：一生都要高树义字大旗

作战风格：同志们，跟我上！

被人背叛的话怎么办：要惩罚，但最好能让他们悔过

曾经做过最剽悍的事情：收留了虽说本该是主家但早已脱离了八辈子关系的关东管领上杉宪政，不但让他蹭了九年白饭，还重新奉其为主君。

三岁看到老的故事：长尾虎千代从小便在越后林泉寺（新潟县内）里当俗家弟子，在当时的日本，武士之类的社会上层有把孩子送到庙里锻炼镀金的风俗，这在一休系列里已经说过了。所以跟他一起吃斋饭的，还有好几个长尾家其他家臣的子弟。

越后是一个多雪的地方，每逢冬天，就会天降比鹅毛大雪更厉害的鸵鸟毛大雪，甚至能把山路都给冰封了。不过对于这群平均年龄不过八九岁的孩

子而言，下雪绝对不是一桩坏事，因为至少可以打雪仗啊。

有一年冬天，林泉寺的弟子们和往常一样，念完经干完活便来到寺院门前的空地上，分成甲组和乙组打起了雪仗。

虽然只是过家家的玩乐，但战国时代的男孩子们对于只要沾上“打仗”二字的游戏就会特别认真，仿佛真的亲临战场一般。双方拼了命地捏雪球，朝对方阵地开火，抢占制高点，虽说是大冬天的，可那群孩子人人都出了一身热汗。

打着打着，虎千代所在的乙组渐渐地落了下风，不仅如此，有几个孩子被对方的雪球砸到之后，居然哇哇大哭起来，这让他非常不满：“只是一个雪球而已，你就哭成这样，还像一个武士吗？”

那孩子面对质问也不敢辩解，毕竟武士的孩子哭鼻子的确挺丢人，所以那孩子只能摆出一副欲哭无泪有苦说不出的表情。

还没等虎千代继续批评教育，另外一个孩子也被雪球砸到之后，“哇”地一声哭开了。

就在他要掉转枪口换一个对象的时候，突然愣住了。

因为那孩子的头上，清晰可见一个红红的肿包。

这也就难怪会哭了，确实挺疼的还受了伤，不过只是被一个雪球砸到而已，怎么会起包？可真够奇怪的。

虎千代一面琢磨着，一面捡起了对面丢过来的一个雪球，用力一捏后才明白了原委：雪里面包着石头。

也就是说，他们拿雪球在跟人丢板砖的对抗，这岂有不败之理？

虎千代顿时气得浑身发抖，他并不是在乎胜负，而是觉得这种用暗器的方法太卑劣太不要脸了。于是便冲上前去，想跟对方理论一番。

却不想人家压根儿就没理眼前这个家伙，一番嬉笑之后说道：“这是常识，你连这都不懂？真笨，哈哈哈。”

虎千代被激怒了，他抄起身边一块大石头发疯一般向着对方阵地跑去，手起砖落，见人就砸。人家小孩子从小长到大就没见过这种架势，一边高声哭嚷着一边抱着头往寺里逃。住持光育和尚闻声走了出来，被眼前这副杀人狂挥砖砸人的景象惊呆了，连忙上前喝住了虎千代，并表示你丫太狠了，来我房间单独谈谈。

进屋后，光育和尚给虎千代拿了些小点心，让他一边吃一边交代问题。

“他们在雪球里放石头，这种行为太卑劣了，不以牙还牙怎么行？”

光育说不过是个游戏而已，你这么睚眦必报的，也太小心眼了吧？再说又没砸到你，你起什么哄哪。

“这种卑鄙的手段，不是武士该有的行为。”

光育说，就算手段卑劣你也不能砸死他们啊，你看你刚才那副杀红了眼的样子，万一要真出了人命你让我怎么办？大家都是豪族子弟，你叫我怎么跟人父母交代？总之，你以后不许再干这么危险的事情了，他们包石头你也包石头，这样就公平了嘛，对不对？当然，不许包那么大的石头，听到了没？

虎千代很不服气地点了点头。

只不过，从那以后，光育再也没见过这孩子玩打雪仗了。

看完这两份简历，给人的感觉只有一个：这两人八字全然犯冲，相性根本不合。

首先，血缘相冲。一个源氏一个平家，当年两家曾争夺天下，源氏获得最终的胜利，这才有了镰仓幕府将军源赖朝，也才有了之后的源氏王朝——无论是足利家还是后来的德川家，他们都是源氏的分支或是后裔。

其次，两个人的个人兴趣爱好截然不同。武田信玄是一个物欲很强的人，好娱乐，好美色。从美女到美男，无一不爱。他和部将高坂昌信的那段龙阳之恋，更是流传数百年而经久不衰。

且说信玄手下大将，武田四天王之一的高坂昌信，自幼便是容貌秀丽，比女人更漂亮，比男人更强大，所以深得信玄喜爱，并将其留在身边做小姓。

作为一门水陆两用的自走炮，信玄很快就对昌信下了手，然后两人陷入了同性的恋爱之中。可不料没过多久，见异思迁的信玄又看上了另一个小姓弥七郎，趁着高坂昌信出去打仗的当儿，又和那家伙勾搭上了。

昌信回来之后，自然是相当不满，连着好几天都没睬信玄一下，就连开军事会议都经常借故不出席。

信玄当然知道小心肝是在吃醋了，于是，便写下一封道歉信兼情书让人给送了过去，信的大致内容如下：

我最近确实跟弥七郎走得比较近，但是，即便如此，那种非分之事却一次也没做啊，尽管曾经提起过，但是被他以肚子疼为借口拒绝了。从那以后就再也没有想过，也没有说过，无论是白天和晚上都没有，我对你的感情是专一的，现在你不理我了，我真是日夜徘徊，寝食难安，写着写着天就亮了，我的嘴角也尝到了一种苦涩，现在的我心如刀割。请你相信我，真的，以后再也不会了！

PS：若我骗你的话，就让甲斐国的三大神明以及富士、白山两大山神，八幡大菩萨还有诹访上下大明神一起来拿雷劈我，劈死我我也不会有怨言的。

高坂昌信看到来信之后相当感动，回信说道：你的心意我已经收到了，真的感到非常幸福呢。在你的呵护下，人家就像一株牡丹花一样享受着阳光……

这两封脍炙人口的情书后来被毫无保留地写进了《甲阳军鉴》一书中，那一年，武田信玄 24 岁，高坂昌信 18 岁。

不得不说一句，在当年的日本，龙阳断袖是上流社会的家常便饭，和男女相恋并无差别，社会上也普遍可以接受。这种事情纯属青菜萝卜个人自由，我们即便看不惯也不好说什么。总之，信玄对男人都这样，对女人那更是野得没边儿，无论家花野花，只要是花且让他看上了，一律就得摘在手里。

反观上杉谦信，纯粹就是个几乎全然无欲的高洁亮丽之人，别说男人了，他连女人都不碰，人传这厮活了一辈子连妹子的小手都没摸过。

近几年来，有很多人一度得出了上杉谦信其实是个女人的结论，一些影视剧中谦信的形象也愈发显得中性化。究其原因，主要还是因为他一生都不近女色的缘故。

不过，这世界上有很多事情其实并不能按照类似的"常规"去推断。而且说起来，上杉谦信也不是真的就一辈子没近过女人。

其实，他的桃花运还是不错的，20 岁不到的时候就谈过了好几次恋爱，只不过一直没有娶正室，关键是他没有什么特别喜欢的类型。

在谦信恰好 20 岁，还叫长尾景虎的时候，原本属敌对关系的上野国平井城（群马县内）城主千叶采女正因惮于长尾家日益壮大的势力，遣使者来表达了恭顺之意，然后又表示愿意把自己的女儿伊势姬送去长尾家做人质。

然后，那位时年不过十六七的千叶家姑娘在越后的春日山城里见到了长尾家当主景虎。

当时，长尾景虎设宴款待了千叶家的人，尽管是敌人那边过来的，但也不是家家户户都跟人今川义元似的小家子气还老爱欺负人。生性耿直正义的景虎不但很热情，还在吃饭的时候相当关切地问起了对方是不是住不惯，这里是不是跟家里不一样之类特别废话的问题。

不管他说什么，伊势姬只是用冷冰冰的眼神兑上冷冰冰的语气说上一句：“不，这里挺好的。”

本是敌家，何苦装叉，是不是？

然而，景虎似乎完全没有感受到对方的不快，只是相当一相情愿地继续说这说那，不仅如此，在宴会结束之后，还主动提出要亲自带对方去他的房间——当然，是众下人陪着的情况下。

再怎么说整座城都是他长尾景虎的，这个光明正大的要求实在没有拒绝的理由，事实上伊势姬也没有拒绝——因为她压根儿就没想说话，只是自顾自地走出了宴厅，看都没看景虎一眼。

两人一前一后地走着，边上跟了一堆，气氛相当尴尬。

不一会儿，到了屋子门口，长尾家的侍从们纷纷作了礼节性的告辞，比如晚安、睡好、点心在柜子里要吃自己拿之类的话，便准备跟着自家老大回去了。

可景虎没挪窝，定定地看着伊势姬：“小姐，你……”

众人静候下文，尽管大伙都心如明镜，觉得你丫说什么人家都不会鸟你的，别盲人点蜡烛了。

“你冷不冷？”

“嗯？”伊势姬一惊。

“越后乃多雪之国，晚上很冷，小姐自己注意身体。”

说完，景虎就走了。

战国乱世，尔虞我诈，有的时候为了保住身家性命不得已会把自己的女儿、儿子或者说弟弟妹妹送出去放在敌人家里做人质，以表明面上的恭顺。

但是，在那些把亲戚当人质送出去的诸侯心底里，真实的想法是早就把他们当成了弃子，一旦再度反目成仇，即便人质被杀，自己也能做到无动于衷。

像德川家康这样因为家里人都死光了不得已让继承人嫡长子去做人质的，在那年头还不多见，通常都是多生出来的儿子或是女儿——战国时代的女人大多数不过是通过婚姻来连接两家关系的政治工具而已，就算吃得好穿得好，也无法改变这样的本质，几乎没有人会把她们当做一个真正的“人”来看待。

伊势姬身为武士之女，现在又成了人质，自然早已抱定了随时被人遗弃的想法，却没想到碰上了这么个长尾景虎。

少女那早已冻结的心开始融化了。

不过，有一点她并不知道，那就是早在刚一见面的时候，少年的心别说是融化，根本就已经在熊熊燃烧了。

男未婚女未嫁，再加之彼此又互相喜欢，所以，也不过几个月，大家就这么好上了。

再后来，就发现不单单是喜欢，而是爱。

过了不久，长尾景虎公开宣称，自己要娶伊势姬。

此言一出，家里炸了锅。

尽管景虎已是家中最大，可也并非样样都能说了算的。越后这地方因为疆土比较辽阔，所以什么样的人都有。长尾家明面上是国主，但真正的控制力其实也不大，一些大一点的豪族说话的分量往往能和景虎相提并论，更何况这次婚姻，除了景虎本人以外，几乎所有的越后豪族都持强烈的反对态度。

反对的理由也相当统一：这是人质，敌人为了表明暂时恭顺之心才放我们家的人质，是仇人的女儿，你也敢娶？你就不怕新婚那晚风流一夜变成血流一刀？还有，你娶了敌人的女儿，那从今以后我们是跟着你叫他们爹呢还是继续跟他们作战？人质本来是用来牵制对方的，现在这么一来很有可能变成对方牵制我们。你不为你自己考虑，你总该为你爹你爷爷留下的江山考虑吧？你不为这江山考虑，总该为我们考虑吧？总之，你这婚不能结。你要结，就是不为我们不为越后考虑；你不考虑我们，我们也不考虑你。

言下之意很清楚，你敢娶伊势姬，我们就敢造反，到时候闹将起来，你照样没法跟那姑娘在一块儿，别说在一块儿了，她的性命你都难保。

面对这种相当大胆露骨的威胁，长尾景虎陷入深深的痛苦之中。因为他知道，越后的豪族们说得出做得到，一旦真的我行我素起来，很有可能就此人财两空。

正所谓罗密欧，你为什么是罗密欧，这事儿搁谁身上谁都难受。

最终景虎选择了退却，宣布取消这次结婚的打算。

一般在这种爱情旋涡里，男人通常都能非常理智地作出判断，即便是再感性的男人也一样。可女人就不同了。

伊势姬当时没有表达任何不满，甚至连眉头都没有皱一下，只是非常平静地提出，自己想要出家。

没有任何人反对，反正你只要在越后就行，出家也好做道姑也好无所谓。

数日后，她来到了青龙寺，剃度修行，告别红尘。

不料又过了几天，传出了伊势姬自杀未遂的消息。虽说被抢救过来，但她从此滴水不进，就这么活活地把自己给饿死了。

消息传到春日山城，长尾景虎极为震撼，据说当时就大病了一场，从此以后立下誓言，此生不近女色。当然，借口还是比较冠冕堂皇的，说自己信了佛教，乃是毗沙门天化身，不能碰女人，碰了就要遭天谴。

就是说，他其实是属于那种“别跟我谈爱情，早戒了”的类型。

没了女人之后，谦信寂寞的时候就会去干两件事情：第一，打仗；第二，喝酒。

当然，前者不是每天都能有机会做的，特别是上杉谦信这种自诩神佛化身的正义之士，没有名分绝不能动粗。至于后者，则完全没了制约。他是个相当能喝的家伙，人称酒豪，常常以大号酒杯盛满了之后一饮而尽，甚至在出征的时候，也会带个酒囊在马上边走边喝，打仗喝酒两不耽误，即便没有下酒菜，他拿个梅干也会边吃边喝，一副自得其乐的样子。

这种喝法的直接后果就是伤胃伤肝，所以谦信经常会肚子疼，还会吐血，这多半是无节制狂喝酒所造成的。

至于行事作风以及人生信条，两人也是完全格格不入。

武田信玄是典型的实用主义，只要能达到自己的目的，他基本上就没有使不出的手段，从赶自家老豆出家门到亲自下令让亲生儿子切腹样样都干过。

对于手下的家臣，用的方法也就两样：听话的吃肉，不听话的吃打。说白了，就是以利制人。

而上杉谦信则是完全不同的一种风格，对于家臣，他讲究的是“义”。他自称毗沙门天，并不单单是因为可以从此作为不近女色的借口，唐三藏还不近女色呢，怎么不见谦信自称唐僧的化身？最重要的是，在佛教中，毗沙门天是无往不胜的战斗之佛，简称斗战胜佛，属于精神领袖级别的人物，为的就是能够让家臣们在精神上景仰自己。通过崇敬产生感情，再由这种感情衍生为忠诚，如此一来，岂不是全家上下万众一心了？

可问题是，这世界上谁也不比谁傻多少，谁都明白什么斗战胜佛悟空八戒之类的都是虚的，你神知巫知了大半天就是不给真家伙，时间一长自然也就没人肯鸟你了。再加上武田信玄是个很喜欢煽动别人作乱的家伙，所以造反这事在越后就成了家常便饭。在上杉家有名有号的主儿基本上都有那么一两次叛逆经历，即便是重臣北条高广、本庄繁长等人也凑过这个热闹。对于这帮逆贼，他唯一的办法就是出兵平叛，但又无法彻底将人消灭。原因有二：第一，他得讲“义”，不能随随便便杀从爷爷时代就跟着自家混的人。第二，也是最重要的，那就是真让谦信杀，他也杀不掉，本来就乱，一旦杀了一个，那么势必人心会更乱，从一变二，从二到三，最后就是无穷无尽，自暴自弃。

然而，在被叛和平叛的过程中，谦信非但没有反思和吸取教训，反倒觉得，之所以会有这么多叛乱，纯粹就是因为大家对“义”字的觉悟还不够，只要天下人人心怀他所谓的“义”，那么就一定能恢复到原来其乐融融的平安时代万年春，大家也能安居乐业，黑社会也能漂白。为此，他比从前更加高举义字大旗了，他想让家臣信服，好跟着他一起“义”统江湖。当然，这肯定是没门的事儿。

对于这两个人截然相反的两种做法，历来看法颇多，既有支持信玄的，也有赞同谦信的。若是让我说的话，至少在控制部下这方面，武田信玄要比上杉谦信成功得多。

这世界上，能够制约人心的，无非两个字：一个叫利，一个叫义。然而世人总喜欢把这两个本该结合的字对立起来，仿佛有了利就一定要失去义，不然就无利可图；而有了义则必然不能取利，否则就是无情无义。其实说真的，根本就不是这么回事儿。化生超人行侠仗义，一次两次自然没有问题，三四五次倒也不能说难，即便做上个十几、二十次的，也大有人在。可一个人若要一辈子把“义”字顶在脑门上，做人做事都以此为第一准则无义而不为，这便不是说什么难不难的问题了，而是几乎没可能。除非在这“义”字的门面背后，有一样东西在默默地支撑着，那就是“利”。

有利无义，那么利终则缘尽，如武田信玄，一旦他甲斐国的金矿开采光了，一旦他武田信玄死了，一旦他武田家陷入灭亡危机了，几乎没几个武田家家臣是不选择投降逃命的。你看德川家康后期收的那帮家臣，多半是武田家的遗臣，有的干脆就是直接从那里跳槽跳过来的。可若是有义无利，那么终究是昙花一现，一锤子买卖。像上杉谦信，他一生作战七十余次，基本没有败过，而且据他自己说，他打的这些仗，没有一场是“不义之战”。这话虽然玄乎，但也基本属实，因为他早年绝大多数的军事行为，目的只有一个——平叛。只有主体思想没有大米白面，谁肯跟着你一辈子白干？一旦武田信玄拿点真金白银前来诱惑了，那么越后便是反声一片，拦都拦不住。

这世道，唯独有义有利，才能有始有终。

不过相当奇怪的是，尽管在对部下这方面上杉谦信做的是相当得不上台面，但他自己做事，不知为何却能相当注意利义结合。

当年上杉家打着义字大旗四处征战，帮友好邻邦反侵略平动乱从来都是义无反顾，而且还是免费服务，不收一分钱的好处。特别是在永禄四年（1561）的时候，他率兵十万千里迢迢地从越后赶到关东，围住了当时有天下第一坚城之称的小田原城，跟城主北条氏康打起了持久战。

这一战最终因战线拉开得实在太长，补给跟不上而导致了上杉家的失败。不仅城没打下来，军费也用了无数，却没有难倒谦信。因为当时的越后除了打渔种地挖金矿之外，还有一样生财之道——贩卖人口。据说直江津（新潟县上越市）的奴隶市场生意一直很好，相当火暴。

当然，战国乱世干一些把俘虏卖出去当奴隶的事情，就当时的时代背景而言也算不得什么十恶不赦，并且有相当多的证据表明武田信玄其实也在干这个勾当。只不过，人家从来不自称是斗战胜佛的化身，甚至连净坛使者的关系都没攀过，尽管他长得也很胖。

此外，有一个关于上杉谦信的故事一直流传至今，脍炙人口。

当年，武田家同时和原盟友今川家以及北条家翻脸，虽说这两家联手也不见得能拿信玄怎么样，但也不是完全一筹莫展，因为他们手上有信玄没有的一样撒手锏——食盐。

武田家的领地都在内陆，不靠海的他们想要食盐，唯一的依靠就是同盟的今川和北条。现在大家交恶，另外两家都放出话来，对武田家实行断盐政策，打不死你就淡死你。

这下武田信玄慌了，毕竟人不吃盐是不行的，长此以往，甲斐国国民的健康咋整？国无健康之民自然也无强壮之兵，那可就麻烦了。

就在他愁眉苦脸的时候，上杉谦信从天而降，写了一封信送去甲斐，信上先肯定了武田信玄多年来的雄才伟略，接着又表达了自己的一番英雄惜英雄之情，最后话锋一转，抖搂真相："我和你交战在兵不在盐，如果你缺盐的话，但说无妨。越后靠海，海盐要多少有多少，尽管来取，绝无限制。"

随着信一起来的，还有几十车白花花的盐。

后世把这段故事当做上杉谦信高尚人格的一个标志，新渡户稻造所著的《武士道》中，更是将这行为和古罗马的勇士相提并论，给予了超高评价。

其实，事情完全不是这么一回事儿。武田信玄没盐，这是真的；上杉谦信写了一封信送了一批盐，这也是真的；信上说如果你要盐尽管来拿，这仍是真的。

只不过，这拿，可不能白拿。

上杉家的盐是用来卖的，而且卖的还是天价，当然你信玄可以选择不要，然后继续淡着。反正又不是我上杉谦信吃没盐的萝卜，犯不着淡操那个心。

好在甲斐有金矿，好歹算个款爷，所以深思熟虑之后信玄决定从此和越后上杉家建立起双边友好盐运垄断贸易，谦信赚足了军费，继续替天行道去了。

综上所述，无论从哪个方面来看，这两位都是天生的八字犯冲。真要搁一块儿，那铁定打个头破血流。

老天似乎还真的特喜欢看全武行，所以特地把武田家的领地和上杉家的领地安排得特近，属于邻居范畴。所以自打那两位出道以来，大小战阵上百次，各有胜负谁也打不服谁，其中，仅在川中岛（长野县内）一地，双方就展开过五次大规模的战斗，史称川中岛第一次到第五次合战。而在这五次合战里，最精彩最刺激的，当属第四次。

且说永禄四年（1561）八月，上杉谦信领兵一万八千人，从春日山城出发，浩浩荡荡南下，大目标直指信浓国，具体目标是位于信浓的海津城。行走数日之后，上杉军便出现在信浓境内，然后谦信将大军分成两部，一部分驻扎在距离海津城西南不远处的妻女山上，另一部分则由其本人亲自率领，驻扎在海津城西面一条叫千曲川的西岸边，对城堡形成夹击之势。

城内守将是高坂昌信，面对猛人谦信，自然不敢轻举妄动，连忙派快马连夜赶回甲斐向信玄求救。信玄二话不说，收到信的当天就开始了战前动员，两日后，亲率两万大军北上，先是占据了离妻女山不远处的茶臼山，接着觉得还是直接在城里看着上山家才靠谱一些，于是，又率部进驻海津。来来去去折腾了好几天之后，终于消停了。双方就这么对上了眼，谁也不先动手。

考虑到如果一直这么干耗着，很有可能会引起众家臣的不满，于是武田信玄下令开会，要求大家献计献策，想一个可以速战速胜的好办法。

按说这办法应该是不存在的，尤其是在人称军神的上杉谦信跟前。可偏偏还真有聪明的，会议召开了没多久，就有一哥们儿表示，自己想出来了，不过现在不能说，天黑了之后我们俩开小窗私下聊聊。

此人相貌奇特，一只眼睛失明，一条腿跛着，却身居要职，他就是武田家的军师，山本勘助。同时也是柯南里的那位叫大和敢助的刑警的原型。

当天夜里，山本勘助来到信玄的住处，对他说道："主公，要想击败谦信，唯有一个办法，那就是采用啄木鸟兵法。"啄木鸟在抓虫的时候，先是在树干上开一个洞，然后并不正面伸嘴，而是绕到洞口背后，对着没开过口子的树干猛啄一番，躲在树里的虫子惊慌失措，以为地震了，便会纷纷朝着另外一个洞口逃窜而出，此时啄木鸟再回到洞口，那就能一抓一个准了。

山本勘助的意思很明确，留一部分人和上杉谦信对峙，另一部分则组成别动队，抄他的后路。

信玄想了想，觉得若想速战速决还得速胜，这是唯一的办法了。于是当晚就下令，兵分两路，一路由自己带队，从海津北进川中岛盆地内一个叫八幡原的地方，然后如山般坐定静等。另一路则让手下大将、人称不死鬼美浓的马场信房（美浓守）由南面绕至妻女山，突袭山上的上杉军本阵。无论结果如何，上杉军都会被迫下山，到那时，再让八幡原的部队急速跟进，进行第一次突袭。如此一来，大事可定。

很不幸的是，武田军动身的那天，正好是九月九日重阳节，身在妻女山的上杉谦信风雅了一把，恰巧登高思亲，结果亲没怎么思到，倒是意外地发现海津城内的炊烟不如往日那么浓烈。当下他就作出了判断，认为武田家已经开始有所行动，于是派出忍者四下打探，确定了武田信玄将在八幡原落脚。

上杉谦信决定将计就计，当天晚上，他亲率大军从妻女山出发，偃旗息鼓悄悄行军，直逼八幡原。

十号早上六点，武田家到达预定位置。在一片浓雾中，信玄将大军布成鹤翼阵，耐心地等待别动队的消息。

大概一刻钟之后，上杉谦信的大军也到了。谦信下令布车悬阵，即让部队轮番进攻，梯次出击。

毫无防备且还没站稳的武田军顷刻间就陷入了一片混乱之中，首当其冲的是担任本队守备的名将武田信繁部。他手下总共不过七百人马，而攻过来的上杉军光是前锋就有一千五六，故而信繁不得不向他的主公，同时也是亲大哥的武田信玄求救。

可是，为了保证整体防守的完整性，信玄下了一道相当没人性的命令：无论是谁，都不许向信繁部伸出援手，由其自生自灭。

遥想当年，信玄他爹武田信虎，因不喜欢长子，故而想立次子为继任，这才引发了被老大信玄赶出家门流放他乡的悲剧，而那位原本将继承武田家的次子，就是信繁。更难能可贵的是，面对荣华富贵，这个好弟弟居然丝毫不动心，而是帮着大哥一起流放了父亲。怎想现如今哥哥却对他见死不救，不得不说，武田信玄有时候做出来的事儿还真的挺不是东西的。

信玄下令不准援救的消息传到信繁那里后，这位武田家中的副将已经知道了自己的命运，当时就下令道："今日一战，有死而已！"这一天，他头戴武田菱的头盔，身穿黑系绯打铠甲，跨着骏马，手持三尺长的大刀冲进敌阵，鬼神般地与越后兵士激战，最终刀折力尽后战死。信繁的战死，恐怕是武田军历次川中岛合战的最大损失。这位脾气温顺、素有威信的一代名将战死后，信玄便再也找不到一位比信繁更信任可靠的副将来寄以重任了。直到大多数信繁的部队都战死后，姗姗来迟的武田军山县昌景部才将上杉军击退。

所以，有很多人数十年来坚定不移地一口咬定，信繁其实是武田信玄故意放出去送死的。因为信玄疑心很重，始终无法对这个当年他爹心中的最佳继承人选放下心来，于是便想出了这条斩草除根的计谋。

继信繁之后，前方的上杉军新发田部与武田信玄的女婿穴山信君部又发生了激战。虽然穴山信君的兵力稍占优势，但依然敌不住新发田军强大的冲击。这个时候，老将诸角丰后守虎定与内藤修理昌丰率部来援，上杉军中的本庄、安田、长尾军马上迎住了武田军。几次突击过后，诸角军溃败，身穿桶皮大铠、头戴火火焰兜的诸角虎定，手持大身枪冲入越后军阵地中，在取首二十三后壮烈战死。

此时此刻，武田信玄的大本营已经完全暴露在敌方眼前。上杉谦信毫不客气，当即就下达了发起突击的总攻令。而主将谦信也瞅准机会，高高扬起手里的大刀，一马当先冲入敌阵，直寻武田信玄去了。

这时候，信玄还相当淡定地坐在小马扎上，因为他还在等着别动队的出现，更何况现在整个川中岛弥漫着浓雾，贸然行动只能给自己带来损失。

接着，他就听到了一阵马蹄声由远到近愈来愈清晰，猛然间从云里雾里杀出一个骑白马的人，朝着自己就是一刀。

信玄本能地拿起手里的铁军扇去挡，但对方手里的家伙厉害，一刀就把军扇劈成了两半，所幸是没能看着人。可还没等信玄拍胸长吁，第二刀又来了，这回没东西能挡了，他只能侧身一闪，但动作慢了一拍，手腕挨了一下，当场血流了一地。紧接着又是第三刀，这时候的信玄已经是又痛又惊，连躲闪的力气都没了，只能晃一晃身子意思意思，结果肩膀上又挨了一刀。对方似乎是砍上了瘾，眼看着就要变成血人的信玄还不肯放过，在第三刀之后瞬间又砍出了第四刀。不过这回刀还没落下，就被闻讯赶来的武田家卫队给挡了下来。大伙手执钢枪连刺带戳地发起了进攻，那人一看顿感取信玄项上人头无望，便纵马转身，一边放声大笑，一边消失在茫茫大雾之中。

此人正是上杉谦信，而这次两人的狭路相逢，也被后人在历史上大书特书了一笔，称为川中岛的两雄单挑。尽管个人觉得写成川中岛信玄挨刀或许更加贴切些。

仗打成这副惨相，为武田家策划了整个作战计划的军师山本勘助感到自己有着不可推卸的责任，悔恨交加的他抄起家伙，带着两百人就朝上杉军的中央奔袭过去。在身受二十余处伤后壮烈牺牲，手底下那两百人也无一生还。

武田军这时的狼狈形象，可以说是信玄初阵以来从来没有发生过的。在高坂昌信的著作《甲阳军鉴》中清楚地记载着：越军如阿修罗般的勇猛之势，将甲军彻底击溃，战死者续出，武田军自信玄以下名将战死者众多。尽管讲得有些夸张，但当时确实已经处在生死存亡的关键时刻，杉军只消再发动两三次进攻，估计甲斐军就会全线崩溃，武田信玄也多半得做别人的俘虏了。

就在这万分危急的时刻，上杉军的背后突发一声梆子响，顿时金鼓齐鸣，斜刺里拥出无数武田军士兵，朝上杉军掩杀过去，为首大将正是马场信房。

武田军那一万多人的别动队，总算是赶到了。

话说这马场信房沿途击溃了防御各处的上杉军，一直杀上了妻女山，到了山顶才惊讶地发现，别说上杉谦信了，连上山家的士兵都没有一个。情知不妙的他顿觉本阵有危险，火速朝着八幡原奔去，万幸的是总算赶在武田家全军覆没之前抵达了。

腹背受敌历来是兵家大忌，所以谦信一看到身后的那一排排武田家长矛，便果断地下令撤退了。由于上杉军后卫的努力和谦信治军的严谨，上杉军虽败却不乱，缓缓退向自己老家。午后八时，双方脱离接触，第四次川中岛合战至此结束。但是，对于双方谁是胜者，留下了不断的争论。

上杉家认为，胜利属于自己。原因很简单：你武田信玄先死了弟弟又挂了军师，重臣大将抛尸沙场不计其数，都成这副德行了，还好意思说自己赢了？

而武田家则觉得，自己才是真正的赢家。当然，也不是没有道理的：你上杉谦信既然赢了，那跑那么快作甚？有种接着打啊，你敢吗你？俗话说谁笑到最后谁才笑得最好，这最终胜者，自然是咱家了。

尽管胜负无法论定，但有一件事情还是相当肯定的，那就是此战之后，双方再也没有发生过大规模的军事冲突了，尽管互相关系仍为敌对，但再无轻动刀兵之举。后来所谓的第五次川中岛合战，其实就是武田家和上杉家一起搞的一次武装游行，并没有发生什么暴力冲突。

之所以会这样，究其原因主要是两家都被对方打怕了，同时也从心底里认可了对方的才华。

天正元年（1573），武田信玄在和德川家作战的军阵中发病身亡，在遗言中，叮嘱继承人武田胜赖要和越后搞好关系，和睦相处。而上杉谦信闻此噩耗后，披麻戴孝，大哭三天，然后立下誓言，表示此生绝对不会再攻入武田家领地一步。

其实，敌人和朋友，从本质上来讲是一样的，因为他们都是你最了解同时也是最了解你的人。不过，有一个终生的宿敌甚至比有一个终生的好友来得更难能可贵一些，因为对于你的缺点，好友的指正你可以不听，而敌人对其的利用让你无法坐视不管，不得不逼着自己进行自我完善。在这个过程中，或许你的那个敌人也会像贝吉塔那样，不知不觉中就加入了你的队伍。

如果说上辈子回眸五百次才能得到一名挚友的话，那么若是要想有一个真正的宿敌，至少得对眼五百零一次吧。

>>迷宫的十字路——义经和弁庆

某日深夜，在东京的某个神社内，有三名可疑的男子正在密谈。突然来了个戴着假面具的黑影男人，不等那三人答话，对方便噌地拔出日本刀和弓箭，将他们全部瞬杀在地。几乎与此事件同时，大阪、京都也相继发生了杀人事件。警方在经过调查后发现，被杀害的五人都是出没于东京、大阪、京都三地，专门偷窃著名佛像及艺术品的窃盗集团“源氏萤”的成员。这个集团以日本著名武士源义经的故事《义经记》为名，首脑化名“义经”，部下则以“弁庆”为首，各自以家将姓名相称。

另一方面，小五郎带着柯南、小兰和园子来到了京都。八年前，位于京都的古老寺院——山能寺中的一尊国宝级佛像遭到了偷窃，寺院的住持委托他们解读一幅可以判断佛像藏匿地点的谜样的画像，因而请来了小五郎帮忙。柯南怀疑佛像是被盗窃集团“源氏萤”所窃，事件开始向破解的方向进展。然而，在他到达义经、弁庆的传说流传的历史遗迹——最著名的京都五条大桥调查时，有个手持竹刀的男人突然来袭！

那个吃饱了没事干的家伙乃服部平次（又是他），手里的竹刀也是用以大欺小的方式从路过的小学生手里给夺来的。

面对横扫过来的竹刀，柯南纵身一跳，跃上桥栏。

800 多年前，几乎完全相同的一幕也曾在这五条大桥上发生过，当事人便是我们这章的主角源义经和武藏坊弁庆。

如果要问，在这日本历史的长河里，最具悲情色彩的武士是谁呢？

答案就是源义经。

出身高贵却并非纨绔子弟，剑术高超却心怀柔善，饱读兵书但从不纸上谈兵，每每打仗向来战无不胜攻无不取，相貌华美优雅，妻子也是万里挑一的美女，可以说即便是现在的网络 YY 小说中的男主角，也达不到这个程度。然而，就是这本该拥有近乎完美一生的男人，在刚刚三十出头的时候便被迫杀妻灭子然后自焚而亡，居然还是被自己的亲哥哥给逼的。不得不说，这的确相当的悲情。

源义经幼名牛若丸，生于平治元年（1159），是关东著名武士源义朝的第八子。在他刚出生后不久，源义朝便起兵作乱，反抗当时把持着日本朝政的平清盛，结果兵败自尽于尾张国（爱知县）。

本来干了这种勾当，光自己自裁于人民肯定是不够的，老婆孩子也得搭上一起走。然而，由于源义朝的小老婆，也就是牛若丸的生母常盘御前，乃远近闻名的大美人，所以平清盛便对其频频暗示，声称只要愿意嫁给自己做小，什么株连九族父债子还神马的都是浮云，不但你和孩子能活下来，而且还能过得很滋润。

为了孩子，常盘御前忍辱答应，从此嫁入平家做妾。数年之后，她又按照平清盛的意思，嫁给了大藏卿一条长成。而平清倒也相当的守信，那几个儿子一个也没杀，不但没杀，还把他们送到各地学习。比如牛若丸，就去了京都的鞍马寺学习文化和兵法，在寺里，他又碰上了妖怪乌鸦天狗，并在他身边学剑，不久后便学会了一手鬼神般的剑法以及如飞鸟一般的轻功。

不过，牛若丸一直不知道自己的真实身份，还总以为妈妈的老公就是自己的亲爹。然而，这种很傻很天真的认知终于在某一天被打破了。

那日，牛若丸念完经读完书正下山溜达，突然被人叫住了："小子哎，头转来。"

回头一看，是个和尚，小孩子倒是挺有礼貌："师父，您有什么事？"

"我看你挺眼熟的，你是哪来的孩子？"

"我就是鞍马寺的，叫牛若丸。"小朋友指了指山上的那座庙说道。

"那你可知你是何人？"

牛若丸愣了愣，觉得眼前这个人脑子不太好使，刚刚对他说过自己的名字，转眼工夫居然又问自己是谁。

"我叫牛若丸。"他很有耐心地又说了一遍。

"我不是问这个。"那个和尚说道，"你知道你父亲是谁吗？"

"我爹爹是一条长成。"

"扯淡！"和尚面带怒容，"你是关东武门源家源义朝之子，怎可乱认亲爹？"

"源义朝是谁？"牛若丸的脸上显示出了真不知道的神情。

和尚不得已，只好找了一块石头坐了下来，从源家的祖先开始说起，一直说到源义朝起兵造反兵败自尽。牛若丸小朋友在一边跟听说书一样如痴如醉。

"他真的是我爹吗？"

"你可以找机会去问问你娘啊。"那个和尚说完就走了，小朋友正待上前问他姓甚名谁，这人又留下了一句类似于我叫出家人、住在日本这样的话，而且他似乎也没写过什么日记，所以至今我们也不知道这家伙究竟是谁。

接下来的情节就比较肥皂了：牛若丸特地跑去一条家见了妈妈，并要求屏蔽左右，随后问她说有人讲源义朝是我亲爹，真的吗？常盘御前听完叹了一口气，眼圈开始变红，转过头去不肯说话。牛若丸急促地催道，娘你快说呀，最后他娘实在按捺不住，哽咽着说道，孩子，瞒了你这么多年是娘不对，可娘也是没办法啊。儿啊，那个源义朝不是别人，就是你的亲生父亲呀！于是牛若丸用很没底气的语调又问道，那我爹，我爹他……常盘御前边哭边打断，说你爹已经死了，就是被平清盛那个老贼给害死的！儿啊，要记住啊，那是我们家的仇人啊，呜呜呜呜。

牛若丸说，我记住了，总有一天我要为父报仇的。

此后，他暗自立誓，要为源家之复兴而好好学习，天天向上。

16 岁那年，有一位叫做吉次信高（金壳吉次）的黄金商人来访。吉次信高因为经常往来于京都与奥州（日本东北部），所以和那里的镇守府将军藤原秀衡有深交。所谓镇守府将军，就是地区政府的军政一把手。此次来访乃因藤原秀衡暗闻源氏遗族牛若丸有讨平大志，故而打算倾力相助，遂托吉次信高前来转达，并助他出奔。牛若丸当下即决定投奔奥州，当日便带着几个随从乔装混于吉次信高的商队中出走了，这里面便包括武藏坊弁庆。途经热田神宫时，遇见前大宫司藤原季范，而藤原季范正是父亲源义朝正室由良御前的生父。

季范对牛若丸表示说，你现在已经 16 岁了，不小了，而且现在又准备去讨伐平氏，趁着那么多亲朋好友都在场，就在这里元服吧。

所谓元服就是搞成人仪式，在日本只有元服过后，才算是成年人。

随后，牛若丸改名源九郎义经，简称源义经，昵称义经。

很多人看了九郎二字之后便以为他是源义朝的第九子，其实并非如此。之所以叫九郎，纯粹是因为义经有个叔叔叫源为朝，人称“镇西八郎”，曾和义经的父亲源义朝兄弟反目刀兵相见，所以为了避讳，才没敢叫八郎。

治承四年（1180），虽然早已抵达奥州却一直没有动作的源义经听到了他同父异母的哥哥源赖朝在关东起兵的消息之后，和藤原秀衡商量了一番，决定兴兵助阵。源义经率领家臣武藏坊弁庆、伊势三郎和藤原家臣佐藤继信、忠信兄弟等共 300 余人，日夜兼程前往驰援。此时正值富士川之战，然而平家的士兵普遍缺乏斗志，不等源赖朝来攻，就自行溃散了。自然，踌躇满志的源义经也没能捞到仗打，不过失散多年的兄弟终于能够见面，也是一件很不错的事情。

俗话说墙倒众人推，富士川一战让平家威望尽失。源家其他一些人也不约而同地揭竿而起，高树倒平大旗，其中就包括源赖朝的堂兄弟木曾义仲，他的军队倒是相当能打，不几天就势如破竹一般杀入京都，将平家从首都赶了出去。由于木曾义仲的父亲源义贤在与源赖朝父亲源义朝的政争中，为源义朝长子源义平所杀，所以两家人尽管走近了但因为有杀父之仇，故而关系并不友善。

说起这个木曾义仲，可算是相当经典的家伙。他攻入京城之后，自封朝日将军，并准备宴请朝中百官以安抚人心。众公卿虽知其来者不善，但再怎么说义仲现在也是手握雄兵说一不二的人，更何况有的吃席终归是件好事，于是，大伙就这么穿戴整齐地赶去赴宴了。

木曾义仲客气倒是挺客气的，穿得人模人样，忙不迭地见人就哈腰，等大伙都坐定之后便吩咐上菜。

连日来兵荒马乱的，大家已经好久都没能吃上口好的了，本以为这次木曾义仲请客，没有鱼翅也有鲍鱼的。众人满心期待着，却不想东西端上来之后一个个都傻了眼。

摆在他们面前的，是一碗上面盖着菜的米饭，民间俗称盖浇饭，分量倒是挺足，人手一碗个个都有且不去说，而且碗里的菜也是堆得高高得都快满出来了，相当实在。

盖浇饭这种东西也不是说不好吃，只是档次比较低，尤其是在那个饭是饭、菜是菜的讲究年代，像这种饭菜不分的吃法是根本上不了台面的。

偏偏这个木曾义仲在乡下待长了，所以不觉得，总认为这是天下第一的美味，还面带微笑，示意客人们赶紧动筷子尝尝味道。

这顿饭吃完后，木曾义仲在朝中的形象也差不多毁干净了。不过他依然没感觉，总觉得自己是大英雄，没过几天还很人五人六地跑到宫里去想要个官儿做。

这时候，他的手下提议说，大人您豪杰盖世，做什么官哪？直接做一个天皇或者上皇，让我们也跟着一起享享福，岂不快哉？

天皇大家都知道，这里就不解释了。上皇就是天皇他爹，一般都是出家人——这是当时日本的宫廷风俗。当天皇活到二十多岁的时候，就会把位子传给尚年幼的太子，自己则出家做和尚。上皇上面还有法皇，就是天皇的爷爷，同样也是和尚。

不光是手下，就连朝中的一些公卿也跑来拍马劝谏。

木曾义仲想了想后，表示这话说过就算听过，以后不要再提了。

那些公卿一惊，莫非这乡巴佬知道曹操不肯把自己放在火炉上烤的典故？

还没等众人问为什么，义仲就开口解释道："天皇要剃毛盖，上皇要理光头，难看，太难看了，我不要。"

毛盖就是小孩子留的那种蘑菇头，因为那会儿天皇继位年龄普遍都比较小，有的还在吃奶，所以大多是这种发型。上皇因出家做了和尚，所以自然得是光头。同样道理，法皇也是不行的，那也是光头，而且还是老光头。

人家做梦也没想到居然能是这个理由，一时间惊得无言以对，好一会儿才结结巴巴地问道："那……那您要什么官？"

"把官员名称的册子给我拿来，我挑一个吧。"木曾义仲说道，"有什么不是法皇但是跟法皇地位差不多的官吗？"

对方说我不知道，不过朝日将军您见多识广，您看了再说吧。

册子被拿了上来，义仲一页页地翻看着，时不时还摸摸舌头蘸点口水。

"就这个吧，这个官上有法皇二字，想必跟法皇没什么区别吧。"他说道。

那位公卿把头凑过去一看，顿时被雷得一哆嗦："这……这是……"

"上面有法皇二字不是？想必是个了不起的大官。"木曾义仲很有气势地拍板道，"就是它了。"

这家伙其实不识字，就是天皇、上皇、法皇这三皇，还是临时抱佛脚前两天学来的。而他看中的那个官，全称是：法皇马盖总管，通称左马头，是给皇家修马厩、找好马的干活。虽然木曾义仲不知道它是什么意思，但看它字挺多的，总觉得是个威风的官，所以便点了它。

众人很无语，心中暗自庆幸还好没有一个叫法皇御前端马桶侍卫的职务。

就这样，义仲顺利地当上了马盖总管。虽然没人敢叫他真的去给马添草料或者是去修马厩的屋顶，但也没人敢告诉他真相，毕竟大家还想多活两年。

木曾义仲在京城里的日子过得挺滋润，不过他带来的那几万士兵可就没那么爽了。因为军粮短缺，所以大伙好久都吃不上一顿饱饭，三天两头地跑来闹饷。无奈之下，木曾义仲下令让各部自行解决，别再来烦他了。

当兵打仗的一不能经商二不会种地，你让他们自己解决那就只有靠抢了。

那几天京都周边被木曾家的人给闹得鸡飞狗跳的，原本请吃盖浇饭的木曾义仲尽管在公卿中间口碑不怎样，但好歹也算是捞着了个平民将军的帽子，老百姓评价他还算凑合。可现如今他劫掠京师，算是自毁招牌，一夜间民心尽失。

趁着这个当儿，平家开始发起了反击。而朝廷的后白河法皇也在治承七年（1183）下了密诏，要求源赖朝尽快上京讨伐木曾家。

收到勤王密令的源赖朝派遣源范赖及源义经统率五万大军征讨木曾义仲。第二年正月，元宵节灯花都没看，众叛亲离的木曾义仲就被源义经他们找上门来，在宇治川之战中寡不敌众逃往北陆，途中于近江（滋贺县）粟津遇袭阵亡。至此，源赖朝势力成为天下讨平的唯一主力。

同年，源义经又在一之谷击溃平家主力，并且擒获了大量平氏宗族。从此以后，姓平的一蹶不振，再也无法和源氏相抗衡了。

但是，因为功高盖主的缘故，源赖朝渐渐对这个弟弟有了猜忌之心。他先是让义经留在京都，没有给任何封赏。接着又把家中重臣河越重赖之女乡御前嫁给了义经，为的是能够随时起到监视作用。

然而，天算不如人算。原本给了别人两拳头，却不想揍的不是地方，反而打通了人家的任督二脉，从此让他成了武林高手。

比起之前的那位大老粗木曾义仲，源义经从小就在京都生活，对于宫廷的礼仪非常精通，再加上天生丽质难自弃，所以各种场合都能应对得非常得体，一下子就在公卿中间有了极高的人气。不仅如此，后白河法皇也相当喜欢这个小伙子，亲自加封他做了“左卫门少尉兼检非违使”，俗称判官，这也就是为什么源义经也被叫做九郎判官的缘故。

消息一传出，源赖朝大怒，因为源义经虽说是他的弟弟，但怎么说两人也是君臣关系。你身为人臣，身为武士，就应该效忠于自己的直属主公，怎可以逾越跨级接受他人的封官呢？这在当时属于不折不扣的不忠行径。

更让源赖朝火大的事情还在后头，却说这乡御前嫁过去好几个月了，也没来一封信汇报义经的情况，反倒是义经知道了哥哥不是在镰仓（神奈川县内）大本营的事情。仔细一打听才知道，因为源义经长得实在太帅了，所以人家姑娘在嫁过去的头一天晚上就爱上了他，从此芳心被俘获，甘愿为了郎君而倒打主公一耙了。

这就叫长得帅也是一种罪。

再光火也没辙，毕竟平家虽说已经折损大半，可依然在那里喘气，若是斩草不除根的话，指不定哪天春风一吹就又生了。所以源赖朝果断决定，先解决源、平两家的敌我矛盾，再来慢慢和义经算这笔账。

治承八年（1184）秋，忌惮源义经的赖朝只派了源范赖前去征讨平家。结果范赖的作战意图被敌方看破，后路被断粮草被劫，窝在那里动弹不得。无奈之下，源赖朝唯有命令源义经前去救援。双方在屋岛（香川县内）展开水战，战斗中弓矢齐飞。平氏军中号称第一射手的平教经向源义经放了一支冷箭，义经四天王之一的佐藤继信策马奔前以身挡箭，强箭穿甲，当场被射杀。

哭过之后的源义经就暴走了，下令全军强攻。双方死磕了一整天后，平氏终于抵挡不住了，再加上收到了源家援军很快要来的情报，不得已撤出了阵地。至此，濑户内海落入了源家手中，而平氏从此陷入了山穷水尽的局面。

治承九年（1185）三月下旬，源赖朝下令对平家发起最后的总攻。在关门海峡的坛之浦开战，源义经下令召集所有弓箭手射杀对方的舵手和水手。以至于平家军纵然有坚船利炮，也只能做水里的乌龟。

开打不过半日，平家就几乎全军覆没。平氏诸将纷纷跳海自尽，当主平宗盛以及其妻儿也被义经活捉，并准备送入镰仓。

然而，押解队伍行至镰仓不远处，源赖朝来了一封亲笔信。信上说，只需将平家俘虏送进城里就行，至于源义经，现在就能自由活动了，不必进城。

功高盖主的义经因为种种不着调的行为让赖朝备感头疼，而义经本人也因兄长的猜忌而感到心痛不已，所以他当下也回了一封信，表示自己刚生出来就惨遭平家迫害，忐忐忑忑地活在世上，始终不敢忘却家仇，幸得今日老天开眼，灭了平家，欢呼雀跃还来不及呢，怎么可能还有其他非分之想？请哥哥无论如何也要相信我一次，我是绝对没有二心的。

源赖朝表示不信。源义经一气之下，当场就来了句："关东积怨之辈可从义经！"

就是说但凡心怀不满的，就跟我来。

来干什么？他没说，其实他也没打算干什么，这纯粹就是一句牢骚。但话传到赖朝耳朵里后，变成义经有谋反之心的意思了。

这年 9 月，源赖朝为刺探源义经，遣梶原景季前往京都，封源义经为伊予守，并要求其发兵征讨曾追随木曾义仲的叔父源行家。

结果，义经很不识相地以同为源家不忍加害为由拒绝了。

就此，源赖朝决定除掉这个弟弟。

10月，一个叫土佐坊昌俊的人率领六十余骑突袭堀川御所。源义经提刀应战，双方一阵互殴之后，昌俊兵败被俘，之后不等大刑伺候便供出了幕后主使：源赖朝。同时他还表示，更多的军队还在后头呢。

事已至此，义经只能走上绝路了。当晚，他带着六十多人从京都出走，一路上尝尽疾苦、隐姓埋名，还因路途艰辛不得不把一怀孕的小老婆丢在了半道儿上以减轻负担。跋山涉水好几个月，终于在文治三年（1187）二月到达了奥州藤原秀衡处。

顺便说说，那个被丢下的小老婆叫静御前。源义经倒也不是忘恩负义，只是当时这姑娘挺着个大肚子，实在不方便搞逃亡活动，再加上义经觉得源赖朝再怎样也算是个武士，就算不是武士好歹也算是个男人，应该还不至于到对孕妇下手的不要脸地步，所以就把静御前一个人留了下来，还给她安排了几个仆人照顾。

没想到义经他们前脚走，这帮仆人后脚就把静御前身边的财物抢了个精光然后跑路了。不得已，姑娘只能沿途下山找人收留，在山腰碰到了奉命搜山的赖朝士兵，就这么被抓了个正着，随后立刻被解往镰仓。

源赖朝倒也的确像个男人，在见过静御前之后，便下令给她安排妥当的住所，然后叫了几个丫鬟随身服侍，每天给好吃的以安胎。

还没等静御前谢恩，源赖朝就表示，别忙，这不是白给的："我可以留你性命，但你腹中的孩子必须交予我处置。"

不等问对方如何处置，他又说道："若是女孩，那么送入尼姑庵出家；若是男孩的话……我不能给义经留种。"

非常不幸的是，这一年闰七月二十九日，静御前生下了一个男孩。早已在屋外守候着的士兵，一等孩子落地，问完性别之后便从产妇手里将其一把夺了过去。静御前不顾大产过后身体虚弱，硬撑着支起了身子，拉住了那个士兵的衣角："能让我看一眼吗？"

或许是同为人母所生，那个叫安达清常的士兵动了恻隐之心，弯腰将手里还在不断哭喊着的孩子放到静御前的跟前，但没有松手：“你看吧。”

母亲看着孩子，一句话也没说，只是轻轻地用手抚摸了一下他的脸蛋。

安达清常直起了身子：“行了，我要走了。”

说完，抱着孩子便出了门。

走了大概三四步，他的身后传来了一阵撕心裂肺的哭叫声。

这个连名字都没来得及起的男孩当天就被丢入了由比之浜，沉入水中活活淹死了。

再说义经那伙人在抵达奥州之后便受到了藤原衡秀的热情招待，尽管源赖朝密令他交出义经一行，但老爷子态度相当强硬，表示你源赖朝逼得紧也不怕你，爷就是倾奥州之力，也要保住源义经。

源赖朝没辙，只能暂且作罢。那个时候他刚刚搞完平家基本统一全国，正是百废待兴和谐最重的时候，所以也不愿意为了个源义经大兴刀兵。

就这样，源义经总算是有了个落脚的地儿，开始安下心来过日子了。

然而，天有不测风云，长年来一直把义经当亲生儿子罩着的藤原衡秀在这一年的 10 月因病医治无效，离开了人世。临死前，他叮嘱自己的三个儿子藤原泰衡、国衡和忠衡一定不能向源赖朝妥协，不仅不能抛弃源义经，还得把他当主子来供奉。

看着儿子们含着眼泪点头答应，藤原衡秀便很放心地撒手人寰了。

然而，事情的发展并没有如衡秀想的那样。他死后不到半年，文治四年（1188）二月，后白河法皇派遣钦差前往平泉传达征讨源义经的旨意。虽然藤原一族非常坚决地抗旨不尊，但由于参谋藤原基成（藤原泰衡的外公）为公卿贵族之后，素与朝中公卿相善，因此朝廷方面仍有不少公卿庇护藤原氏。

10 月 12 日，源赖朝一看软的不行便来了一手硬的，遣使警告藤原一族，若不征讨源义经则将获罪株连，而且幕府方面已准备自行发兵伐罪了。

文治五年（1189）二月，在源赖朝的授意下，后白河法皇下旨免除了一批藤原氏族亲的官位，并且向奥州藤原家下达了最后通牒：若是不跟随镰仓幕府一起铲除源义经，那么即刻起你们便是朝敌国贼，全天下共讨的对象。

已经被各种压力折磨得快要得抑郁症的藤原家当主藤原泰衡为了挽救逐渐陷入孤立无援的藤原一族，终于决定讨伐源义经。

闰四月三十日清晨，泰衡命家臣长崎太郎率五百骑兵突袭驻居高馆（又称衣川馆）的源义经。源义经家臣们发现后迅速迎战：弁庆、伊势三郎、增尾十郎、片冈八郎、铃木三郎、龟井六郎、鹫尾三郎、备前平四郎等八人固守玄关大门。喜三太爬上屋顶，以窗板为盾，拉弓搭箭狙杀敌军。源义经则以战死于藤原泰衡的家臣手下为耻，不愿出战，独自进入佛堂中诵经，作自尽前的最后准备。源义经的家臣们为了保护主君能平静赴死，抱着必死的决心，舍命决战，各自斩杀多人后壮烈战死或自刃。

念完经后的义经非常平静地走入卧室，先是在屋子里点了一把火，然后手刃妻子乡御前和女儿龟鹤御前，最后引刀自裁，年仅三十岁。

在义经自焚前不久，他的最忠贞的部下，同时也是最好的朋友——武藏坊弁庆已在乱军阵中力战而亡。

这世界上自打有了人类之后便有了阶级立场，有的人被称为大人，有的人只能自称草民。而将这一上下层阶级对立关系表现到极致的，便是君臣关系。

对于君臣之间的关系，中国人自古便有许多诸如“君要臣死臣不得不死”、“伴君如伴虎”这样的老话来形容。事实上，在一衣带水的日本也是如此，历史上武士忠君侍主的故事被讲了一代又一代，而严格奉公、绝不逾越也成了衡量一个武士是否合格的重要标准之一。有名的像为君报仇坦然赴死的赤穗四十七浪人，还有远日无怨近日无仇，皇上蹬腿了他也跟着一起去的乃木希典，等等。

不过，要说起这千千万万的君臣关系中，最经典的、最为人所称道的，恐怕当属义经和弁庆了吧。

弁庆是一个很传奇的人物。据说他的生母是某大纳言的女儿，怀孕三年才将其生下。结果一出生他爹就虎躯一震，因为这孩子长发齐肩，牙齿俱全还是黑色的，一副相当惊悚的模样。

本来这样的孩子是该被丢在山沟里喂狼的，可是他的叔母念在上天有好生之德，从自己大哥的手里把这孩子给夺了过来，亲手抚养，并取名鬼若，这名字倒是挺实在的。

大概在十来岁的时候，鬼若去了比叡山修行，本来是想混俩月就在那里定居做和尚的。怎料他行为过于暴力，隔三差五就把自己的师兄给抓来狠揍一顿，引起了山中寺院长老们的极度不满，别说留他出家了，连寺庙都不让他待了，没几个星期就将其赶下山去，并勒令永世不得再来。

本着此处不留爷自有留爷处的想法，鬼若很从容地走下了比叡山，接着又本着自己动手丰衣足食的指导思想，自己给自己剃了度，然后自称比叡山高僧武藏坊弁庆。从此招摇过市，行走全国。

不过，他乱暴的本性是一点没变，在播磨国（兵库县）的圆教寺里，因和住持和尚一言不合，弁庆便手执剃刀狂舞一番，伤人无数之后意犹未尽，还当堂放了一把火，这才大摇大摆地离开。好在抢救及时才未酿成惨祸。这寺庙今天还在，战国名将本多忠胜的骨灰就埋在那里。

游蹿全国数年之后，弁庆最终来到了京都，然后又玩出了新花样——刀狩，即抢人刀。

话说京都的五条大桥周边非常繁华，每天人来人往不计其数，就算是深夜也照样会有不少人通过，其中不乏腰间挂着精美刀具的达官显贵。弁庆便打算在此地守株待兔，只要看到有人佩戴着比较合他胃口的刀，就上去邀请对方比武。

比武是好听的说法，其实就是上前砍人，砍赢了扒装备。

也不知道是京都人太不禁打还是弁庆真的武艺高强，三四年来居然让他夺取了 999 把刀，而他的名字和外貌也就成了当时京都人心中永远的噩梦。原本车水马龙的五条大桥，现在就算是大白天的也看不到几个人了。或许是一连数日都没有收获闲得无聊，弁庆便放出话来，说只要再抢到一把，凑足一千，自己从此就功成身退，换个别的活儿干干，比如，抢 999 朵玫瑰花。

消息一出，在京武士你推我我推你，都希望能够出一个敢上前去送死的哥们儿，让他打一顿然后给他一把刀，从此，天下太平大家安生。可推来推去，怎么也推不出一个肯出头的人，因为大家不光爱刀，还想要命。

就在这时，有一个人勇敢地站了出来，表示愿意去五条大桥走一遭，为民除害。他就是年仅 11 岁的牛若丸。

此时的牛若丸已经得到了乌鸦天狗的真传，算得上是一名用剑的好手兼轻功高手，一直听说五条大桥有抢刀贼出没，年少无畏的他自然就想去试试身手。

数日后的一天深夜，牛若丸腰挎金刀，身披羽衣，吹着笛子走上了五条大桥。

可是别说人了，连个鬼他都没看到。

牛若丸心生怀疑：莫非这两天没生意，那强盗回家过年去了？

就在这么想的时候，他猛然感到背脊凉风飕飕的，斜眼看去，一个巨大的身影出现在身后，紧接着，一道寒光袭来。

牛若丸纵身一跳，跃上栏杆，动作基本和片子里的柯南一样，因为柯南就是山寨他的。

立定之后，他定睛一看，来人头包白布，脚踏木屐，手上一柄剃刀，刀尖在月光下闪着寒光，口里称道："你来和我比武吧！"

牛若丸知道这正是自己要找的强盗，也不拔刀，而是继续吹着他的笛子。

弁庆一看以为是在羞辱他，又气又急地挥起剃刀就是一下子。可牛若丸镇定自若地轻轻一跳，轻松地躲过了对方的攻击，而口中的笛乐未停一秒，别说是停了，就连曲调都没有丝毫变化。

弁庆明白了，碰上高手了。于是他也静下心来，气运丹田，然后大吼一声，朝着对方扑了过去。

这回依然没砍着，而且曲子也没断。

月光下，玉笛依旧在吟唱，彪形大汉宛如拿剃刀在砍桥桩。

基本上就是这副景象吧。

最终，弁庆再也砍不动了，一屁股坐在地上气喘吁吁。此时，牛若丸不紧不慢地放下了手中的笛子，微微一笑："你输了。"

弁庆表示自己技不如人甘拜下风，这条性命，你要就拿去吧。

"我不要你的命。如果阁下愿意，能从此做我的随行吗？"

弁庆当即拜倒在地，口称主公。

不过，两人最初的关系，应该说是朋友，毕竟那时候牛若丸还在鞍马寺上学，本来就是叛贼之子，走进走出还带个马仔，很容易让人心生怀疑。直到他 16 岁出走奥州，弁庆才算是正式成为源家的部下。

在为义经打天下的过程中，弁庆以勇猛敢战而名扬天下。不过，他并非单纯的一介武夫，有的时候头脑也是相当好用的。

平家覆灭后，义经因得罪了兄长不得已逃往奥州投靠藤原家，收到消息的源赖朝立刻命人设下关卡沿途检查，一旦发现弟弟踪迹，立刻就地处决。

为了不被人在中途截杀，义经一伙人学起了当年的弁庆，纷纷自行剃度冒充和尚，然后自称是云游四方为重建寺院而化缘的和尚。就是用了这个办法，他们畅通无阻，一路上居然也没人怀疑过。

但是，靠坑蒙拐骗过日子终究是不能长的。一帮人在位于今天石川县小松市的安宅关终于没能顺利蒙混过关，被人给拦住了。关口的守将叫富樫左卫门，他当年跟源义经打过照面，虽说没怎么太记着对方长什么样，但依稀还是有些印象，当下他就把这群假和尚的队伍给拦下了，然后走到了义经的面前，问道："你是九郎判官吧？"

义经说，阿弥陀佛，施主你找错人了，贫僧法号某某，不是你要找的九郎。

富樫左卫门越看觉得越像，便又问道："你们是干吗的？"

"我们是云游化缘的出家人。"

正当左卫门要接着问时，和尚队伍里突然冒出了个五大三粗的家伙。他照着义经的后脑勺就是一巴掌拍下去，将其打翻在地，然后举起手里的僧棍照着他身上就是三五下，一边打一边骂："你这没大没小的狗奴才，老子还没说话，哪轮得到你开口？"

左卫门一愣："你是他的……"

"我是这帮人的头儿。"那人说道。

这家伙怎么长得那么像弁庆？可如果是弁庆，又怎敢当众打自己的主子？左卫门愈发奇怪："你们既是出家人，在自己寺里好好待着便是，为何要云游四方化缘？"

"大人可知前不久京都的东大寺被烧了的事情？我们正是为此而化缘。"其实此人正是弁庆。

东大寺的确是刚被烧过，所以左卫门点了点头，又问："那既是化缘，可有收获？"

弁庆立刻从包裹里摸出了一个本子："这就是化缘簿，京都的黑心太郎捐款黄金三百两，播磨的圆寂长老捐款黄金一百两，近江的智障大师……"

看着他如此流利地报着名字和捐款数量，富樫左卫门终于不再怀疑，挥手表示你们可以过了，同时还鞠躬行礼表示耽误了大师们的时间实在不好意思。尽管他怎么也没想到，弁庆拿出来的那个本子其实是源义经平时练字用的，那些个名字也是他临时编出来的。

到了安全地带之后，弁庆跪下向义经请罪，要求处罚。因为在当时，作为一名武士，是无论如何也不能对主君动手的，一旦发生了有失臣子身份的行为，不管理由如何，都是不忠的行为，是要问罪的。也正因为如此，富樫左卫门才认为，真正的弁庆绝对不敢打义经，所以，这群人一定不是自己要找的通缉犯。

对此，义经只是轻轻地摇了摇头，笑着说："你宁可顶着不忠的罪名也要救自家主君，这才是真正的忠臣。"

他说的没错，弁庆确实是个忠臣。

在义经生命的最后一刻，弁庆手提剃刀和其他家臣一起冲入敌阵，想以此拖住敌人，为的是能让自家主公在最后一刻能享有些许宁静。

他迈开大步，在敌阵中来回冲杀，见人就砍，手起刀落，一颗颗人头滚落在地。藤原军见这厮来得凶猛，也不敢再贸然上前送死了，而是躲得远远地，开始放箭。

面对蜂拥而来的利箭，弁庆不但没有躲，反而挥舞着大刀迎面冲了上去，他一边挥刀拨开飞来之箭，一边继续朝着敌军奔去。

不过人的肉体终究是有极限的，在现实世界里是不存在什么一支梨花枪舞得震天响，哐当哐当把箭都如数拨在地上的剧情。没走上几步，弁庆就已身中数箭，随之他的动作也越来越慢，身上的箭也越来越多，最终，变成了一个刺猬人。

但是，他没有倒下，而是宛如护法金刚一般傲然挺立，嘴角似笑非笑，两眼直瞪前方，身躯不动如山。

这个在柯南里面也有提过，就是他和小兰一起泡温泉的那集——剧烈运动分泌大量乳酸，人死了，全身器官都停止了工作，无法将乳酸转化，蛋白消化酶也无法分泌，蛋白质无法消化，很容易凝固，即会快速僵硬。这就是弁庆为何死而不倒的原因了。

不过，当时的战场上只有叫太郎的，没有叫福尔摩斯的，所以谁也不知道弁庆究竟死了还是没死，看着那副模样似乎应该还活着，所以谁也不敢擅自行动。放箭的也不再拉弦，一来被震慑住了，二来对方身上已经浑身是箭，再射也无处可插了。

此时，战场上出现了这样的景象：几百个人盯着一具尸体，死死地瞪着就是不动手。

不过，终究还是有个胆大的，他拍马舞刀朝着弁庆的尸体杀去，仅一回合，弁庆便倒在了地上——被马给撞的。

大伙这才明白，这家伙已经死了。

此时，源义经早已在自己的房子上燃起了熊熊烈火，切腹自尽了。

千百年来，很多人一直都在讨论这么一个问题：身为人臣，应该做到怎样的地步才算是合格。

一般认为首先是要忠，这个我不否认。

可关键是，怎样才算忠?

忠有很多，为君卖命不惜后果的，自然叫做忠。生是君的人，死是君的死人，没事儿被主公大耳刮子扇得震天响，眼前都是金星星依然跪在地下舔人鞋面儿的，也能叫做忠。君主荒淫无度极力迎合还搭把手的，同样算是某种程度上的忠。君要臣死臣不得不死，君要臣搭把手臣不得不伸出手。

第一种是普忠，第二种是愚忠，第三种是伪忠。真正的为人臣或者说做人下属所需要的忠诚心，应该是心忠——有着一颗随时为主公考虑的心。

假设主公要去看电影，普忠的人或网上订购或去柜台买，很平常地给买了回来。愚忠的人一般也是如此，只不过当电影票卖光的时候，两者的差别便会显现出来：前者老老实实地说，大人，没票子了。后者则会上街拉住一个小学生："把你的票子给爷拿出来！"而伪忠者，则会很贱地一笑："大人，买票看电影多没趣儿啊，跟着奴才，奴才今天带您翻墙逃票去，保管够刺激够精彩，这样看来的电影才更有意思。"

至于心忠者，他在跑了一个来回之后，会对你说："大人，今天的电影是限制级的，并不适合目前的您看，您还是在家里看新出的《火影忍者》吧。"

四种的区别，大致就在于此吧。

弁庆对于义经的忠诚，毫无疑问是属于最后一类。他无论做什么，都无时无刻不在为主君考虑，并且很少想到自己。比如，冒着可能会被扣上不忠的帽子棒打主君助其脱险。为了能让义经死前有最后的宁静，不惜豁出性命单刀没马地迎敌而上。

关于对弁庆的评价，服部平次的那句话可算得上是相当贴切了，当面对那个为了证明自己才是盗贼集团的继承者，并且是一个如弁庆一般集武勇才智于一身的人而不惜杀害昔日同伴的凶手时，他用很轻蔑的口气说道："你想成为义经的弁庆？若你真是弁庆的话，义经早就死在安宅的关口了。"

>>世纪末的魔术师——尼古拉二世在日本的那些事儿

在大阪的铃木财团所属的美术馆，即将展出沙俄时代的俄国皇室秘宝"回忆之卵"，其实也就是镶嵌着无数珠宝的蛋形空心宝器。事实上，这个蛋蛋是当年尼古拉二世送给皇后的礼物，在三十年里一共送出去五十个。本来有那么多同类自然也算不得什么稀世珍宝，可偏偏这次发现的居然是没有记载于册的第五十一个。所以风声一传出来，很快就招来了各界的目光，而很长时间都没怎么出来过的怪盗基德，此时也发出了信函，列了三四行鬼都看不明白的文字，表示这是预告函暗语，声称自己将按照上面所说的时间地点出现，取走那件珍宝。

于是，铃木会长便要求毛利小五郎前来协助，同时参与防火防盗防基德的众警察也情绪高涨，在动员大会上高呼口号誓将小偷关进班房。

就在这热烈的气氛中，毛利小五郎父女以及柯南来到了大阪铃木美术馆。在那里，他们又碰到了俄罗斯大使馆的书记、珠宝美术商、罗马王朝研究家、职业摄影师以及服部平次。

不得不说一句，尽管这次平次只是露了一小脸儿，可只要他一出现，势必就表明这将是一部颇具沧桑感的作品，无论是主角还是跑龙套的都一样，这叫做人物属性。

不过，尽管大伙欢聚一堂齐心协力地献计献策，但最终仍然无法完美地解读出基德发来的暗号，这颗“回忆之卵”还是被他顺利地拿走了。

然而，就在基德逃跑的途中，被一神秘杀手击中右眼，并导致他落入海中生死不明。一路踏着新型滑板尾随的柯南便趁机夺回了一同掉下的“回忆之卵”。

本来以为就此便算大功告成可以开庆功宴的时候，铃木家又来了一位不速之客，她叫香阪夏美，就是当年制作“回忆之卵”的工匠喜一的后人，同时也是相当漂亮的日俄混血。

夏美此次前来，是因为她在整理自己祖母遗物的时候，意外地发现了当年曾祖父，即做蛋工匠喜一的手稿，可手稿和电视上放的实物完全不一样，所以特地前来寻求真相。

在认真看完原稿之后，柯南判断，所谓的“回忆之卵”应该还有一个，并且，藏蛋地点就在夏美曾祖父所盖的城堡里。

就这样，在场的所有人都一致作出了决定，一起上城堡里去瞧一瞧，顺便也看一看是不是真有第二颗蛋。若真有，那么到时候就得看个人的本事，能不能将其据为己有了。

然而，在前往城堡的路上以及到达城堡之后，陆续出现了死者：先是一个姓寒川的记者，接着又是一个姓乾的珠宝商。令人觉得奇怪的是，这两位都是被击中右眼而亡。除了凭此判断出是一人所为之外，其他的一概无从知晓。

在追查凶手的同时，柯南他们终于在城堡的地下室里找到了那颗手稿上的“回忆之卵”，并且也知道了为何会被取名回忆——蛋的里面是沙皇一家坐看相册的黄金雕塑，当它和铃木家的那个空心蛋合体之后，可以通过光照如放幻灯一般的投影于壁。

也就是说，那两颗蛋其实是一颗。

随着宝物的发现，凶手终于浮出了水面，她就是当年沙皇尼古拉二世的御前国师、人称怪僧的拉斯普金的后裔，长相出众且会多国文字的日俄混血浦思青兰。

她坚持认为这枚从未被发现的宝蛋其实并非送给皇后的礼物，而应该是沙皇作为常年支持自己的政权,并且对沙俄作出累累贡献的祖先的馈赠。所以,对于作为后人的她来讲,就有义务将宝物夺还,即便是杀再多的人也毫不吝惜。

这又是一个典型的自作主张觉得全世界都亏欠了自己而引发的谋财害命事件。本作中连毛利小五郎都险些惨遭杀害,原因是他说了拉斯普金的坏话,从而惹毛了浦思青兰,所以,对方才打算将其杀害以祭祖宗在天之灵。

不过,最终罪犯还是没能逃脱柯南的智慧,即便是拿着枪对着小侦探的右眼猛然一炮,也难挡阿笠博士发明的特殊镜片——将子弹华丽丽地弹开了,而柯南只是头往后微微一扬,毫发无伤。

不得不说主角就是主角,就算你这镜片是金钟罩铁布衫,可被秒速 900 米以上的子弹给磕了一下,换了常人不死那也该脑震荡了。可偏偏柯南仿佛只是被个乒乓球砸了一下而已,连个包都不带肿的,真不知道哥们儿的身体是不是也被阿笠博士给改造过了。

好在凶手被绳之以法,那颗举世无双的宝贝蛋蛋也没有被盗,柯南的真实身份依然没有被毛利兰看破,真是可喜可贺,可口可乐。

这部片子里在历史上真实存在过的主要线索人物,其实只有两个:一个是俄国末代沙皇尼古拉二世,另一个则是凶手浦思青兰的祖先、沙俄时代著名怪僧拉斯普金。说怪僧似乎有些不对,确切来讲,他是一个修道士。

拉斯普金在 1872 年的时候出生于西伯利亚,家里很穷,上不起学,可他人特别聪明,所以 18 岁便进入了贝尔克茨修道院,成为一名光荣的修道士。

19 岁结婚,此后一直巡游全国各地,他那精准的占卜术和各种咒术在贵族之间广受好评,一度被称为能够引发奇迹的祈祷师。

以上是比较体面的说法。

有很多人认为,拉斯普金不过是个性格无赖行为怪异的神棍罢了,他靠一些雕虫小技欺瞒那些不经世事的傻瓜贵族来获得好评,从而拓展自己的前途。

像毛利小五郎,就非常明显是后一个观点的支持者。

不过,不管怎么认为,拉斯普金确实受到了罗曼诺夫王朝的沙皇尼古拉二世的召见,因为想让他用神奇的力量来治疗儿子的血友病。结果效果是相当的显著,只要拉斯普金陪在太子身边一天,太子即便是被狗咬了流了血,也只要贴个创可贴就能止住,而不是像以前那样,刷个牙见了红都有可能导致失血过多而亡。

这一奇迹的发生，使得沙皇全家都对他感激涕零，并和他成为亲密的朋友。

一般而言，皇上跟你关系好，无非就两种表达方式：第一种送钱，第二种送官。尼古拉二世比较大方，两个一起送。除了送对方大量的金钱之外，他还让拉斯普金担任了国家内政和宫廷事务的总顾问，事无巨细皆与其商议。

像拉斯普金这种神神癫癫的人，本来就肯定是有些行为古怪的，现在再加上了巨大的财富和权力，所以愈发放浪形骸，而且对于沙皇身边的一些贵族也表现出很大程度的不敬甚至是蔑视。比如某公爵老爷邀他去算命，结果拉斯普金前一天晚上喝了个通宵，第二天浑身油腻醉醺醺地就上公爵府了，就在所有人都捏鼻子的时候，他还浑然不觉，很高兴地挥着脏兮兮的巴掌拍打着公爵夫人的肩膀。

这种行为引起了几乎整个沙俄上层核心阶级的不满，并且还担心再让这厮这么闹下去，俄国是不是会亡国。大家在齐聚一堂讨论一番之后，决定将其杀死。

1916年，尤瑟夫公爵邀请拉斯普金去自己家里吃饭。在抵达公爵府邸之后，下人便捧上了满满一盒制作精美的糖果，只不过上面被涂上了厚厚的一层毒药，据说只要吃一颗，就足以置人于死地。

结果，拉斯普金满不在乎地吃了大半盆，还问在一旁看得目瞪口呆的公爵和其他客人：你们要不要也来一颗?

惊慌失措的伯爵拔出手枪，对着拉斯普金连开四枪并且全部命中，而在枪声响过的同时，身边的另一名俄国贵族拎起一个黄铜烛台照着他脑袋上就砸了过去，当然也砸中了。可让众人万万没想到的是，此时的拉斯普金居然还没死，而是拖着被开了四个洞、头上还挨了一下子的重伤之躯朝门外拼命跑去。大家连忙追了上去，想要将其捉拿并弄死，但最终没有追到，而是让他跳入了河里。

三日后，拉斯普金的尸体被打捞上来。最让众人震撼的事情发生了——经解剖，发现那家伙的肺里都是水。

换言之，此人没有被毒死，没有被打死也没有被砸死，而是因力竭才淹死在水里。

怪僧死后不久，俄国便爆发了十月革命。在列宁的铁拳之下，无论是沙皇还是贵族，都被如数消灭。就在革命胜利后没多久，最最让人震撼的事情终于发生了——在某日整理拉斯普金的自我文档时，有人发现了这么一段话：我就是俄国，我自知自己的寿辰已经快要结束，而且肯定是遭人袭击而横死。只不过，若杀死我的是一帮穷人，那么，我就等于是替俄国一死，国家或许还有救；如果杀死我的是贵族老爷，那么，国家也将随我的离开而灭亡。

一语成谶，不幸言中。

至于尼古拉二世，我们中国人肯定不会陌生，教科书上都写过，十月革命里被列宁搞死的就是那位。事实上对于日本人而言，这位活宝也是个大熟人，他在的时候，跟日本好也好过，打也打过，分分合合好好坏坏，说不完的一摊事儿，扯不尽的一堆缘。

现在要讲的，就是其中的某一段。

且说在明治二十四年（1891）五月十一日，位于滋贺县大津的日本最大淡水湖琵琶湖畔，迎来了到访的俄国皇太子尼古拉一行。老百姓对于这位远道而来的客人还是相当欢迎的，大家有秩序地站成两列，一边围观一边让出一条道使尼古拉太子坐的车通过。而明治政府对这位爷的到访也极为重视，特别是在安全保卫方面那真是下足了工夫，基本上达到了三步一岗五步一哨。短短几百米的路上就站了二十多个警察，人人身戴佩刀，威武挺拔地戳在路边，一副谁敢靠近直接法办的样子。

尼古拉太子对此感到相当满意，并表示有这样的防御措施，就算刺客他祖宗出现，也冲不进这个圈子。

老话说，满碗饭能吃满句话不能说。就在太子爷意气风发得意扬扬的当儿，意外发生了。

且说此时尼古拉同学正坐在车里向四周围观群众微笑挥手，突然一个黑影横空出世，一步蹿到了他的身边。尼古拉还没看清来者是谁，脸长什么模样，那哥们儿手里突然多出了一把单手佩刀，接着一道寒光，刀刃直劈他的脸而来。尼古拉凭借本能急闪了一下，但估计是因为平时缺乏锻炼的缘故，压根儿就没闪开，仍旧挨了那么一下，右脸颊被刀砍中。不过此时的尼古拉太子本着一种强烈的求生意识，一下子爆发出巨大的潜在能量。只见他都来不及抹去顺着脸喷出来的血，一个狗熊打滚，便翻身下了车，顺利躲过了刺客的第二刀，然后连滚带爬朝远处奔命而去。在这个过程中，又使对方的第三刀也落了空，其反应之灵敏、身手之矫健，虽日本剑圣宫本武藏再世亦不能及也。

而那位刺客丝毫没有放过他的意思，一看尼古拉手脚并用打算逃走，立刻高举手里的佩刀，向着他冲了过去。

直到他举刀追杀的那一瞬间，周围人才反应过来：有人搞暗杀！于是大家纷纷围了上来，其中尼古拉太子的车夫，名叫向畑治三郎，虽说没什么功夫，但却有智慧。他三步并作两步赶上了挥舞着刀就要砍人的刺客，然后伸出了自己的一只脚，使了个绊子，便将对方轻易地放倒了。趁着这个机会，周边的警察才一拥而上，将刺客扑倒在地，用随身携带的绳子将其五花大绑一番，然后带回局里审讯。而尼古拉太子自然也被人扶了起来，送到医院里抢救去了。

经过多方会诊，众医生一致认为，太子虽说运气很差，脸上被劈了一刀，伤口长达九厘米，基本上算是破了相，但好在没有生命危险，继续活在这个世界上，还是没有问题的。

接下来的问题就比较复杂了，是关于这个刺客的：他到底是怎样混入这层层防御圈，然后还能抽刀砍人的？这家伙到底是什么人？他为何要刺杀尼古拉太子？

首先回答第一个问题。这位刺客先生之所以能穿越警察的保护圈轻而易举地来到尼古拉身旁，以至于连他本人都没反应过来的原因其实很简单，因为他就是当时站在车边负责搞警卫工作的一名光荣的人民警察，名叫津田三藏。

其次就是津田三藏刺杀尼古拉的动机了。根据他自己的交代，是这哥们儿太爱国的缘故。

具体是这样的，当津田三藏听说俄国的王子尼古拉要来日本访问之后，便一相情愿地认定这哥们儿是来充当俄国侵略日本的马前卒的，特地先跑过来以访问的名义刺探情报，同时，也是为了看看俄国今后的殖民地是啥样子。因此，必须将其给弄死，这样日本便不会遭到侵略了。

这听起来相当可笑，但津田三藏确实是这么说的。每当我看到这段的时候，总会想，当年日本是不是只要是人类都能做警察啊？

其实，尽管那年头俄国四处扩张，手伸得又黑又长，从朝鲜一直到印度，哪儿都留下了他们那肮脏的手印，可尼古拉这次来日本，真的只是一次旅游。这家伙非但没打算侵略日本刺探日本军情，相反，其实他非常喜欢日本这个国家，也喜欢日本文化，说白了，就是一不折不扣的哈日派。

哈日的情节源自当时法国作家皮埃尔·罗蒂的一部舞台剧《阿菊》，说的是一位日本姑娘和一个欧洲绅士的恋爱罗曼史。尼古拉看了之后，被里面温柔善良美丽动人的日本姑娘深深地迷住了，从此之后便爱上了日本的一切，并整天幻想自己什么时候也能跟一个日本美女谈一场浪漫的恋爱，想着想着，就决定亲自来日本观光一番，实地看看自己憧憬的那个国家究竟是怎样的一个地方。

明治二十四年（1891）五月上旬，尼古拉坐船抵达日本，在长崎登了陆。当他踏上日本土地的那一刻起，整个人就陷入了一种看什么都新鲜、看什么都好看、看什么都想要的极度兴奋状态之中。

在街头的古董店里，他看到东西就买，从战国时代的盔甲到江户时代的夜壶，只要是日本的，统统出钱拿下，连价都不怎么问。

到达京都之后，尼古拉被安排住进了一家传统的日本旅馆。一进门他就大叫一声，然后飞身扑进了屋子，接着就伏在地上再也不见起身了。

手下吓坏了，以为太子被什么独门暗器打中脑袋当场死房间里了，连忙跑过去抢救，结果刚一走近就听到尼古拉的兴奋之词："太棒了！我要！"

他要的东西是他身子底下的榻榻米，而日本方面自然不敢怠慢，当下就把这间屋子里所有的榻榻米都挖了起来，运到了太子殿下的军舰上，然后再给他换了一间房。

还是在京都，当他参观日本传统的刺青工房时，对日本龙的图案大感兴趣，回家后就把刺青师傅叫到了房间里，要求他在自己的右腕上刺上一条龙。

就是这么一个热爱日本热爱日本文化的哈日孩子，结果在他喜爱的土地上被他憧憬的民族中的一分子给砍了，这不得不说是相当悲哀相当倒霉的一件事儿。

这桩史称大津事件的刺杀案，在当年的日本社会引起了极大的反响，甚至可以说是恐慌。

当时，俄国在世界上是相当强大的帝国，不论是领土面积还是军事力量来看都是如此，真要跟日本打的话，估计两三下就能直接解决战斗。

现如今你把人家的皇太子给砍了，就算本来不想打你的，搞不好现在都会过来揍你一顿。

所以，大家都慌了，就连明治天皇都感到自己的双腿在打颤。不过尽管浑身发抖，可有的事情是不得不去做的。在事发的第二天，也就是十二日，他便从东京起程，十三日到达尼古拉太子在京都疗养的国宾馆，亲自探望了对方，并致以真诚的道歉，表示哥们儿，是我们错了，你的医药费误工费精神损失费我们日本统统加倍全包，怎样？

尼古拉太子倒也挺好说话，说自己也没伤太重，就是流了点血，头晕想睡觉，您老先出去吧。

明治天皇说，好，我这就出去。刚走到门口又折了回来，从口袋里掏出一卷白布："这是皇后亲自做的绷带，您请用。"

这玩意儿肯定是没消过毒的，估计人太子也不敢用，用了很可能就破伤风了，若没被砍死，却因感染送命那就太不值当了。但他还是从病榻上撑起了半个身子双手接下，口称谢谢之后，又说道："天皇陛下，这里虽然很豪华，但还是住得不太习惯，我能回到自己来时坐的那艘军舰上去休养吗？"

尼古拉说的那艘军舰此时正停在神户港。天皇对此一口答应，并且表示，我送你去神户。他说到做到，第二天就动身亲自陪同在尼古拉身边，一直将其送到船下并看着太子上了船。天皇亲自当陪送员，这在日本历史上是前所未有的事情，但明治天皇愣是做到了。

与此同时，日本各界都被动员了起来，要响应天皇、支持天皇并跟随天皇，一起给俄国的皇太子道歉。其中，有栖川宫炽仁亲王的儿子有栖川宫威仁亲王被封了个道歉大使的名号亲自跑到俄国，找太子他爹沙皇亚历山大三世磕头求饶赔不是去了。首相伊藤博文也来到那艘军舰上，亲切探望了伤已经好得差不多的尼古拉太子。在深鞠躬 90 度之后，他又致上了自己的慰问品——日本点心数盒。对此，尼古拉还是相当满意的。

在接下来的日子里，各种亲王贵胄高官名流纷纷来到军舰上，以各种名堂表达了自己对太子的慰问之情，并且送上了慰问品。

而基层老百姓也用自己的方式进行了各种慰问活动。

最普通的办法就是拍电报到俄国公使馆，以一个普通日本国国民的名义对太子说一声对不起，请你不要从此恨上我们日本。这样的电报俄国人一天能收到两万封。

接着，寺院，神社每天都念经祈祷敲钟奏乐，请神仙佛爷下凡帮忙，让皇太子的伤势尽快痊愈。

此外，学校纷纷开始停课，孩子们也不上学了，大家在家写信的写信，叠千纸鹤的叠千纸鹤，弄完之后再拼凑到一起给尼古拉送过去。

再后来，连各种娱乐场所，比如京都的岛原、东京的吉原都暂停营业，一切奏乐鸣响之事也被停止。不过，这些哀悼都是民间自发的，并非政府组织，没有一个人对日本人说从今天开始你们不许唱歌不许跳舞不许玩劲舞团不许打魔兽了，但真的没有一个日本人唱歌跳舞玩劲舞团打魔兽。

这就叫做民族凝聚力。

对此，尼古拉表示衷心的感谢。但一连好几天，天天几十上百个人跑来以慰问的名义围观，再加上几万封电报信着实让他有些吃不消了；再加上自己本来就是来旅游的，现在游也游得差不多了，礼物也拿了不少，刻骨铭心的纪念也有了，那就该回家了。

所以在当月的十五日，他对明治政府说，自己将在十九日起程回国。明治政府连忙表示，我们将组织盛大的欢送会，到时候请太子务必赏脸参加。

然而尼古拉一口回绝了，说我不来，不仅不来，还提出了另外的要求："让你们的天皇来我的军舰上，我来招待他吧。"

这个邀请再度引起了一阵恐慌。

因为大家都觉得，自打尼古拉这小子被砍之后，居然意外地没有对日本政府提出过任何要求，先前不管怎么说，至少还要走了 30 张榻榻米，可现在居然连一碗大米都不肯多要日本人的，肯定是憋着一股子坏想搞报复。如今居然公开要求天皇单独去他的军舰，绝对是有阴谋的。

至于是什么阴谋，负责天皇起居生活出行各种事务的宫内厅（前宫内省）众高官又展开了激烈的讨论，讨论出的结果让所有人震惊：尼古拉是想趁着这个机会，绑架天皇，把他弄到俄国去。

既然是这样，那就自然不能让天皇去了。所以一连几天，宫内厅大小官员齐齐跑到天皇跟前劝谏，说皇上这事绝对绝对有阴谋，你去了绝对绝对就回不来了，所以绝对绝对不能去。

明治天皇听了之后脸上没有任何表情，只是用很低沉的声音说道："我不去的话，谁去？如果我连他们的军舰都不敢上，那么日本的颜面又将存于这个世间的何处？！"

宫内省里有那种已经当差当了很多年，从幕府时代开始就为天皇服务的老爷子，在听了这话之后，眼泪当场就掉下来了。

因为他们还清楚地记得，27 年前（1864 年）的禁门之变中，当时还只是睦仁亲王的他，在长州藩的隆隆炮声下，吓得当场晕了过去。时过境迁，这家伙已经俨然成长为一个能够担负起国家重担的堂堂君王了。

不过感动归感动，有的事情还是不能放他去做的，毕竟风险太大。但天皇是铁了心一般地表示，自己肯定要去，你们谁都别拦着。

十九日，在大家一片提心吊胆的祈祷下，天皇来到俄国的军舰上，见到了尼古拉太子。

太子很高兴，说天皇陛下您能来真是太好了。

天皇也很高兴，说看到您恢复得还算不错真是太好了。

接着两人开始了亲切的交谈，明治天皇表示，日俄两国友谊源远流长，从叶卡捷琳娜女皇时代就已经开始了，而且离得又那么近，属于好邻居好伙伴的类型，所以更加应该多搞双边合作，加强睦邻友好，以便迎接崭新的未来。

尼古拉太子也表示，尽管这次来日本旅游发生了某些不愉快的事情，但总体来说日本留给自己的印象是相当不错的，吃的喝的都很对胃口，艺术品也很漂亮。简单来说一句话，大体上是好的，那些不好的事情，就让它随着滚滚奔涌的海浪一起消失吧。

明治天皇连连称是，说太子您放心，有的事情就算您不说，我们也肯定会给你一个满意的交代的。

会谈在一片欢快友好的气氛中结束了，天皇顺利下船，目送俄国军舰离去。

在尼古拉太子离开日本的第二天，有一个人自杀了，死在了京都府政府机关办公大楼的门口。

死者名叫畠山勇子，是千叶县出身的普通女性，当年 27 岁。其实她是一个跟此次事件没有半毛钱关系的路人甲，不过，当其得知天皇因为尼古拉被人砍了而陷入深深的头痛之中后，觉得天皇暖热，匹夫有责，自己虽然只是一介女流之辈，但也应该为此做出一些什么来。

想来想去，她决定，自己代表日本老百姓向尼古拉太子道歉，而道歉的方式就是自杀，用生命来表达自己的诚意。

五月二十日晚上七点刚过，畠山勇子来到京都府政府办公大楼门前。先是投书三封，一封是写给俄国太子和政府官员的，叫《露国御官吏样》，露国就是俄国，里面表达了她作为一个普通日本老百姓对此事件的内疚心态，并真诚地希望俄国人不要因此而恨上日本；余下的两封都是写给日本政府各高官的，一封叫《日本政府样》，一封叫《政府御中样》，内容大致是讲自己是心甘情愿为国道歉而死，没有任何人胁迫，并简单地叙述了生平，等等。

投完三封信，畠山勇子拿起小刀，先刺了自己的胸口，因为她力气比较小，故而刀刃并未触及心脏，所以她没死；随即，勇子又刺了自己的喉咙，还是因为力气太小的缘故，虽然刺破了且鲜血流了一地，但没刺穿，所以还是没马上死；再想刺自己什么地方的时候，因为失血过多而浑身无力，已经无法下手了。

虽然畠山勇子被路过的人们立刻送往医院，但最终还是因为流血过多外加伤势过重，当天就死在抢救室里。

这件事情发生之后，不光是日本，整个国际社会都被震撼了。尼古拉太子知道这事儿之后，感动得差点连眼泪都掉下来，连忙亲自指示驻日的俄国外交官们集体前去参加畠山勇子的追悼会，并且还送上大量的金钱礼物以表达自己的哀悼之情。

英法等欧洲国家也对此事进行了相关报道，高度赞扬了日本女子的爱国情怀。葡萄牙驻日公使莫拉艾斯先生还亲自跑来，在追悼会上献了花圈。

至于日本国内的舆论媒体，那更是展开了一股近乎疯狂的宣传旋风，不仅那三封投书被公开，就连畠山勇子留给亲朋好友的遗书也被全国各大媒体争相转载，并众口一词地给她戴上了一顶“贞洁烈女”的高帽子。而民间也把她视为民族英雄，更有甚者还在神社里给她封了个神位，让大家对其顶礼膜拜。一时间，全日本流行着一股畠山热。不过，自始至终，再也没有第二个跳出来说要自杀的人了。

此外，那个在危急时刻挺身而出使绊子的车夫向畑治三郎也受到了极大的褒奖。俄国方面自不必说，先是授予了他圣安娜勋章，然后又前后给了两笔总计金额为3500日元的奖金。而日本政府自然也不会亏待他，先是给了他一枚白色桐叶勋章，然后每年都发给他36日元的生活费，不过后来日俄战争爆发之后便终止了。

赏完了之后，就该来说说罚的了。

滋贺县警视局局长引咎辞职，因为自己的部下捅出了这么一个天大的娄子，不辞职也说不过去。

接下来，就是那位刺客津田三藏了。

首先，这哥们儿被天皇亲自定性为国贼，号召全国人民共讨之。接着，他享受了我们中国一代奸臣秦桧宰相都没能享受到的待遇。

且说秦相自打坑死岳飞之后，就被中国老百姓普遍地恨上了，痛恨的程度相当深。本来，中国人取名有用佳木为名的习惯，比如李成梁的那几个儿子就叫李如松、李如梅、李如柏。而桧木本身也是一种名木，几乎能跟松梅柏齐名。但自打出了秦桧之后，就基本上没人在名字里放这个桧字了，后来还专门有个姓秦的家伙写了两句诗，叫“人从宋后耻名桧，我到坟前（岳王坟）愧姓秦”，被痛恨程度由此可见一斑。

不过，不管是耻名桧还是愧姓秦，那都是老百姓自发的，跟当时的统治者没丝毫瓜葛，纯属民间行为，与官方无关。

但明治政府就不同了，事发之后，津田三藏的家乡向全国宣告：从此以后，他们那块地方不许有人再姓津田，也不许再有人叫三藏了。一时间连原本在日本孩子中间有很高人气的木偶戏《西游记》都没人演了，因为唐僧在日本是被叫做三藏法师的。

搞完这套虚的，下面就得来点实实在在的玩意儿了，就是关于津田三藏这家伙本人，该怎么个处理法。

早在有栖川宫威仁亲王访俄赔罪的时候，亚历山大三世就暗示说，那个刺客应该被处以绞刑，活活绞死他。而当时亲王也当场表态说，你放心，这小子活不了。

判处津田三藏死刑，这在当时不管是从天皇的意思来看，还是从众官员的意思来看，就算是放眼从民间看，那都是铁板钉钉，改变不了的事情了。

不过按照传统，还是得开一个内阁会议，让大家来讨论讨论细节，比如怎么死、在哪儿死、由谁动手之类。

维新三杰之一西乡隆盛的弟弟，时任内务大臣的西乡从道率先发表了自己的意见："这事儿其实很简单，送到法院去接受审判，然后判处死刑，几天内就能执行了。"

大家纷纷点头，表示也只有这个办法了，接下来我们就来讨论一下什么时候开庭吧。

却不想就在此时响起了一个声音："不能让他这么死。"

说话人是新上任的递信大臣后藤象二郎。

众人很奇怪，问不让他这么死那你想让他怎么死？

"把他毒死在监狱里，然后对外宣称暴毙，直接掩埋尸体。"

西乡从道说，后藤你丫疯了？天堂有路你不走，地狱无门偏要闯。明明能光明正大处决的，非得搞这种肮脏手段，你喝多了还是怎么着？

"西乡大人，谁告诉你能光明正大处决的？"后藤象二郎问道。

西乡从道愣是没弄明白为什么就不能通过法律的手段来判津田三藏死刑，他觉得后藤象二郎今天绝对是喝高了，不是来开会而是来找碴儿的，所以也就不跟他一般见识了。反正除了象二郎之外所有人都站在自己这一边，自然也就没有必要去浪费这个时间了。

总而言之，全国形势一片团结，上到天皇下到乞丐，大家都盼着并认为津田三藏这次算是死定了。

明治二十四年（1891）五月十八日，众人期盼已久的津田三藏刺杀俄太子一案终于开庭了，本来这事儿应该在大津市地方法院进行的，但为了体现日本政府的重视程度，所以特地改在了东京的最高裁判所宣判，而且为了方便省时省事，明治政府还作出规定：审判方法临时改为一审终了制，就是一锤子买卖，不给你任何上诉的机会。

就在开审的同时，司法大臣山田显义和内务大臣西乡从道则准备起了死刑要用的各种道具，比如用几号管的枪，让谁来打，或者是不是考虑一下用绞刑架之类，等等。

正在他们忙得不亦乐乎的时候，审判结果出来了：

经法庭调查认为，被告人津田三藏犯有杀人未遂罪，判处无期徒刑。

“梆！”

一锤子定了音。

傻了，上到天皇下到乞丐，全国人民都傻了。

傻完之后大家慌了，这案子是日本天皇亲自把关，俄国沙皇亲自过问，已经算是板上钉钉的铁案了，怎么居然还有人敢翻案呢？最要命的是，你这边一翻案，毛子那边就得翻脸，搞不好脸都不翻，直接舰队骑兵开过来上脸了，这可怎么办？

情急之下，山田显义问了西乡从道一个巨愚蠢的问题：“这他娘的是谁审的案子？”

西乡从道一看这哥们儿都已经气糊涂了，也不好笑他，生怕对方受了刺激然后做出什么出格的行为来，于是便很和蔼可亲地说道：“是国家大法官儿岛惟谦。”

国家大法官就是我们中国的最高人民检察院检察长。为了体现明治政府对刺杀太子一案的重视，但凡跟该案有关的，一律都采用最高规格——在最高规格的法院进行最高规格的审判，并由最高规格的法官来操作。

结果就捅出了最高规格的娄子。

儿岛惟谦，原宇和岛藩（今爱媛县）出身，虽说家里好歹也算是个武士家庭，但因为实在太穷养不活，所以他自幼便被送到人家家里当养子。从10多岁起，便到当地的一家造酒作坊里当小工，童年过得比较凄苦。庆应元年（1865）的时候，儿岛惟谦去了长崎，在那里他结识了坂本龙马以及五代友厚等人。他在这群人的感化下，酒厂小工也不当了，直接赶赴京都，开始参加尊王攘夷的活动。混着混着，戊辰战争爆发了，于是他便参加了革命，扛着枪从京都一直打到北海道。全国解放之后，先是在新潟县和品川县（今东京品川地区）担任地方官。明治三年（1870）调入司法省，从名古屋地方裁判所所长开始当起，一步步往上爬，一直爬到1891年，终于修成正果，成为日本司法界的老大。

估计天皇也挺郁闷的，刚刚提拔了这家伙就给自己弄出这档子事儿来了，这真是一失手成千古恨。

不过你再恨再悔也没用了，现如今最好的办法就是找到儿岛惟谦，让他择日重判，这样才能不得罪俄国人。

西乡从道决定亲自拜访儿岛大法官，说点好话送点礼物啥的，以便让他回心转意。时任总理大臣的松方正义听说后表示自己也要去，人多力量大。

到了儿岛家，儿岛惟谦从容不迫地受了西乡从道和松方正义两人的一拜，并收下了那一包礼物，再非常淡定地招呼仆人上茶。喝了几口之后，西乡从道忍不住了："儿岛，你看是不是把那个审判结果重新弄一下？"

"凭什么？我完全是按照法律在办事，凭什么要改？"

松方正义非常低声下气："不是这个意思，我的意思是说……"

"《大日本帝国宪法》第116条，杀害天皇或者皇族以及杀害未遂企图杀害的，判处死刑。"儿岛惟谦一口将其打断道，"既然津田三藏杀害未遂的并非日本的皇族，凭什么要判他死刑？"

这条理由在当日法庭上已经说过了，松方正义和西乡从道都明白，但也正因为如此，他们才买了好吃的、说着好听的来求人了。

"我说儿岛大人。"松方正义笑容可掬，"你看，现在这事情比较特殊不是？所以你就特事特办一下吧。"

"人人都来特事特办，还要法律干吗使？"

松方正义一听这话就急了，说你不给全国人民面子，难道还不给我这个总理大臣面子吗？我好歹也是一国之首，除了天皇就我最大了，你对待我这个总理，就是这副嘴脸？

儿岛惟谦一听这话，当场就问了一句："总理算什么？"

松方正义则反问一句："你说总理算什么？"

"总理在我这里，什么都不算。"儿岛惟谦义正词严，"日本的宪法是三权分立的，你的行政权和我的司法权两相互不干涉。如果你打算以来自政府的压力逼我就范的话，那这个国家也就谈不上是什么立宪国了。"

这话说到这里，西乡从道算是明白后藤象二郎那天还真是没喝高，句句都是真理。不过显然现在后悔也来不及了，他只能对儿岛惟谦说道：“你要想好了，虽说你是大法官，在国内你爱怎么折腾我们都没法来干涉你，可现在事关俄国皇家，若执意以普通的杀人未遂罪来判津田三藏那家伙的话，搞不好俄国人一发火就攻过来了，你觉得为了那堆乱七八糟的破法律引发亡国划算吗？连国家都没有了，还有个毛法律啊？”

“如果一个国家连自己制定的法律都无法遵守保护，那要这个国家还有个毛用啊？”儿岛惟谦针锋相对寸步不让，“跟俄国的关系何去何从，这不是我这个当法官的应该考虑的事情，而是你们这些拥有行政权的人的工作。我的本职，就是维护法律尊严。”

西乡从道一看关键问题都被这哥们儿来了个一推六二五，算是服了他了，不过人家都推得有礼有节还有利——对自己有利，所以一时半会儿也说不出什么来，实在没辙了，他只能亮出最后一招：“我是代表皇上来的。”

这下轮到儿岛惟谦不说话了，因为他压根儿没明白对方的话是什么意思。

“我是身怀皇上密旨的，奉了圣命才来见你的。”西乡从道的最终绝招其实就是忽悠，把天皇抬出来吓唬吓唬儿岛惟谦，或许他迫于皇威，也就就范了，“你难不成打算抗旨不尊吗？”

儿岛惟谦从小也是苦出身，战场官场摸爬滚打几十年才有了今天，岂是那种要见识没见识、要胆识没胆识的富二代？

为了证明自己不是被吓大的，他当场就把西乡从道的忽悠给点破了：“就算是皇上之命，我也不会违背皇家制定的法律。你现在说，你有皇上的旨意，那么西乡大人，请你明确回答我，皇上到底有没有明确表示‘以宪法116条为根据判处津田三藏死刑’？有，还是没有？”

那肯定是没有了，而且事关天皇，西乡从道也不敢贸然无中生有，眼看忽悠也失败了，只能表示那今天就到这儿吧，我告辞了。

五月二十六日，津田三藏被押赴监牢，开始了他的铁窗生活。

对于此事，日本国内的反响也是十分激烈。不过出乎很多明治高官的意料，老百姓非但没有对那位“宽容”国贼津田三藏的法官儿岛惟谦产生任何憎恶之情，相反，大家对他那种誓死维护法律尊严的精神交口称赞，纷纷评价他是法律的守护神。

而欧美列强也通过这件事儿对日本刮目相看，各国媒体争相报道了儿岛大法官舍命护法的英雄事迹，并且给予了高度评价和赞扬。

不过，明治政府的这些高官都不是特别关心这些，他们的眼睛，都只死盯着一个国家，那就是俄国。

六月初，亚历山大三世特地发函表示，对于日本在太子到访期间的欢迎工作以及离去之后的善后工作，自己都觉得非常满意，特此感谢。

换句话讲，就是没事了。

大家悬在半空的那颗心终于又放回了胸膛里，于是也开始称赞起儿岛惟谦来。全国上下一片欢喜庆幸的气氛。

不过，仍然还是有那么一位不幸者。

此次事件中的罪犯津田三藏，在入狱四个多月后，也就是当年的九月二十九日，死在牢里。尸检报告称，是死于急性肺炎。不过因为这家伙本身身体就很不错，而且他的死法跟后藤象二郎之前的那种期望死法几乎完全吻

合，所以一时间毒杀一说传得沸沸扬扬。

具有讽刺意味的是，十几年后日俄战争爆发，这位津田三藏又被明治政府挖掘出来，重新摆到全国人民的面前。不过这次，他是以“民族英雄”的形象出现的。

要你是英雄，你就立马高大全；要你是狗熊，你原本站着也得把你给打趴下——这就是很多小人物在历史长河中的悲哀。

>>后记

在系列终结之前，想说的只有一句，算是我自己对这部动画的感想吧。

“无论犯罪的手法多么高明，笑到最后的，永远不会是罪犯。”

活在这个世界上，果然还是做个规矩人比较好。

哆啦A梦

三年级小学生野比大雄在家优哉游哉享受新年假期的时候，突然从抽屉里传出一阵类似于贞子出洞的怪声，侧耳细听发现似乎说的还是日语，大致内容是你今后的日子绝对不会好过的，你三十分钟之后会上吊，四十分钟后会受烤刑之类的诅咒式预言。就在大雄满世界寻找声源的当儿，书桌的抽屉突然被推开，从里面冒出一只浑身蓝色、长相形似狸猫的家伙。

“哟，我是哆啦 A 梦。”

这个来自 22 世纪的猫型机器人就是这么介绍自己的，动画也是这么开始的。

仔细算来，已经四十年了。

在这四十年里，我们看着大雄、静香、小夫、胖虎他们一起笑过，一起哭过，一起闹过，一起拯救过宇宙，一起保卫过地球；我们看惯了大雄那边跑边哭还顺带摔上一跤的求救，也听惯了他那声如同秦香莲喊青天般饱含怨念的“哆啦A梦”呼声。同时，我们也见惯了哆啦A梦从他的口袋里掏出各种各样稀奇古怪的玩意儿，虽然有时候忍不住会想，既然有那么多好东西干吗不善加利用去征服世界呢。不过大多数时候，还是看得相当投入。

不知从何时起，一个戴着眼镜总是一事无成的男孩和一个明明长得和狸猫没两样却总要自称是猫的铜锣烧控机器人已经悄然融入我们的生活。

在这些孩子的陪伴下，我们也渐渐地从孩子变成了大人。而他们，继续陪着下一代的孩子以及现在的我们一起生活着，就这样，年复一年。

或许这部片子已经不仅仅是一部动画片那么简单的概念了，确切地说，它应该是烙印，深深地烙在那个属于我们的时代中。

>>辛苦酱——山中鹿之介的故事

大雄一个人待在房间里进行着名为读书实为摸鱼的“学习”，在又是发呆又是玩笔玩闹钟的一番苦熬之后，总算是挨到了一个小时，正待出门玩耍，迎面撞上了他爹野比助。

野比助表示老子早就盯上你了，你刚才玩闹钟挖鼻子磨洋工我都看在眼里了，你给我过来，我要好好教训教训你。

“我注意了一下你的学习，你总是逃避一些困难的问题，专挑简单的活儿干。”野比助点上了一支烟，“现在的你就像水一样只愿意往低处流，这可不行啊少年，等你注意的时候，你已经跌入谷底了！”

大雄若有所思地点了点头。

“你不要总以为吃苦是一件坏事，俗话说，艰难才能见真功，你懂不懂啊？”野比助越说越激动，“很久很久以前，有个叫山中鹿之介的武士向月亮祈祷，祈求月亮能给他些七苦八难的磨炼，人生的意义不就是在逆境中不断地拼搏么?！你也要像他一样，不许逃避困难！越是艰苦，越是要抗争！”

一番话当场就把大雄给说燃了，他意气风发地跑到哆啦A梦跟前，要他拿点能让自己做事儿变得艰苦的道具出来。哆啦A梦想了半天，终于拿出了一个小罐子：“这叫辛苦酱，你吃了一点儿之后，不管做什么事情都会一波三折。”

最终的结局其实挺惨的，只舔了一口酱的大雄绕了七八个圈子才吃到近在眼前的点心。而野比助更倒霉，为了向儿子展现自己不畏艰难困苦的男人一面，他一口气吃了大半罐儿，结果为了抽一根烟不得不钻木取火。

这个故事告诉我们，人生的艰苦是应该去勇于面对，可也别没事儿给自己找事儿地去人为地自己折腾自己，没意思。

同时也告诉我们，有一个武士，他叫山中鹿之介。

这是我人生中接触到的第一个真实存在于世的日本人。

而大雄他爹嘴里的那句月下祈祷七苦八难，则是日本历史上真实发生过的一件事。

且说山中家十岁的小武士甚次郎有一天被哥哥叫了过去，他的母亲端坐在一边。而在两人的跟前，放着一个装饰有月牙和鹿角的头盔以及甲胄一套。

“甚次郎，”他哥哥缓缓开口道，“这副盔甲是祖传的宝物，从今天起，就送给你了。已经上阵杀敌过的你，是有资格拥有它的。从今往后，你要和它一起，为我山中家争光。”

甚次郎满心欢喜，连忙低头拜谢，并口头保证一定不辱没先祖的遗宝。

“甚次郎，”接着是山中夫人，“你穿上了它之后，还要想到我们山中家世世代代侍奉的尼子家。虽说现在尼子家已经大不如从前了，但这都是毛利家所害，所以你要时时刻刻记住，自己的敌人是毛利家，终有一天要将他们如数消灭，恢复尼子家昔日的风采。”

甚次郎听着听着，眼角不知何时渗出了泪花。

这天，他以头盔为样本，改名山中鹿之介幸盛，并在当日晚上，独自跑到山上，对着弯弯的月牙暗自起誓道：“愿我今后能历尽七苦八难的磨炼。”

这个桥段在日本相当的有名，当年一度被选做小学语文教科书课文。而山中鹿之介本人在这几百年来，一直是以不事二主的忠臣典范出现在各类作品中的。

他出生在日本的出云国，即现在的岛根县东部。当年的出云是日本著名的产铁地，而且还有不少跟朝鲜有贸易往来的港口，所以无论是军事实力还是经济实力，都排在整个日本的前列。而统治出云的尼子家，自然也就成了附近势力最大的诸侯。

尼子家的当主叫尼子经久，是战国时代典型的靠下克上白手起家的人，在他的带领下，尼子家最强大的时候一度拥有 11 个藩国，几乎占据了整个日本的中部地区。而且这老头儿还挺能活，一直到天文十年（1541）才驾鹤西去，享年 83 岁，在那个时代，算是高寿中的高寿了。

不过，到了山中鹿之介生出来的时候，尼子家已经在短短的十几年里被人打落下风，那个人，就是拥有战国第一智将称号的毛利元就。他的发家史在这里并不打算细说，总之，因为这个人的出现，导致尼子家家道中落，一日不如一日。而毛利家偏偏还很落井下石地常常发兵犯境，鹿之介的父亲山中满幸就是在和毛利家的作战中不幸被冷箭射死的。因为战争频繁，尼子家的很多武士不得不在相当年幼的时候就随军作战。鹿之介本人第一次上战场的年龄不过八岁，小朋友倒是很勇敢，不仅没被打死，还杀死了一个敌人并砍下他的首级，一时间名声鹊起，人送外号出云之鹿。

虽说毛利家的侵略隔三差五，但好在尼子经久在死前修建了一座难攻不落的城堡——月山富田城。尼子家的人们以此为据点，跟毛利家死缠烂打了好几年，都没让对方灭族。

在这连续七八年的战争中，山中鹿之介也从原来的一介小学生武士成长为一个高大俊朗的少年武者，而且因其作战勇猛，出云之鹿的名声越叫越响，四方八里无论敌我都知道有这么一号人。

再说毛利家有个猛将叫品川大膳，此人石见国（岛根县西部）出身，外号石见狼，口头禅是终有一天我要宰了山中鹿之介。为此，他还特地改名为惚木狼介胜盛，原因是鹿吃了惚木的嫩芽会脱落鹿茸，而狼则以鹿为食，这跟几百年后刚毅弄了个吃羊驱鬼的虎神营属同一性质，都是又傻又没用的举动。偏偏当事人还不觉得，总感到自己很帅很聪明，那也就没辙了，只能由着他去了。

可能是老天见品川大膳这么整天嘴里念叨着要砍山中鹿之介念叨得都快发疯了挺可怜的，所以特地给了他一个机会。永禄八年（1565），毛利军分三处对尼子军发动了总攻，逐渐对富田城形成包围之势．尼子军则依托坚固城池勇敢作战，其中，山中鹿之介防守的那个关口，正好是由品川大膳负责攻打的。

是日，品川大膳在城下一条叫富田川的河岸上看到了一名身着赤丝威大铠、头戴鹿角三日月盔的武将在对岸疾驰。他知道这就是自己日夜寻找的山中鹿之介，于是便大喝一声："出云鹿！你有种前来单挑吗？！"

不等对方答话，品川大膳就弯弓搭箭猛地朝鹿之介射去，打算就这么直接把他给狙死拉倒。

同在河边的尼子家家臣秋上伊之介见状，怒吼一声："你单挑还放暗器，也太不要脸了吧！"说着，也拿出了自己的弓箭给了品川大膳一箭。这箭射得相当准，一下子就把他的弓弦射断了。

品川人膳丢了破弓，拔出四尺弯刀朝山中鹿之介冲去，而鹿之介也早已握刀在手，双方就此展开白刃战。

打了几个回合，大膳觉得拿刀太麻烦了，于是便将手里的刀往边上一丢，径直朝鹿之介扑了过去，死死地抱住其肩膀不放。而鹿之介虽说利刃在手，但因为拿的是长刀，近距离肉搏施展不开，可又舍不得丢掉，所以一时间进退两难，只得一手拿刀一手御敌，相当被动。

品川大膳趁此机会又连连发起进攻，将鹿之介一把摔在地上，他手里的刀也被甩出老远，这回是想要也要不着了。

接下来鹿之介努力站起来，品川大膳又扑上去想将其压倒。

一个挣扎，一个要压上去，两人在一起纠缠了很久。双方围观的其他士兵看了，手心里都捏着一把汗。

突然，品川大膳惨叫一声，慢慢地从鹿之介身体上方滑了下去。众人再看鹿之介，只见他手上不知何时多出了一把带血的短刀——是在两人肉搏的时候猛然以左手抽出的。

被捅了黑刀的大膳自然再也没了反抗能力，就这样被山中鹿之介割下了首级。

"你们都给我看好了！我出云鹿今天击杀了石见狼！"鹿之介手里拿着人

头大声喊道。

然而，这场单挑的胜利不过是整个战争过程中的一朵小浪花，对于全局起不到任何作用。永禄九年（1566），月山富田城完全陷入毛利军的包围中。毛利元就知道城池固若金汤，所以并不急着强攻，而是采取了围而不打的方式，打算将尼子家活活困死。

很快，城里的粮仓就见了底，再加上尼子的首席家老宇山久兼又因为尼子义久中了离间计而被杀。城内人心惶惶，士气低落，不断有人逃跑，最后总共只剩下三百人左右。尼子义久知道再也无力回天，不得已自缚开城投降了毛利元就，被押解到安艺软禁，后来削发为僧，在木鱼声中度过了余生。当年曾是日本中部一哥的尼子家，就此灭亡。

好在山中鹿之介因为之前和品川大膳单挑的时候受了伤，出城跑外地疗养去了，这才没有遭到被俘之辱。

在此后的几年里，他游走全国，一边修炼本领，一边寻找复兴尼子家的机会。永禄十二年（1569 年），鹿之介协同原尼子家重臣立原久纲在京都寻访到了尼子家的遗孤——在东福寺出家的孙四郎，他还俗以后改名尼子胜久，成为尼子氏再兴的旗头。据说，胜久是个文武双全、拥有仁爱之心的名将，作为当主也得到了家臣们的爱戴。

此时恰逢毛利家和大友家在北九州开战，无暇东顾。鹿之介等人觉得这是一个极好的机会，决定起事。

这一年，鹿之介等三百多名尼子遗臣宣布尼子再兴，因为行事高调，所以很快陆续有旧臣加入，再兴军增加到三千人后开始进攻月山富田城。但是因为准备不足，加之城中毛利守将天野隆重善于用兵，所以久攻不下，不得已转战他处。

作为毛利家来讲，自然不可能眼睁睁地看着被灭过一次的尼子家搞死灰复燃、东山再起这种事儿的。

永禄十三年（1570），毛利军一万三千人浩浩荡荡开赴出云。山中鹿之介则亲率七千人出阵御敌，两军交战不过半天便分出了胜负——鹿之介兵败而逃，毛利家则紧追不舍。一连数战之后，尼子胜久漂洋过海逃到了一座孤岛上，而鹿之介则为毛利元就的次子吉川元春所擒获，然后被幽禁起来。

本来是想要杀他的，但元春念其好歹也是一员猛将，统率能力强且武力高，感到杀之可惜，可又因其忠诚度太高当场劝降不了，所以只能选择先关起来磨几个月磨软了再说。

却不曾想这俘虏很快就逃走了。当年夏天，山中鹿之介趁着自己正患痢疾，于一天夜里借口上厕所的理由，一到茅房便翻墙而去了，逃往了因幡国（鸟取县东部）。在那里，他和尼子残党四百余人汇合，一起合伙做了几年海盗，因为他们考虑到若是今后还要复兴尼子家的话，肯定得花钱，这钱赚是赚不来了，只有用抢的。

不过，一直搞这种生意也不是长久之计。这时候山中鹿之介又想到，若是能够依附于一家强大的诸侯，然后借他人之力攻打毛利家，岂不是能顺利地复兴尼子了吗？

放眼全日本，当时具备这种实力而且确实正在对毛利家下手的诸侯有且只有一个，那就是织田信长。

对于山中鹿之介的投靠，信长表示了极大程度的欢迎，不仅当场赞誉他是条好汉子，并且承诺在将来织田家的天下里，可以为尼子家留一个空位，前提是尼子家必须臣服于自己。对此，鹿之介代表尼子家爽快地答应了，接着，他被安排到当时负责中国（日本中部）攻略的明智光秀手下。

而那位逃到岛上去的尼子胜久，在不久之后也来投靠织田家，被信长任命为上月城的城主，和羽柴秀吉一起攻打毛利家。

在光秀那里，鹿之介认识了不少新朋友，其中有个叫野野口丹后的人和他关系最好。虽说这人的地位不太高，但鹿之介毫不介意，两个人凑在一起经常吃个饭聊个天啥的，日子过得还算不错。

某日，野野口丹后又找到鹿之介，说今天晚上下班了来我家里吃饭吧，我们家搞到了新鲜的野猪肉，这玩意儿挺难得的，不尝尝下次就没机会了。

鹿之介一口答应说好，晚上准时来你家，不见不散。

这事儿就算这么定了，然后山中鹿之介去明智光秀那里汇报工作，说完之后正起身要走，被光秀叫住了："鹿之介，今天晚上到我家来洗澡吧。"

这里有必要说明一下的是，尽管在今天看来，请人去自己家里洗个澡冲一把凉实在是微不足道的小事，但在当时的日本，是规格相当高的招待，尤其是上司请下属去洗澡，那基本上就等于在暗示“我要提拔你”了一样。

鹿之介首先表示感谢，接着又婉言谢绝：“大人，今天在下已经和野野口大人有约在先了，所以很抱歉无法接受您的好意。”

说着，他跪倒在地表示歉意。

听完这番话之后，明智光秀只是微微一笑，然后命人拿来两只刚射下来的大雁交到鹿之介手里：“本来想今天晚上用来招待你的，现在你就拿去，代我向野野口问好吧。”

其实，光秀是个很有修养很温和善良的好男人，只不过因为发动了一场本能寺事变，弄得后世对他抹黑颇多，这才造成了现如今一些游戏和动画里你看到的那副阴森模样。

天正五年（1577），织田信长任命羽柴秀吉为对毛利家作战的总司令，并将山中鹿之介从明智光秀身边调走，派入上月城，和尼子胜久一起与秀吉共同作战。

上月城位于兵库县西部，正是羽柴军和毛利军交战的风口浪尖之处，经常会受到毛利家的强袭，而这座城池本身又造得不是特别牢，所以立原久纲曾多次提出，希望尼子胜久能够放弃上月，随羽柴军的部队一起对毛利家用兵。

但是鹿之介表示坚决反对，他认为，秀吉对尼子家的遗臣不薄，做人要知恩图报，理应坚守上月为他减轻负担。更重要的是，这小小的上月城，说白了其实就是尼子家复兴的唯一希望，一旦失守，那么此生主家复兴就将成为泡影，所以绝对不能丢。

尼子胜久听取了鹿之介的意见，决定死守到底。

天正六年（1578）四月，毛利家率六万大军围攻上月，尼子家再度陷入重重包围，犹如风中残烛。秀吉闻讯后立刻发兵去救，却不想此时三木城（鸟取县内）城主别所长治突然谋反，宣布独立，措手不及的秀吉只得向信长求援。

织田信长表示，事已至此，只能放弃上月城了，先把造反的那厮给解决了吧。

秀吉很失望，可信长的话他不能不听，最重要的是自己手里也没有多余的兵，所以想不听也不行。可真要让他做出放弃友军见死不救的事情，秀吉还是很于心不忍的。

于是他派遣了一名使者通知鹿之介，自己会佯攻毛利，让尼子军乘机突围而出。但是，双方的实力悬殊，照那个形势看根本等不到羽柴军的佯攻就会沦陷。这时，尼子胜久亲自来到毛利军阵中，找到了主将小早川隆景，表示自己愿意开城投降然后切腹自尽，唯一的条件是不准伤害上月城里的任何人。

小早川隆景同意了，当年七月，胜久切腹，年 25 岁。

依照之前的承诺，对于城里的其他人，都应该让他该干吗干吗去。事实上毛利家也的确这么做了，只是唯独对那个山中鹿之介，隆景相当的不放心，生怕这哥们儿复兴尼子家的贼心不死。尼子胜久虽说死了，可难保他过两年会不会再找出个尼子赢久尼子败久之类的人来跟自己家作对，所以必须得找个借口把他做了。

要说巧也挺巧的，就在此时，山中鹿之介居然亲自跑来找到小早川隆景，说自己跟毛利家的吉川元春有过一面之缘，所以想趁着这次机会上毛利家跟他碰个头，谈谈人生，说说未来，还望小早川大人引见引见。

吉川元春和小早川隆景都是毛利元就的儿子，两人是亲兄弟，只不过从小就被他们老爹分别送到当地豪族吉川家和小早川家当养子，这才变成同根不同姓。

隆景知道上回鹿之介借口拉稀跑肚然后直接跑路的事情，他明白眼前这人跟自己的哥哥肯定没有什么好谈的，想见上一面纯粹是个借口，至于真实目的，虽说肯定不是什么好事，但目前自己也猜不透。不过他还是安排人将鹿之介送往吉川元春处，安排他们见面。

其实，鹿之介知道吉川元春是毛利家最能打的人，故而想借最后的机会孤注一掷将其刺杀。反正尼子家复兴的希望已经完全破灭了，不如破罐子破摔拉几个垫背。而小早川隆景也晓得山中鹿之介是复兴尼子家的最后星火，所以想趁着这回送他去吉川家的路上真正地送他上路。

于是，心怀杀机的鹿之介就这么起程了。途中经过备中国（冈山县）甲部川，就在他停下歇脚顺便眺望河水的时候，随行的毛利家家臣河村新左卫门突然拔出腰间的武士刀，从背后将鹿之介一刀砍翻在地，但并未致命，随后，鹿之介从地上爬起来和新左卫门扭打在一起。此时，另外两名同伙福间彦右卫门和三上淡路守也赶到现场并加入战斗。十分钟后，身负重伤的鹿之介被三人砍倒在地，再也没能爬起来。

那一年，他 34 岁。

山中鹿之介这个人，在日本历史上一直是被当做武士典范来宣传的。首先是因为他具备了一名优秀武士所该具备的一切特征：忠诚、勇敢，同时武艺高强，最后一点在当时尚武的日本社会显得尤为重要。

鹿之介第一次杀人时，是在他十岁之前，具体来讲，其实只有八岁。在那个把武勇看的比什么都重的年代，这点是弥足珍贵的。杀人越早，你的名声就越大，无论你杀的是战场的仇敌还是小菜场卖葱姜的大妈。实际上这点在当年的中国也是这样，还记得荆轲去刺杀秦王嬴政时身边带着的那个小正太秦舞阳吗？书上没有说他会什么武功也没有说他一顿饭能吃几斤肉，就凭他那“年十二，杀人，人不敢忤视”的骇人经历，司马迁便免费送其一个“勇士”的头衔，尽管后来这家伙在秦王跟前的表现怎么都扯不上勇这个字，不过也由此能看出，年幼杀人在那个时代，对于一个武者而言是多么重要的素质了，尽管在现在是典型的目无法律的犯罪行为。

具备了以上一切的鹿之介已经足够担当得起“真武士”的称号了，但真正让他成为天下武士典范的，却是另外一个原因。

这个人身上有一种精神，那就是“明知不可为而为之”。

纵观他一生，不管干什么首先想到的都是复兴尼子家，但从来没有成功过。他比 Keroro 他们还要惨，人家 Keroro 小队好歹还是每次都“只差一步”，可他山中鹿之介连复兴的希望之光都没能看到过几回，每次刚刚有了苗头，就被人扼杀在萌芽之中。然而即便如此，他依然没有放弃，始终坚持以复兴尼子家为己任，屡战屡败却又屡败屡战，至死不改。

其实，他很明白自己所做的一切都是徒劳，同时也知道在这样的形势下，该怎么做才对自己是最有利的。鹿之介的好朋友，也就是当年弯弓搭箭射品川大膳的那个秋上伊之介，后来投降了毛利家。在鹿之介被吉川元春软禁的时候，两人见过一面，当时伊之介羞愧得不得了，满脸通红地说道：“我今天看到你，实在是不知道该把脸往哪儿搁。想当年我们一起长大，共同立志复兴尼子家，现在我却委身投敌，真是羞恨难当。”

鹿之介却非常淡然："武士乃流通之物，怪不得你。"

说完，两位旧友把酒言欢，畅谈过去，没有丝毫隔阂。

鹿之介理解自己的朋友，也理解这种行为，甚至能知变通并理解所谓的武士不一定到死都跟着一个主君的道理，但他依然坚持着自己的道路，继续和毛利家抗衡，立志复兴尼子家。即便知道前途一片漆黑，也还是一条路走到底，毫无怨言。

这种精神相当受日本人推崇，无论是过去还是现在，不管是在战场上还是商界，都是如此。看看今天的少年漫画吧，哪个主角不是被人打了又打砍了又砍，弄得人家拳头打肿了刀砍断了他还不肯倒下，哆哆嗦嗦地从地上挣扎起来，鼻青脸肿地说上一句："同样的绝招，对我们圣（哔——）士是不管用的哦……"

不管定下的目标有多么遥远，不管自己的对手有多么强大，只要心中已经作了决定，哪怕胜算只有百分之零点零一，那他也会为了这零点零一付出自己的百分之一百，即便被大卸八块也毫不退却。

这就是日本人。

也正因为有了这样的精神，日本才成为今天的世界强国。

>>宝剑电光号——武藏，小次郎

电视上正在放江户时代名剑豪宫本武藏和佐佐木小次郎的决斗。武藏仅用一根木棍就把对手给打趴下了，胖虎看得心潮澎湃热血沸腾，在空地里捡了根打狗棍挥着王八剑，然后召集伙伴当众宣布自己也要学习剑道，成为一名剑客。

当然，剑客就得跟人比剑，这是道上的规矩，那么选谁来做这个对手呢？

正当胖虎一边舞剑一边寻思的时候，大雄有了一种相当不祥的预感，所以打算偷偷开溜。

“大雄！你在别人说话的时候偷偷溜走，破坏了我的情绪，我要跟你决斗！”

单方面约定的时间是下午四点，地点在大伙儿平常玩耍的空地上。

大雄自知若真去了那么定然是一场悲剧，所以赶紧回家向哆啦A梦求救。后者不慌不忙地从口袋里拿出一把剑，丢给大雄：“拿着这个就没问题了，放心地去吧。”

大雄看着手上的这把名为电光号的宝剑，怎么看怎么都像一根普通的灯管，觉得忒不靠谱。哆啦A梦实在忍受不了这家伙的磨叽，决定带他去一次武藏和小次郎决斗的现场，让他好好见识见识什么叫做真正的豪胆剑客，也能对自己今后的人生有所帮助。

结果大雄把时光机的时间给调错了，使得两人来到了距决战十年前的时代，刚跳下时光机就看到一个长得很矬的家伙正要动手打一个看起来很弱的废柴男，原因是那个废柴在路过的时候取笑了大个子那张极为可笑的脸。

路过的大雄一看到大个子的脸就毫无禁忌地捂嘴偷笑起来，于是把人家惹得举起棍子就要砸。

然后，意想不到的事情发生了。棍子还没砸到头上，大雄突然拔出腰间的电光号，以鬼神般的速度砍中了大个子的脑袋，连他本人都还没反应过来，那人便轰然倒地了。

原来电光号是22世纪的最新产品，表面上看起来只是一把普通的没开过刃儿的日本刀，其实它里面带有红外线雷达，能够自动搜索到有进攻意图的任何对象并自动作出反应。简单一句话，这是一把只要你拿着即便睡着了也能帮你砍人的现代化武士刀。

大雄这才相信此刀乃宝物，于是，便欢天喜地地准备回现代找胖虎一决高低。

两人正待要走，却被人给叫住了：“壮士，请留步！”

回头一看，就是刚才的那个废柴。他也是一名武士，只因为胆子太小，所以总也不敢与人刀刃对决，在看到大雄的英姿之后，感到若是能够得到这样的名师指点，那一定能脱胎换骨，重新做人，所以，执意要其收自己为徒，怎么说也不肯离开。

实在是逃不脱了，大雄只能如实相告："别看我这样，其实我跟你差不多废，之所以能打赢那个人，全靠这把刀。"

废柴男接过刀仔细端详了一番，自然也不相信这番鬼话，认为是大雄故意骗他以便脱身。正在两个人纠缠不清的时候，那个长着一张怪脸的大个子带着一帮人找了上来，说是要报刚才的一刀之仇。

然后，还没把话说明白，就在一瞬间，这群地痞流氓都被拿着电光号宝剑的废柴男给解决了。

他终于找回了自信，对两位恩人千恩万谢，还亲自送他们上了时光机。临别之前，还作了自我介绍："在下名叫宫本武藏，两位老师要保重啊。"

大雄和哆啦顿时如五雷轰顶，久久不能迈步。

宫本武藏，日本史上著名剑人，二刀流之祖。此人生于天正十二年（1584），16 岁的时候参加过日本历史上规模最大的内战——关原会战，当时的他只是宇喜多家的一名足轻，战败后逃离了战场，之后巡游全国靠剑道混饭，同时一直在寻找愿意收留自己的诸侯，只是多年没有如愿，直到晚年才如愿以偿地成为细川家的客座家臣，一年拿 300 石的高薪。

同时，武藏也是一位水墨画家、工艺家以及兵法家，留存于世的除了一张张画得还算凑合的水墨画之外，还有一本名为《五轮书》的兵法作品，主要内容有二刀流教程，如何从单挑到群架的教程，如何战胜其他流派的教程，单挑和群架的本质，以及宫本武藏这一生的介绍。

武藏真正的剑人生涯是在他 13 岁的时候，那是他第一次和人单挑，对手是新当流的有马喜兵卫，结果武藏赢了，据说还赢得很漂亮。旗开得胜的他从此一发而不可收，在此后的 15 年里，他先后和人用真刀对战六十余次，无一失败，成为百战百胜的剑豪。其中，以庆长十七年（1612）和岩流掌门人佐佐木小次郎在严流岛的对决最为有名，此战过后，奠定了他在日本剑人界中流砥柱的地位。

以上的这一小段被后来的小说家、文学家以及编剧们进行了无数次的渲染和编撰，又在银幕上亮相了无数次，使得无数人都信以为真，觉得宫本武藏就是这么厉害。

其实事情并不是这样的，首先，那段东西是武藏他自己写的自传，根据他一贯的人品来看，可信度并不高。

所谓的六十次真刀对决，能够找到确凿证据的，不过十八次。

确凿的证据指的是对方的记载，即宫本武藏在某天日记里写到，今天上午，我在门口小花园里和田中太郎进行了真刀对决，我大胜。如果在田中太郎的日记里也发现了比如“今天武藏找我单挑，被他阴了，靠”这么一段，那就说明决斗确有其事；若是太郎当天或是近期日记里除了吃喝拉撒之外只字未提，那就很值得推敲了。

其次，尽管武藏说自己是跟人真刀对决，事实上真正用能砍死人的武士刀对打的，不过两次，一次是跟京都吉冈道场的吉冈又七郎，还有一次是和用锁链的达人穴户梅轩。

除此之外，其余的所有对战，要不就是用的木刀，要不就和胖虎一样，随便在路上捡个人家不要的棍子削得顺手了拿着打。

基本情形就是这样，当然，我也不是说宫本武藏就真的那么不堪。至少他开创了二刀流，至少这是真的，此外，那记录在案的十八次胜负，他的确赢了其中的大多数。

只是，这赢了虽说是真的，但赢的手段可以说是相当的那个——往好听了讲叫耍手段，往难听了讲叫龌龊不要脸。

比方说，宫本武藏有一次要和一个剑士比试，时间是一个星期后，在战前大家就约定，说是真刀比赛，生死自负。

然而，从那天起，某甲（该剑士）无论是出去买菜、吃饭还是和女朋友约会，都会听到各种各样关于宫本武藏的传闻。比如说他一巴掌把人打飞了二十米，又比如说有一天他在路上走，突然蹿出来五个会空手道的黑帮，在完全不知情的情况下，武藏噼里啪啦打死了其中的两个，还有三个重伤，现在还在医院里。据说幕府将军德川家康甚至还打算在富士山下给他宫本武藏立块牌子，上面写上“剑之圣者”四个字呢。

诸如此类的传闻，一直在某甲身边出现，每次都是以两个或者两个以上的人扎堆聊天的方式进行传播，搞得某甲惶惶不可终日，心里特别后悔跟这么个角色搞真刀对决，真是活腻了。既然有过约定也不好反悔是吧，只能怪老天不给自己活路了。

就这样，某甲提心吊胆地挨到了决斗当天，然后又提心吊胆地来到了决斗现场，发现武藏早已胸有成竹地站在那里了，一副不是你死就是我活的自信表情。

某甲那拔刀的右手开始颤抖。

“等一下，”武藏发话了，“这样不太好吧。”

“啥……啥？”某甲竭力让自己的双腿保持平静。

“我俩素昧平生，何必以性命相搏？我看你也是条好汉，杀了可惜，不如这样，我们就用木刀点到为止吧。”说着，武藏拔出了自己腰间的木刀丢了过去，“这是我常用的家伙，借给你吧。”

他自己手里拿着的是一根木棍，不用说，是刚刚捡来的。

如果你是某甲，此时此刻的你，会是一种怎样的心情？

我想，大多数人的心中此时都会涌上一股暖流，心想：啊呀，大人物就是不一样，那么仁慈，那么慈悲为怀，高手就是高手。

你能这么想，还打什么架？回家去练练明年再来吧。

于是，武藏就这么轻松获胜了。

某甲怀着虽败犹荣的心情回到了家里，可让他感到奇怪的是，之前那些凑一团聊宫本武藏的人，似乎再也没有在自己家附近出现过。

因为这些人都是武藏的弟子或者是直接雇来的，为的是给对手造成一种心理压力。等到决斗的那天，再提出以木刀代替真刀，又能给对手一种极大的宽慰。这样一上一下巨大的心理落差，能直接造成对方战斗意志丧失的结果。

说白了，武藏搞的就是一套“功夫在剑外”的把戏。通过心理战，人为地大幅度削弱人家的战斗力，从而取得胜利。

受害者不光有某甲，还有某乙、某丙、某丁等等。事实上，他的大多数对决胜利，都是靠这种方法赢来的。

在这些倒霉的甲乙丙丁里，最出名的，当属佐佐木小次郎。

在说小次郎之前先来辟一个谣。长期以来，很多人都被游戏、动画等一些东西所误导，错误地认为佐佐木小次郎是个长得很帅的美少年，在花一般的 18 岁时死在武藏的刀下，如樱花凋落般让人怜惜。

这个说法挺扯淡的。虽说小次郎的身世长期以来一直是个谜，谁也不知道这孩子究竟打哪儿来的，有人说是当年被织田信长灭国的南近江大名六角家的遗腹子，也有的说是越前国（福井县）某大财主的独生子，很多年来都没个定论。不过，无论他爹是谁，至少有一点可以肯定：小次郎的剑道是跟中条流的钟卷自斋学出来的，同时，也和同门的高手富田势源学过两下子。

富田势源死于天正七年（1579）左右，两人的交集顶多不会超过这个时候。换言之，即便小次郎天生就是剑圣的命，三岁能拿刀，那么他也是天正四年（1576）出生的人，在庆长十七年（1612）的严流岛决战时，至少也有 36 岁了。

也有人认为那会儿的小次郎已经是个 50 多岁的老头儿了，这个也不是没有道理，不过因为有些耸人听闻，所以在此不作大肆渲染。

小次郎的剑道天分很高，他擅用刃长三尺的大刀，打斗时挥舞如风，没有感到过丝毫不便。还在中条流家做徒弟的时候，便自行领悟出了绝技“燕返”。据说这招是以极快的速度出刀砍杀对手，速度之快，连素以灵敏度极高著称的燕子都无法躲避。

话说回来，用的是长刀却能做到出刀快速，着实可见小次郎是个练武的奇才。

学成之后，他在西日本一带活动，背着一把名为“物干焯”的长刀四处和人切磋，并自创岩流派，因为屡屡获胜从而名声大振，终于在庆长十七年（1612）的时候引起了福冈地区的诸侯细川忠兴的注意。他特地让人把小次郎请了过来，让他为自己指导剑术，两堂课一上，忠兴觉得这人的确有些真功夫，便希望他能够留在自己身边做专门的剑术教练，并且还给他家臣待遇，也就是佐佐木家的人世世代代都能成为细川家的家臣，属于编制内的公务员。

小次郎答应了，毕竟能够作为诸侯的剑术指导，依靠官方的力量来推广自己的流派，这对每个剑人来讲都是梦寐以求的事情。

然而，正因为是梦寐以求的东西，所以自然就会有半道儿出来争食儿的，那人就是宫本武藏。

却说这武藏那几个月正好在福冈教徒弟顺带阴人，听说细川家要找武术总教练，想想自己大小也算个名人了，于是便来到城中毛遂自荐了一番，自我介绍说是二刀流的创始人，从小跟人练，一直就没输过，所以这个教头的位子，还是让自己来干比较合适。

细川家表示，我们已经请了岩流的佐佐木老师了，所以就不劳您费心了，哪儿来的回哪儿去吧。

不想宫本武藏阴笑几声，说佐佐木那厮当年是我的手下败将，你们怎么连这种人都请？细川家原来就是这种货色啊，也罢，也罢，当我瞎了狗眼，我走，现在就走，多待一秒都闲得慌。

说完，带着徒弟就准备离开。

“且慢。”

武藏早就料到了会有这声阻拦，所以对方话音未落，他就转过了身子：“您有何吩咐？”

“请等下，我们去问一问，过两天您再来吧。”

细川家的人其实是想去确认一下小次郎是否真的输给过武藏，答案自然是明摆着的——他连武藏是谁都不知道，这胜负又从何谈起。

这个也是武藏早就料到的，对此，他的解释是小次郎怕丢人，不敢承认。为了证明确有其事，他还特地把胜负的时间和地点说得有鼻子有眼，仿佛真有这回事儿一般。

于是对方愣住了，这到底是真还是假呢？

这个反应也是意料之内的，武藏一看时机已经成熟了，便说道：“是真是假已经不重要了，要不您就让我和小次郎再次决一胜负。谁赢了，谁就担任这个职位，如何？”

这位细川家的家臣说这是大事，自己不敢擅专，要领导批准，您还是再等两天吧。

数日后，细川忠兴亲自发话了，决定让小次郎和武藏用真刀对决，地点是严流岛。这地方位于今天的山口县马关海峡，地如其名，这是个岛，一边打一边还能看看海景听听海涛，应该说是个不错的地方。

无论是武藏还是小次郎，对此都没有异议，尽管后者有些纳闷：这家伙究竟是谁？

时间被定格在了庆长十七年（1612）四月十三日，这是约好比试的日子。这天，佐佐木小次郎早早地就起了床，然后按照约定坐船赶往了严流岛。不到上午七点，他就在由细川家众家臣组成的见证团的陪同下，坐在了沙滩的小马扎上，静等武藏的到达。

此时的武藏还在被窝里呢。

7点30分，武藏起床，刷牙，洗脸，吃早饭。

8点，约定的时间到了，小次郎站起身子眺望远处，没有看到任何往这里开来的船只。

这时候的武藏刚刚出门。

9点，小次郎坐在马扎上不停地跺着沙滩，相当焦急，不时问身边人，武藏那丫的是不是不来了？

当时的剑道比试胜负有两种：一种是对决过后分出输赢，另一种则是在一方缺席的情况下另一方不战而胜。评判缺席和迟到的唯一标准单位就是天，即你迟到了一分钟也算你迟到，可如果是缺席的话，必须是一天不来才能算。

所以现在武藏最多是迟到，不能判缺席。小次郎如果想分胜负的话，必须得等下去，一直等到第二天天亮。

10点，海边缓缓驶来一条小船，船上有两人，一个划着桨，一个拿着桨，拿着桨的那个，正是武藏。

心急火燎的小次郎猛地从位子上站起来，顾不得一阵轻微的头晕，扯开嗓子就是一声怒喝："武藏，你丫的让我好等啊！"一边说一边将握在手上的刀拔了出来，然后把刀鞘往边上一丢，摆好了POSE。

"哈哈哈哈！"武藏仰天狂笑，"小次郎，你输了！"

"你胡说什么呢，快下来！"迟到不算还扯淡，小次郎非常愤怒。

"所谓胜者，是不会把刀鞘丢弃的！"武藏从船上跳了下来，手里依然拿着刚才的那支桨，"我不想杀你，就用这个跟你打吧。"

已经非常火大的小次郎打算使个"燕返"把武藏一刀劈死，但突然有一种很晃眼的感觉，对面站着的武藏仿佛飘着一般，忽隐忽现，看不大清。

小次郎重重地揉了揉眼睛，又摇了摇头，好让自己清醒过来。可不管怎样，武藏的身影看起来是那么扎眼，也别说使出"燕返"了，就是想看清他的动作，都有一定的困难。

还没等小次郎从困惑中反应过来，武藏挥起船桨照着他的脑袋猛地就是一下子。

用浸过水的木头打人杀伤力更大，小次郎当场就被打得头破血流趴在地上，昏死了过去。

武藏胜了。

胜因有三：第一，他故意迟到，让别人心焦，严重影响对手水平发挥。第二，他用语言刺激对手，打乱其步伐。第三，也是最重要的一点，当时的武藏特地算好时间和位置，使得自己是背对着阳光，而小次郎自然得面对阳光，强光照射再加上海面的反光，使他根本就无法看清武藏的身形，更别说动作了。

说到底，这次对决其实就是宫本武藏趁着佐佐木小次郎心焦意乱气急败坏头晕目眩的当儿给了他一记闷棍，除了这些阴人招数之外，没什么特别的技术含量了。

武藏很清楚自己的胜利是多么的肮脏，生怕小次郎事后报复，他特地让自己的门徒悄悄上岸，趁着细川家的人离开而岩流弟子还没来得及登岛迎接师傅的空儿，将虽负重伤却并未丧命的小次郎给活活捅死了。

细川忠兴事后也明白了个中细节，所以尽管武藏获胜，可他并没有依照自己的诺言聘其来当自家的家臣。直到三十年后，细川忠兴都挂了，他儿子细川忠利才让武藏当上了客座剑术指导，仅仅是客座，不算在编制内的。

我不否认对于一名剑士而言，胜负确实是尤为重要的一样东西，胜了，或许能就此飞黄腾达青云直上，若败了，很可能连性命都难保。

所以从这方面来看的话，也不能说宫本武藏就怎么怎么地了，人家也不过是一心求胜而已。

只是，在这个世界上有着很多远比胜负重要的东西，比如人格，比如尊严，比如同伴。

有的人输了，但他不一定是失败者；有的人胜了，却不见得就真的是赢家。

>>大富翁大雄——一万日元的价值

大雄在过新年的时候拿到了一万日元的压岁钱，但他总觉得还不够。正在不满的时候，又听到父母的抱怨，说最近的物价涨得太快了云云，比如自己年轻的时候花三十块钱就能吃到的一碗拉面现在丢几百块钱都不够之类的。大雄听的怦然心动，小算盘直打：如果让哆啦A梦拿个什么道具出来把物价变回到几十年前，而自己手里的一万日元还是一万日元，那岂不是发大财了？

大雄有要求，哆啦自然义不容辞。一个如意电话亭让昭和五十年（1975）的日本一下子变回到了明治三十八年（1905），别说三十块一碗拉面了，连分、厘这种货币单位都冒了出来，一本三百五十块的漫画只卖三分五厘。店老板看着大雄手里的那一万块日元时，顿时目瞪口呆："面额太大了，我们找不出来！"

颇有老电影《百万英镑》的感觉。

不过因为大雄过于张扬的缘故，使得社会各界都知道了这位新生富翁，于是麻烦也接踵而来，有要募捐的，有要投资的，还有来绑架的。最终两人觉得有钱也不全都是好事，所以又让世界恢复了原样，这才使得一场闹剧就此结束。

日本的货币被称为"元"，也就是日语中的円，是从明治四年（1871）开始的。当时，日本为了和国际接轨顺便重整国内经济秩序，所以废除了原先的金银交易而采用了统一的货币。当时的日元单位分为元、钱和厘，一日元等于一百钱，一钱等于十厘，钱也能叫分，是一样的。

明治年间的日元非常值钱，一万元那绝对是个了不起的数字。以现在日本的物价水平来看，一个鸡蛋大约在18日元左右，而明治三十八年（1905）的时候只要2钱4分，相差750倍。

现在买4900日元的十公斤装大米，在明治年间只要1元19钱，前者是后者的近4000倍。

而外面店里卖的咖喱饭和荞麦面之类的成品食物，就相差更多了，基本上现在和以前的相差倍数都能超过一万。

当然，物价在涨，工资也在涨。明治年间每天收入不过85钱的木工师傅，现在一天的薪金就能达到将近两万，涨幅高达2万倍。小学老师的每月薪水也从原来的13日元一下子飙升了2万倍，变成了今天的25万日元。

不过，在这一切涨价和被涨价的东西里头，涨幅最大的，还是土地。

以日本超黄金地段的银座为例，20世纪初1坪（3.3平方米）土地的售价是300日元，今天的话则高达9000万日元，上升了整整30万倍。

以上不过是绝对值的对比而已，并不能说当年卖300日元的土地现在卖9000万,所以那会儿的1日元就等于现在的30万。如果真的要很认真地问“当年的一日元是现在的几日元”这样的问题，我只能大致给出以下的答案：

明治时代的前半段，截至1900年，一日元等于现在的两万日元。

明治时代后半段，即1900年到1912年，一日元等于现在的一万日元。

接下来一直到二战结束前，一日元等于现在的五千日元。

以上这七十多年，我们可以称为日元很值钱的时代。接下来，就是日元很不值钱的时代了。

昭和二十一年（1946）,即二战结束后的第二年,一日元为现在的两百日元。

昭和二十二年（1947），一日元等于现在的五十日元。

一夜之间，钱就变得不再值钱了。从那以后，日元就一直处在一个暴跌的状态下。直到大雄他们那个时代，也就是昭和五十年（1975）那会儿，一日元和现在的相比，只不过是一比十而已。

>>后记

当看着野比大雄一次又一次地被欺负、被批评、被狗咬的时候，相信很多人为哆啦A梦抱过屈：这么厉害的家伙，怎么就跟上了这么废的主人？

我不否认大雄确实有他相当废柴的一面，而且这面的面积还不小，但如果说他是个废柴男，个人表示反对，坚决的反对。

野比大雄这个人，他拥有我们所拥有的一切缺点——懒惰、自私、喜欢依靠他人、爱闹小性子、自作聪明等等，同时也具备了我们所不具备或者说已经被我们遗忘了的大多数优点——善良、有担待，即便跌倒一百次也会爬起来一百零一次的韧性。

如果让我简单评价一下野比大雄的话，那么我会给出两个字：英雄。

其实英雄这种东西，远没有传说中的那么邪乎，不需要什么能够力挽狂澜救国救民于水火之中的行为，也用不着吃撑了去战胜什么恐惧，还搞劳什子进一步英雄退一步狗熊之类特别麻烦的事儿，用不着，根本用不着。

看到女人，立刻腿发软走不动道儿的，他可以是英雄；看到蟑螂吓得大吼大叫躲在垃圾桶里面当鸵鸟的，他也可以是英雄。只要是个人，但凡做得到以下两点的，他都可以是英雄——能成人之美，有容人之量。

没有这两点，纵然你力能扛鼎，盖世无双，率兵横扫天下做到九五至尊，妖魔鬼怪鬼影画皮半夜三点冒出来搭你肩膀你愣是连哼都不带哼一声，那也不过是枭雄而已。

可能有人会觉得如果按照这个标准来算的话，这世界上英雄太多了。比如说知道女朋友不喜欢自己而喜欢隔壁小王，他便亲自出场牵了一回红线成全他俩，这当属成人之美。再比如说常年受领导虐待却照样毫无怨言地在人家手底下干活，难道不是有容人之量?

那么我要说，跟大雄所做的一切来比，这些都算不了什么。

自认能成人之美的，你扪心自问一下，你能毫不犹豫地舍弃自己的生命，去成全一个差不多算是毫不相干的人吗?

大雄能。

当年他爹野比助因为长得帅又有艺术家气质，所以被有钱人家的金满小姐看上了。长得跟猪头似的未来岳父金满财阀承诺，若是野比助跟自己的女儿结婚，那么今后学画、婚礼等一切开销都由他来管，当然，之后的日子也不必顾虑，肯定能过得锦衣玉食。

原本是乘着时光机想来鼓励一下野比助，让其努力成为画家的大雄和哆啦见此情景不由得呆住了。因为如果他爹一旦和那位金满小姐结婚，那么这就意味着之后的人生历程将全盘改变，只有和片冈玉子结婚才能生出的儿子野比大雄，自然也会因为婚姻对象的改变而消失。

消失就是没有了，不是死了，是没有，就是压根儿没存在过，你连死亡的资格都不能具备。

哆啦A梦当场就慌了，毕竟你以后即使吃得再好穿得再美可人不在了有个毛用，所以他打算耍一些小手段把这段婚事给搅黄了。

正要动手的时候，却被大雄一把拦住了："算了吧……我们没有资格去阻碍爸爸的前途……就这样让他去吧……"

哆啦A梦急得都快要上火了："大雄，你知道自己在说什么吗？这样的话你也会消失的！你明白吗？"

"那又如何，就算是这样，我也不想去破坏别人的梦想！要消失的话，就消失吧！"

好在野比助一开始就是打算回绝这门婚事的，因为他觉得，所谓梦想是无法依靠金钱买来的。这才让野比大雄捡回了一条命。

换了是你，你会怎么做？

你爹飞黄腾达的同时你也挂了，而他也就不再是你爹了，只是个路人甲，既然如此，你还愿意豁出性命去成全那个似爹非爹的家伙吗？

不要问我，我不会告诉你我的答案的。

而那容人之量，也不是那种忍别人欺负的孬种。容忍虽说是一个词，但容和忍并非一个意思。

所谓的容人之量，其实已经不再是单纯的容得下容不下什么人的问题了，而是一种对所有生命都能平等相处、宽容对待的态度。

关于这一点，大雄做得可以说是相当到位的。无论是动物、植物、未来人、现代人、古代人、宇宙人还是机器人，他都能以一种看待朋友的方式来交往，而大家也同样都把他当成了自己的朋友。如果评选朋友最多的漫画角色的话，那么野比大雄一定可以名列前茅。

小时候看《哆啦A梦》，看着看着就会被大雄的各种愚蠢行为逗笑，然后只觉得他很幸运，就因为爬了个雪山，弄得一地鸡毛而勾起了静香的母爱本能，最终居然以此为理由嫁给了他。长大后再看，便明白这家伙并非只靠运气吃饭，他是真的在脚踏实地地努力着。作为读者的我，也不由得被那种善良和坚毅所感动。而静香之所以会将自己托付给大雄，和她嘴上说的"我要去保护大雄，我不在你会很糟糕”之类的原因相反，恰恰是因为她相信大雄能够给予自己终生的保护和呵护，才会作出这样的选择的。

“那个年轻人会为别人的幸福而高兴，也会为他人的不幸而伤心，这对一个人来说是最重要的东西。”大雄的丈人、静香的父亲在女儿出嫁的前夜如是说。

图书在版编目（CIP）数据

萌·日本史 / 樱雪丸著．—南京：江苏文艺出版社，2011.3
ISBN 978-7-5399-4271-1

Ⅰ.①萌…　Ⅱ.①樱…　Ⅲ.①日本—历史—通俗读物　Ⅳ.①K313.3-49

中国版本图书馆CIP数据核字（2011）第023614号

上架建议：社科·历史

萌·日本史

责任编辑：刘　霁
特约监制：蔡明菲
特约编辑：文　文
封面设计：尚书堂
出版发行：凤凰出版传媒集团
　　　　　江苏文艺出版社　http://www.jswenyi.com
集团网址：凤凰出版传媒网　http://www.ppm.cn
印　　刷：北京华宝装订有限公司
经　　销：新华书店
开　　本：700×1000　1/16
字　　数：320千字
印　　张：17
版　　次：2011年3月第1版
印　　次：2011年3月第1次印刷
书　　号：ISBN 978-7-5399-4271-1
定　　价：28.00元